STS

STS
山田社

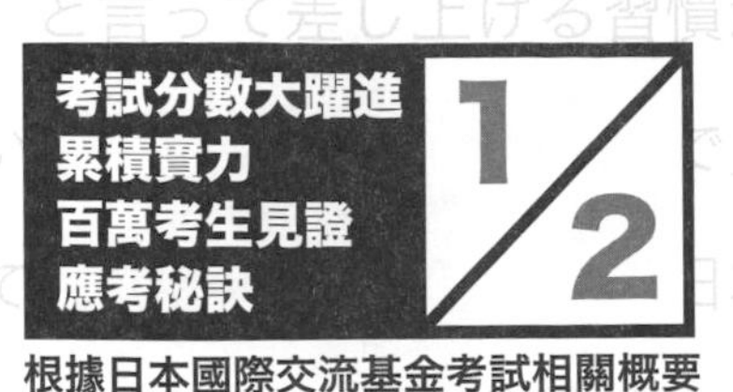

根據日本國際交流基金考試相關概要

新制日檢 絕對合格 N1·N2 必背比較文法大全

吉松由美・田中陽子
西村惠子・大山和佳子
山田社日檢題庫小組　◎合著

山田社

前言 はじめに

分類記憶學習法，破解考試最容易混淆的文法盲點！
讓您擺脫課本文法，練就文法直覺力！
N1、N2 共 283 項文法，每項都有「文法比較」，
關鍵字再加持，
提供記憶線索，讓「字」帶「句」，「句」帶「文」，
瞬間回憶整段話！

關鍵字＋文法比較記憶→專注力強，可以濃縮龐雜資料成「直覺」記憶，
關鍵字＋文法比較記憶→爆發力強，可以臨場發揮驚人的記憶力，
關鍵字＋文法比較記憶→穩定力強，可以持續且堅實地讓記憶長期印入腦海中！

日語文法中有像「めく」（有…傾向）、「ぶり」（…的樣子）意思相近的文法項目：

めく（有…傾向）			ぶり（…的樣子）	
關鍵字 **傾向**	強調「帶有某種感覺」的概念。	*v.s.*	關鍵字 **樣子**	強調「做某動作的樣子」的概念。

「めく」跟「ぶり」之間的用法差異，配合文字點破跟關鍵字加持，可以幫助快速理解、確實釐清和比較，同時在腦中建立它們之間的關係，讓您學一個，馬上會兩個！

除此之外，類似文法之間的錯綜複雜關係，「接續方式」及「用法」，經常跟哪些詞前後呼應，是褒意、還是貶意，以及使用時該注意的地方等等，都是學習文法必過的關卡。為此，本書將一一為您破解。

■ 關鍵字膠囊式速效魔法，濃縮學習時間！

本書精選 156 項 N1 程度和 127 項 N2 程度的高級文法，每項文法都有關鍵字加持，關鍵字是以最少的字來濃縮龐大的資料，它像一把打開記憶資料庫的鑰匙，可以瞬間回憶文法整個意思。也就是，以更少的時間，得到更大的效果，不用大腦受苦，還可以讓信心爆棚，輕鬆掌握。

■ 文法比較記憶連線，讓文法規則也能變成直覺！

為了擺脱課本文法，練就您的文法直覺力，每項文法都精選一個日檢考官最愛出，最難分難解、刁鑽易混淆的類義文法，讓您迅速理解之間的差異，大呼「文法不用背啦」！除此之外，透過書中幫您整理出的比較點，讓相似文法在腦中分類、重組，文法學一次就會兩個，學習效果加倍神速！

■ 重點文字點破意思，不囉唆越看越上癮！

為了紮實對文法的記憶根底，務求對每一文法項目意義明確、清晰掌握。書中還按照時間、目的、可能、程度、評價、限定、列舉、感情、主張…等不同機能，並以簡要重點文字點破每一文法項目的意義、用法、語感…等的微妙差異，讓您學習不必再「左右為難」，內容扎實卻不艱深，一看就能掌握重點！讓您考試不再「一知半解」，一看題目就能迅速找到答案，一舉拿下高分！

■ 最適合大腦記憶的分類學習法，快速記憶又持久！

我們幫您把每一項文法都按照不同機能分類，每學一項文法都能同時學習到相似文法之間的用法差異，這是最適合大腦記憶的分類學習法！如此觸類旁通，舉一反三，讓文法規則徹底融入您的腦細胞，不只在考試中看到題目就能迅速反應，即便是必須臨場反應説日文的情況，只要一啟動記憶連鎖，好幾種文法就自動在腦中浮現！好像日語就是您的母語一樣！

本書廣泛地適用於一般的日語初學者，大學生，碩博士生、參加日本語能力考試的考生，以及赴日旅遊、生活、研究、進修人員，也可以作為日語翻譯、日語教師的參考書。

書中還附有日籍老師精心錄製的 MP3 光碟，提供您學習時能更加熟悉日語的標準發音，累積堅強的聽力基礎。扎實內容，您需要的，通通都幫您設想到了！本書提供您最完善、最全方位的日語學習，絕對讓您的日語實力突飛猛進！

目次 もくじ

N2

ch.1 關係

ch.2 時間

ch.3 原因、結果

ch.4 條件、逆說、例示、並列

ch.5 附帶、附加、變化

ch.6 程度、強調、相同

ch.7 觀點、前提、根據、基準

ch.8 意志、義務、禁止、忠告、強制

ch.9 推論、預料、可能、困難

ch.10 樣子、比喻、限定、回想

ch.11 期待、願望、當然、主張

ch.12 肯定、否定、對象、對應

ch.13 值得、話題、感想、埋怨

N1

ch.1 時間、期間、範圍、起點

ch.2 目的、原因、結果

ch.3 可能、預料外、推測、當然、對應

ch.4 樣態、傾向、價值

ch.5 程度、強調、輕重、難易、最上級

ch.6 話題、評價、判斷、比喻、手段

ch.7 限定、無限度、極限

ch.8 列舉、反覆、數量

ch.9 附加、附帶

ch.10 無關、關連、前後關係

ch.11 條件、基準、依據、逆接、比較、對比

ch.12 感情、心情、期待、允許

ch.13 主張、建議、不必要、排除、除外

ch.14 禁止、強制、讓步、指責、否定

JLPT N2

Chapter

1 關係

關係

001 Track N2-001

にかかわって、にかかわり、にかかわる

關於…、涉及…

接續 {名詞} +にかかわって、にかかわり、にかかわる

意思1 【關連】表示後面的事物受到前項影響，或是和前項是有關聯的，而且不只有關連，還給予重大的影響。大多為重要或重大的內容。「にかかわって」可以放在句中，也可以放在句尾。中文意思是：「關於…、涉及…」。

例文 私(わたし)は将来(しょうらい)、貿易(ぼうえき)に関(かか)わる仕事(しごと)をしたい。
我以後想從事貿易相關行業。

注意 〖前接受影響詞〗前面常接「評判、命、名誉、信用、存続」等表示受影響的名詞。

例文 飲酒運転(いんしゅうんてん)は命(いのち)に関(かか)わるので絶対(ぜったい)にしてはいけない。
人命關天，萬萬不可酒駕！

比較 **にかかっている**

全憑…

接續 {名詞；疑問句か} +にかかっている

說明 「にかかわって」表關連，表示後項的事物將嚴重影響到前項；「にかかっている」表關連，表示事情能不能實現，由前接部分所表示的內容來決定。

(例 文) 合格できるかどうかは、聴解にかかっている。
能否合格，要取決於聽力。

002 Track N2-002

につけ（て）、につけても

(1)不管…或是…；(2)一…就…、每當…就…

(接 續) {[形容詞・動詞]辭書形} ＋につけ（て）、につけても

意思1 **【無關】** 也可用「につけ～につけ」來表達，這時兩個「につけ」的前面要接成對的或對立的詞，表示「不管什麼情況都…」的意思。中文意思是：「不管…或是…」。

(例 文) 嬉しいにつけ悲しいにつけ、音楽は心の友となる。
不管是高興的時候，或是悲傷的時候，音樂永遠是我們的心靈之友。

意思2 **【關連】** 每當碰到前項事態，總會引導出後項結論，表示前項事態總會帶出後項結論，後項一般為自然產生的情感或狀態，不接表示意志的詞語。常跟動詞「聞く、見る、考える」等搭配使用。中文意思是：「一…就…、每當…就…」。

(例 文) この料理を食べるにつけ、国の母を思い出す。
每當吃到這道菜，總會想起故鄉的母親。

比 較 **たび（に）**
每次…、每當…就…

(接 續) {名詞の；動詞辭書形} ＋たび（に）

說 明 「につけ」表關連，表示每當處於某種事態下，心理就自然會產生某種狀態。前面接動詞辭書形。還可以重疊用「につけ～につけ」的形式；「たび（に）」也是表關連，表示每當前項發生，那後項勢必跟著發生。前面接「名詞の／動詞辭書形」。不能重疊使用。

(例 文) あいつは、会うたびに皮肉を言う。
每次跟那傢伙碰面，他就冷嘲熱諷的。

003 Track N2-003

をきっかけに（して）、をきっかけとして

以…為契機、自從…之後、以…為開端

（接　續）｛名詞；[動詞辭書形・動詞た形]の｝＋をきっかけに（して）、をきっかけとして

意思1 **【關連】**表示新的進展及新的情況產生的原因、機會、動機等。後項多為跟以前不同的變化，或新的想法、行動等的內容。使用「をきっかけにして」則含有偶然的意味。中文意思是：「以…為契機、自從…之後、以…為開端」。

（例　文）母親(ははおや)の入院(にゅういん)をきっかけにして、料理(りょうり)をするようになりました。
自從家母住院之後，我便開始下廚。

比　較　をもとに（して／した）

以…為根據、以…為參考、在…基礎上

（接　續）｛名詞｝＋をもとに（して）

說　明 「をきっかけに」表關連，表示前項觸發了後項行動的開端；「をもとに」表依據，表示以前項為依據的基礎去做後項，也就是以前項為素材，進行後項的動作。

（例　文）いままでに習(なら)った文型(ぶんけい)をもとに、文(ぶん)を作(つく)ってください。
請參考至今所學的文型造句。

004 Track N2-004

をけいきとして、をけいきに（して）

趁著…、自從…之後、以…為動機

（接　續）｛名詞；[動詞辭書形・動詞た形]の｝＋を契機として、を契機に（して）

意思1 **【關連】**表示某事產生或發生的原因、動機、機會、轉折點。前項大多是成為人生、社會或時代轉折點的重大事情。是「をきっかけに」的書面語。中文意思是：「趁著…、自從…之後、以…為動機」。

（例　文）定年退職(ていねんたいしょく)を契機(けいき)に、残(のこ)りの人生(じんせい)を考(かんが)え始(はじ)めた。
以退休為契機，開始思考該如何安排餘生了。

比較 **にあたって、にあたり**

在…的時候、當…之時、當…之際

接續 {名詞；動詞辭書形} ＋にあたって、にあたり

說明 「をけいきとして」表關連，表示某事物正好是個機會，以此為開端，進行後項一個新動作；「にあたって」表時點，表示在做前項某件特別、重要的事情之前或同時，要進行後項。

例文 このおめでたい時にあたって、一言お祝いを言いたい。

在這可喜可賀的時候，我想說幾句祝福的話。

005 Track N2-005

にかかわらず

無論…與否…、不管…都…、儘管…也…

接續 {名詞；[形容詞・動詞]辭書形；[形容詞・動詞]否定形} ＋にかかわらず

意思1 **【無關】**表示前項不是後項事態成立的阻礙。接兩個表示對立的事物，表示跟這些無關，都不是問題，前接的詞多為意義相反的二字熟語，或同一用言的肯定與否定形式。中文意思是：「無論…與否…、不管…都…、儘管…也…」。

例文 送料は大きさに関わらず、全国どこでも1000円です。

商品尺寸不分大小，寄至全國各地的運費均為一千圓。

注意 **〘類語－にかかわりなく〙**「にかかわりなく」跟「にかかわらず」意思、用法幾乎相同，表示「不管…都…」之意。

例文 参加者の人数に関わりなく、スポーツ大会は必ず行います。

無論參加人數多寡，運動大會都將照常舉行。

比較 **にもかかわらず**

雖然…，但是…、儘管…，卻…、雖然…，卻…

接續 {名詞；形容動詞詞幹；[形容詞・動詞]普通形} ＋にもかかわらず

說明 「にかかわらず」表無關，表示與這些差異無關，不因這些差異，而有任何影響的意思；「にもかかわらず」表無關，表示前項跟後項是兩個與預料相反的事態。用於逆接。

例文 努力にもかかわらず、全然効果が出ない。
儘管努力了，還是完全沒有看到效果。

006 Track N2-006

にしろ

無論…都…、就算…，也…、即使…，也…

接續 {名詞；形容動詞詞幹；[形容詞・動詞] 普通形} ＋にしろ

意思1 **【無關】**表示逆接條件。表示退一步承認前項，並在後項中提出跟前面相反或相矛盾的意見。常和副詞「いくら、仮に」前後呼應使用。是「にしても」的鄭重的書面語言。也可以說「にせよ」。後接說話人的判斷、評價、主張、無法認同、責備等表達方式。中文意思是：「無論…都…、就算…，也…、即使…，也…」。

例文 洗濯機にしろ冷蔵庫にしろ、日本製が高いことに変わりない。
不論是洗衣機還是冰箱，凡是日本製造的產品都同樣昂貴。

比較 **さえ、でさえ、とさえ**
就連…也…

接續 {名詞＋（助詞）} ＋さえ、でさえ、とさえ；{疑問詞…} ＋かさえ；{動詞意向形} ＋とさえ

說明 「にしろ」表無關，表示退一步承認前項，並在後項中提出不會改變的意見或不能允許的心情。是逆接條件的表現方式；「さえ」表強調輕重程度，前項列出程度低的極端例子，意思是「連這個都這樣」其他更別說了。後項多為否定性的內容。

例文 電気もガスも、水道さえ止まった。
包括電氣、瓦斯，就連自來水也全都中斷供應了。

007 Track N2-007

にせよ、にもせよ

無論…都…、就算…，也…、即使…，也…、…也好…也好

接續 {名詞；形容動詞詞幹である；[形容詞・動詞] 普通形} ＋にせよ、にもせよ

意思1 【無關】表示退一步承認前項，並在後項中提出跟前面相反或相矛盾的意見。是「にしても」的鄭重的書面語言。也可以說「にしろ」。後接說話人的判斷、評價、主張、無法認同、責備等表達方式。中文意思是：「無論…都…、就算…，也…、即使…，也…、…也好…也好」。

例文 いくら眠かったにせよ、先生の前で寝るのはよくない。
即使睏意襲人，當著老師的面睡著還是很不禮貌。

比較 **にしては**
照…來說…、就…而言算是…、從…這一點來說，算是…的、作為…，相對來說…

接續 {名詞；形容動詞詞幹；動詞普通形} ＋にしては

說明 「にせよ」表無關，表示即使假設承認前項所說的事態，後面所說的事態都與前項相反，或矛盾的；「にしては」表與預料不同，表示從前項來判斷，後項應該如何，但事實卻與預料相反不是這樣。

例文 この字は、子供が書いたにしては上手です。
這字出自孩子之手，算是不錯的。

008 Track N2-008

にもかかわらず

雖然…，但是…、儘管…，卻…、雖然…，卻…

接續 {名詞；形容動詞詞幹；[形容詞・動詞]普通形} ＋にもかかわらず

意思1 【無關】表示逆接。後項事情常是跟前項相反或相矛盾的事態。也可以做接續詞使用。中文意思是：「雖然…，但是…、儘管…，卻…、雖然…，卻…」。

例文 お正月にも関わらず、アルバイトをしていた。
雖是新年假期，我還是得照常打工。

注意 〖吃驚等〗含有說話人吃驚、意外、不滿、責備的心情。

例文 悪天候にも関わらず、野外コンサートが行われた。
儘管當日天候惡劣，露天音樂會依然照常舉行了。

比較　**もかまわず**

（連…都）不顧…、不理睬…、不介意…

接續　{名詞；動詞辭書形の}＋もかまわず

說明　「にもかかわらず」表無關，表示由前項可推斷出後項，但後項事實卻與之相反;「もかまわず」也表無關，表示毫不在意前項的狀況，去做後項。

例文　警官の注意もかまわず、赤信号で道を横断した。

不理會警察的警告，照樣闖紅燈。

009　**Track N2-009**

もかまわず

（連…都）不顧…、不理睬…、不介意…

接續　{名詞；動詞辭書形の}＋もかまわず

意思1　**【無關】**表示對某事不介意，不放在心上。常用在不理睬旁人的感受、眼光等。中文意思是：「（連…都）不顧…、不理睬…、不介意…」。

例文　雨に濡れるのもかまわず、ペットの犬を探した。

當時不顧渾身淋得濕透，仍然在雨中不停尋找走失的寵物犬。

注意　**〖不用顧慮〗**「にかまわず」表示不用顧慮前項事物的現況，請以後項為優先的意思。

例文　今日は調子が悪いので、私にかまわず、食べて、飲んでください。

我今天身體狀況不太好，請不必在意，儘管多吃點、多喝點！

比較　**はともかく（として）**

姑且不管…、…先不管它

接續　{名詞}＋はともかく（として）

說明　「もかまわず」表無關，表示不顧前項情況的存在，去做後項；「はともかく」也表無關、除外，用在比較前後兩個事項，表示先考慮後項，而不考慮前項。

例文　俺の話はともかくとして、お前の方はどうなんだ。

先別談我的事，你那邊還好嗎？

010 Track N2-010

をとわず、はとわず

無論…都…、不分…、不管…，都…

接續 {名詞} +を問わず、は問わず

意思1 【無關】表示沒有把前接的詞當作問題、跟前接的詞沒有關係，多接在「男女」、「昼夜」等對義的單字後面。中文意思是：「無論…都…、不分…、不管…，都…」。

例文 あの工場では、昼夜を問わず誰かが働いている。
那家工廠不分日夜，二十四小時都有員工輪班工作。

注意1 〘肯定及否定並列〙前面可接用言肯定形及否定形並列的詞。

例文 飲む飲まないを問わず、飲み物は飲み放題です。
不論喝或不喝，各類飲品皆可盡情享用。

注意2 〘Nはとわず〙使用於廣告文宣時，也有使用「Nはとわず」的形式。

例文 アルバイト募集。性別、国籍は問わず。
召募兼職員工。歡迎不同性別的各國人士加入我們的行列！

比較 のみならず

不僅…，也…、不僅…，而且…、非但…，尚且…

接續 {名詞；形容動詞詞幹である；[形容詞・動詞]普通形} +のみならず

說明 「をとわず」表無關，表示前項不管怎樣、不管為何，後項都能因應成立；「のみならず」表附加，表示不只前項事物，連後項都是如此。

例文 この薬は、風邪のみならず、肩こりにも効果がある。
這個藥不僅對感冒有效，對肩膀酸痛也很有效。

011 Track N2-011

はともかく（として）

姑且不管…、…先不管它

接續 {名詞} +はともかく（として）

意思1 【無關】表示提出兩個事項，前項暫且不作為議論的對象，先談後項。暗示後項是更重要的。中文意思是：「姑且不管…、…先不管它」。

例文 留学中(りゅうがくちゅう)の2年(ねん)でN1はともかく、N2には合格(ごうかく)したい。

在留學的這兩年期間不求通過N1級測驗，至少希望N2能夠合格。

注意 〔先考慮後項〕含有前項的問題雖然也得考慮，但相較之下，現在只能優先考慮後項的想法。

例文 大学院(だいがくいん)はともかく、大学(だいがく)は行(い)ったほうがいいい。

且不論研究所，至少要取得大學文憑才好。

比較　にかわって、にかわり

替…、代替…、代表…

接續 {名詞} ＋にかわって、にかわり

說明 「はともかく」表無關，用於比較前項與後項，有「前項雖然也是不得不考慮的，但是後項更重要」的語感；「にかわって」表代理，表示代替前項做某件事，有「本來應該由某人做的事，卻改由其他人來做」的意思。

例文 社長(しゃちょう)にかわって、副社長(ふくしゃちょう)が挨拶(あいさつ)をした。

副社長代表社長致詞。

012　Track N2-012

にさきだち、にさきだつ、にさきだって

在…之前，先…、預先…、事先…

接續 {名詞；動詞辭書形} ＋に先立ち、に先立つ、に先立って

意思1 【前後關係】用在述說做某一較重大的工作或動作前應做的事情，後項是做前項之前，所做的準備或預告。大多用於述說在進入正題或重大事情之前，應該做某一附加程序的時候。「にさきだち」強調順序，而類似句型「にあたって」強調狀態。中文意思是：「在…之前，先…、預先…、事先…」。

例文 増税(ぞうぜい)に先立(さきだ)つ政府(せいふ)の会見(かいけん)が、今週末(こんしゅうまつ)に開(ひら)かれる予定(よてい)です。

政府於施行增稅政策前的記者說明會，預定於本週末舉行。

比較　にさいし（て／ては／ての）

在…之際、當…的時候

接續　{名詞；動詞辭書形}＋に際し（て／ては／ての）

說明　「にさきだち」表前後關係，表示在做前項之前，先做後項的事前工作；「にさいして」表時點，表示眼前在前項這樣的場合、機會，進行後項的動作。

例文　チームに入（はい）るに際（さい）して、自己紹介（じこしょうかい）をしてください。

入隊時請先自我介紹。

MEMO

Chapter

2 時間

時間

001 Track N2-013

おり（に／は／には／から）

…的時候；正值…之際

意思 1 **【時點】**｛名詞;動詞辭書形;動詞た形｝＋おり（に／は／には／から）。「折」是流逝的時間中的某一個時間點，表示機會、時機的意思，說法較為鄭重、客氣，比「とき」更有禮貌。句尾不用強硬的命令、禁止、義務等表現。中文意思是：「…的時候」。

例 文 先日お会いした折はお元気だった先生が、ご入院されたと知って大変驚きました。

聽說上次見面時還很硬朗的老師住院了，這個消息太令人訝異了。

注 意 **〖書信固定用語〗**｛名詞の；[形容詞・動詞]辭書形｝＋折から。「折から」大多用在書信中，表示季節、時節的意思，先敘述此天候不佳之際，後面再接請對方多保重等關心話，說法較為鄭重、客氣。由於屬於較拘謹的書面語，有時會用古語形式。中文意思是：「正值…之際」。

例 文 寒さの厳しい折から、お身体にお気をつけください。

時值寒冬，務請保重玉體。

比 較 **さい（は）、さいに（は）**

…的時候、在…時、當…之際

接 續 {名詞の；動詞普通形} ＋際、際は、際に（は）

說 明 「おりに」表時點，表示以一件好事為契機；「さい」也表時點、時候，表示處在某一個特殊狀態，或到了某一特殊時刻。含有機會、契機的意思。

例 文 仕事の際には、コミュニケーションを大切にしよう。
在工作時，要著重視溝通。

002 Track N2-014

にあたって、にあたり

在…的時候、當…之時、當…之際、在…之前

接 續 {名詞；動詞辭書形} ＋にあたって、にあたり

意思 1 **【時點】** 表示某一行動，已經到了事情重要的階段。它有複合格助詞的作用。一般用在致詞或感謝致意的書信中，或新事態將要開始的情況。含有說話人對這一行動下定決心、積極的態度。中文意思是：「在…的時候、當…之時、當…之際、在…之前」。

例 文 新規店のオープンにあたり、一言お祝いをのべさせていただきます。
此次適逢新店開幕，容小弟敬致恭賀之意。

比 較 **において、においては、においても、における**
在…、在…時候、在…方面

接 續 {名詞} ＋において、においては、においても、における

說 明 「にあたって」表時點，表示在做前項某件特別、重要的事情之前，要進行後項;「において」表場面或場合，表示事態發生的時間、地點、狀況，一般用在新事態將要開始的情況。也表示跟某一領域有關的場合。

例 文 我が社においては、有能な社員はどんどん昇進します。
在本公司，有才能的職員都會順利升遷的。

003 Track N2-015

にさいし（て／ては／ての）

在…之際、當…的時候

接 續 {名詞；動詞辭書形} ＋に際し（て／ては／ての）

意思 1 **【時點】**表示以某事為契機，也就是動作的時間或場合。有複合詞的作用。是書面語。中文意思是：「在…之際、當…的時候」。

例 文 契約に際して、いくつか注意点がございます。

簽約時，有幾項需要留意之處。

比 較 **につけ（て）、につけても**

一…就…、每當…就…

接 續 {[形容詞・動詞]辭書形} ＋につけ（て）、につけても

說 明 「にさいして」表時點，用在開始做某件特別的事，或是表示該事情正在進行中；「につけ」表關連，表示每當看到或想到，就聯想起的意思，後常接「思い出、後悔」等跟感情或思考有關的內容。

例 文 この音楽を聞くにつけて、楽しかった月日を思い出します。

每當聽到這個音樂，就會回想起過去美好的時光。

004 Track N2-016

にて、でもって

(1)在…、於…；(2)以…、用…；(3)用…

接 續 {名詞} ＋にて、でもって

意思 1 **【時點】**「にて」相當於「で」，表示事情發生的場所，也表示結束的時間。中文意思是：「在…、於…」。

例 文 スピーチ大会は、市民センターの大ホールにて行います。

演講比賽將於市民活動中心的大禮堂舉行。

意思 2 **【手段】**也可接手段、方法、原因、限度、資格或指示詞，宣佈、告知的語氣強。中文意思是：「以…、用…」。

例 文 結果はホームページにて発表となります。

最後結果將於官網公佈。

意思 3 **【強調手段】**「でもって」是由格助詞「で」跟「もって」所構成，用來加強「で」的詞意，表示方法、手段跟原因，主要用在文章上。中文意思是：「用…」。

例文　お金（かね）でもって解決（かいけつ）できることばかりではない。
金錢不能擺平一切。

比較　**によって（は）、により**
根據…

接續　{名詞} ＋によって（は）、により

說明　「でもって」表強調手段，表示方法、手段跟原因等；「によって」也表手段，表示動作主體所依據的方法、方式、手段。

例文　成績（せいせき）によって、クラス分（わ）けする。
根據成績分班。

005　**Track N2-017**

か～ないかのうちに

剛剛…就…、一…（馬上）就…

接續　{動詞辭書形} ＋か＋ {動詞否定形} ＋ないかのうちに

意思1　**【時間前後】**表示前一個動作才剛開始，在似完非完之間，第二個動作緊接著又開始了。描寫的是現實中實際已經發生的事情。中文意思是：「剛剛…就…、一…（馬上）就…」。

例文　子供（こども）は、「おやすみ」と言（い）うか言（い）わないかのうちに、寝（ね）てしまった。
孩子一聲「晚安」的話音剛落，就馬上呼呼大睡了。

比較　**たとたん（に）**
剛…就…、剎那就…

接續　{動詞た形} ＋とたん（に）

說明　「か～ないかのうちに」表時間前後，表示前項動作才剛開始，後項動作就緊接著開始，或前後項動作幾乎同時發生；「とたんに」也表時間前後，表示前項動作完全結束後，馬上發生後項的動作。

例文　二人（ふたり）は、出会（であ）ったとたんに恋（こい）に落（お）ちた。
兩人一見鍾情。

006 Track N2-018

しだい

馬上…、一…立即、…後立即…

（接續）｛動詞ます形｝＋次第

意思1 **【時間前後】**表示某動作剛一做完，就立即採取下一步的行動，也就是一旦實現了前項，就立刻進行後項，前項為期待實現的事情。後項不用過去式、而是用委託或願望等表達方式。中文意思是：「馬上…、一…立即、…後立即…」。

（例文）定員(ていいん)になり次第(しだい)、締(し)め切(き)らせていただきます。

一達到人數限額，就停止招募。

比較 たとたん（に）

剛…就…、剎那就…

（接續）｛動詞た形｝＋とたん（に）

說明 「しだい」表時間前後，表示「一旦實現了某事，就立刻…」前項是說話跟聽話人都期待的事情。前面要接動詞連用形。由於後項是即將要做的事情，所以句末不用過去式；「とたんに」也表時間前後，表示前項動作完成瞬間，幾乎同時發生了後項的動作。兩件事之間幾乎沒有時間間隔。後項大多是說話人親身經歷過的，且意料之外的事情，句末只能用過去式。

（例文）発車(はっしゃ)したとたんに、タイヤがパンクした。

才剛發車，就立刻爆胎了。

007 Track N2-019

いっぽう（で）

(1)在…的同時，還…、一方面…，一方面…、另一方面…；(2)一方面…而另一方面卻…

（接續）｛動詞辭書形｝＋一方（で）

意思1 **【同時】**前句說明在做某件事的同時，另一個事情也同時發生。後句多敘述可以互相補充做另一件事。中文意思是：「在…的同時，還…、一方面…，一方面…、另一方面…」。

例文 彼は仕事ができる一方、人との付き合いも大切にしている。
他不但工作能力強，也很重視經營人際關係。

意思2 **【對比】**表示同一主語有兩個對比的側面。中文意思是：「一方面…而另一方面卻…」。

例文 ここは自然が豊かで静かな一方、不便である。
這地方雖然十分寧靜又有豐富的自然環境，但在生活上並不便利。

比較 **はんめん**

另一面…、另一方面…

接續 {[形容詞・動詞]辭書形}＋反面；{[名詞・形容動詞詞幹な]である}＋反面

說明 「いっぽう」表對比，表示前項及後項兩個動作可以是對比的、相反的，也可以是並列關係的意思；「はんめん」表對比，表示同一種事物，兼具兩種相反的性質。

例文 産業が発達している反面、公害が深刻です。
產業雖然發達，但另一方面也造成嚴重的公害。

008 Track N2-020

かとおもうと、かとおもったら

剛一…就…、剛…馬上就…

接續 {動詞た形}＋かと思うと、かと思ったら

意思1 **【同時】**表示前後兩個對比的事情，在短時間內幾乎同時相繼發生，表示瞬間發生了變化或新的事情。後面接的大多是說話人意外和驚訝的表達。由於描寫的是現實中發生的事情，因此後項不接意志句、命令句跟否定句等。中文意思是：「剛一…就…、剛…馬上就…」。

例文 弟は、帰ってきたかと思うとすぐ遊びに行った。
弟弟才剛回來就又跑去玩了。

比較 **たとたん（に）**

剛…就…、剎那就…

接續 {動詞た形}＋とたん（に）

說明 「かとおもうと」表同時，表示前後性質不同或是對比的事物，在短時間內相繼發生。因此，前後動詞常用對比的表達方式；「とたんに」表時間前後，單純的表示某事情結束了，幾乎同時發生了不同的事情，沒有對比的意味。

例文 4月(がつ)になったとたん、春(はる)の大雪(おおゆき)が降(ふ)った。
才剛進入四月，突然就下了好大一場春雪。

009 Track N2-021

ないうちに

在未…之前，…、趁沒…

接續 {動詞否定形} ＋ないうちに

意思1 **【期間】**這也是表示在前面的環境、狀態還沒有產生變化的情況下，做後面的動作。中文意思是：「在未…之前，…、趁沒…」。

例文 赤(あか)ちゃんが起(お)きないうちに、買(か)い物(もの)へ行(い)ってきます。
趁著小寶寶還在睡的時候出去買個菜！

比較 **にさきだち、にさきだつ、にさきだって**

在…之前，先…、預先…、事先…

接續 {名詞；動詞辭書形} ＋に先立ち、に先立つ、に先立って

說明 「ないうちに」表期間，表示趁著某種情況發生前做某件事；「にさきだち」表前後關係，表示在做某件大事之前應該要先把預備動作做好，如果前接動詞，就要改成動詞辭書形。

例文 旅行(りょこう)に先立(さきだ)ち、パスポートが有効(ゆうこう)かどうか確認(かくにん)する。
在出遊之前，要先確認護照期限是否還有效。

010 Track N2-022

かぎり

(1)以…為限、到…為止；(2)盡…、竭盡…；耗盡、費盡

接續 {名詞の；動詞辭書形} ＋限り

意思1 **【期限】**表示時間或次數的限度。中文意思是：「以…為限、到…為止」。

例文　今年限りで、あの番組は終了してしまう。
那個電視節目將於今年收播。

意思2　【極限】表示可能性的極限，盡其所能，把所有本事都用上。中文意思是：「盡…、竭盡…」。

例文　諦めない限り、きっと成功するだろう。
只要不放棄，總有一天會成功的。

注意　〖慣用表現〗慣用表現「の限りを尽くす」為「耗盡、費盡」等意。中文意思是：「耗盡、費盡」。

例文　力の限りを尽くして、最後の試合にのぞもう。
讓我們竭盡全力，一起拚到決賽吧！

比較　にかぎる

就是要…、…是最好的

接續　{名詞（の）；形容詞辭書形（の）；形容動詞詞幹（なの）；動詞辭書形；動詞否定形} ＋に限る

說明　「かぎり」表極限，表示在達到某個極限之前，把所有本事都用上，做某事；「にかぎる」表最上級，表示說話人主觀地選擇或推薦最好的動作或狀態。

例文　夏はやっぱり冷たいビールに限るね。
夏天就是要喝冰啤酒啊！

Chapter

3 原因、結果

原因、結果

001 Track N2-023

あまり（に）

由於太…才…；由於過度…、因過於…、過度…

接續 {名詞の；動詞辭書形} ＋あまり（に）

意思1 【原因】表示某種程度過甚的原因，導致後項不同尋常的結果，常與含有程度意義的名詞搭配使用。常用「あまりの＋形容詞詞幹＋さ＋に」的形式。中文意思是：「由於太…才…」。

例文 山（やま）から見（み）える湖（みずうみ）のあまりの美（うつく）しさに言葉（ことば）を失（うしな）った。
從山上俯瞰的湖景實在太美了，令人一時說不出話來。

注意 〔極端的程度〕表示由於前句某種感情、感覺的程度過甚，而導致後句的結果。前句表示原因，後句一般是不平常的或不良的結果。常接在表達感情或狀態的詞彙後面。後項不能用表示願望、意志、推量的表達方式。中文意思是：「由於過度…、因過於…、過度…」。

例文 子供（こども）を心配（しんぱい）するあまり、母（はは）は病気（びょうき）になってしまった。
媽媽由於太擔心孩子而生病了。

比較 **だけに**

到底是…、正因為…，所以更加…

接續 {名詞；形容動詞詞幹な；[形容詞・動詞] 普通形} ＋だけに

說 明 「あまり」表原因，表示由於前項的某種十分極端程度，而導致後項的不尋常或壞的結果。前接名詞時要加上「の」;「だけに」也表原因，表示正因為前項，後項就顯得更厲害。「だけに」前面要直接接名詞，不需多加「の」。

例 文 役者としての経験が長いだけに、演技がとてもうまい。
正因為有長期的演員經驗，所以演技真棒！

002 Track N2-024

いじょう(は)

既然…、既然…，就…、正因為…

接 續 {動詞普通形} ＋以上(は)

意思1 **【原因】**由於前句某種決心或責任，後句便根據前項表達相對應的決心、義務或奉勸。有接續助詞作用。後項多接說話人對聽話人的勸導、建議、決心的「なければならない、べきだ、てはいけない、つもりだ」等句型，或說話人的判斷、意向的「はずだ、にちがいない」等句型。中文意思是：「既然…、既然…，就…、正因為…」。

例 文 ペットを飼う以上は、最後まで責任をもつべきだ。
既然養了寵物，就有責任照顧牠到臨終的那一刻。

比 較 **うえは**

既然…、既然…就…

接 續 {動詞普通形} ＋上は

說 明 「いじょう（は）」表原因，表示強調原因，因為前項，所以理所當然就要有相對應的後項；「うえは」也表決心性的原因，表示因為前項，理所當然就要有責任或心理準備做後項。兩者意思非常接近，但「うえは」的「既然…」的語氣比「いじょう」更為強烈。「いじょう（は）」可以省略「は」，但「うえは」不可以省略。

例 文 会社をクビになった上は、屋台でもやるしかない。
既然被公司炒魷魚，就只有開路邊攤了。

003 Track N2-025

からこそ

正因為…、就是因為…

(接　續) {名詞だ；形容動辭書形；[形容詞・動詞]普通形} ＋からこそ

意思1 **【原因】** 表示說話者主觀地認為事物的原因出在何處，並強調該理由是唯一的、最正確的、除此之外沒有其他的了。中文意思是：「正因為…、就是因為…」。

(例　文) 田舎だからこそできる遊びがある。
正因為在鄉間，才有一些別處玩不了的遊戲。

注　意 **〔後接のだ／んだ〕** 後面常和「のだ／んだ」一起使用。

(例　文) 親は子供を愛しているからこそ、厳しいときもあるんだよ。
有時候父母是出自於愛之深責之切，才會對兒女嚴格要求。

比　較 **ゆえ（に）**
因為…

(接　續) {名詞・形容動詞} ＋ゆえ（に）

說　明 「からこそ」表原因，表示不是因為別的，而就是因為這個原因，是一種強調順理成章的原因。是說話人主觀認定的原因，一般用在正面的原因；「ゆえ」也表原因，表示因果關係。後項是結果，前項是理由。

(例　文) 苦しいゆえに、勝利を獲得した時の喜びが大きいのだ。
由於十分艱苦，所以取得勝利時才格外高興。

004 Track N2-026

からといって

(1)（某某人）說是…（於是就）；(2)（不能）僅因…就…、即使…，也不能…

(接　續) {[名詞・形容動詞詞幹]だ；[形容詞・動詞] 普通形} ＋からといって

意思1 **【引用理由】** 表示說話人引用別人陳述的理由。中文意思是：「（某某人）說是…（於是就）」。

(例 文) 彼が好きだからといって、彼女は親の反対を押し切って結婚した。
她說喜歡他，於是就不顧父母反對結了婚。

意思2 **【原因】**表示不能僅僅因為前面這一點理由，就做後面的動作，後面常接否定的說法，大多用在表達說話人的建議、評價上，或對某實際情況的提醒、訂正上。中文意思是：「（不能）僅因…就…、即使…，也不能…」。

(例 文) ゲームが好きだからといって、一日中するのはよくない。
雖說喜歡打電玩，可是從早打到晚，身體會吃不消的。

注 意 **〘口語－からって〙**口語中常用「からって」。

(例 文) 大変だからって、諦めちゃだめだよ。
不能因為嫌麻煩就半途而廢喔！

比 較 **といっても**

雖說…，但…、雖說…，也並不是很…

(接 續) {名詞；形容動詞詞幹；[名詞・形容詞・形容動詞・動詞]普通形}＋といっても

說 明 「からといって」表原因，在這裡表示不能僅僅因為前項的理由，就有後面的否定說法；「といっても」表讓步，表示實際上並沒有聽話人所想的那麼多，雖說前項是事實，但程度很低。

(例 文) 貯金があるといっても、10万円ほどですよ。
雖說有存款，但也只有十萬日圓而已。

005 **Track N2-027**

しだいです

由於…、才…、所以…

(接 續) {動詞普通形；動詞た形；動詞ている}＋次第です

意思1 **【原因】**解釋事情之所以會演變成如此的原由。是書面用語，語氣生硬。中文意思是：「由於…、才…、所以…」。

(例 文) 今日は、先日お渡しできなかった資料を全部お持ちした次第です。
日前沒能交給您的資料，今天全部備齊帶過來了。

比較 **ということだ**

也就是說…、這就是…

接續 {簡體句} ＋ということだ

說明 「しだいです」表原因，解釋事情之所以會演變成這樣的原因；「ということだ」表結論，表示根據前項的情報、狀態得到某種結論。

例文 ご意見(いけん)がないということは、皆(みな)さん、賛成(さんせい)ということですね。

沒有意見的話，就表示大家都贊成了吧！

006 Track N2-028

だけに

(1)到底是…、正因為…，所以更加…、由於…，所以特別…；(2)正因為…反倒…

接續 {名詞；形容動詞詞幹な；[形容詞・動詞] 普通形} ＋だけに

意思1 **【原因】**表示原因。表示正因為前項，理所當然地有相應的結果，或有比一般程度更深的後項的狀況。中文意思是：「到底是…、正因為…，所以更加…、由於…，所以特別…」。

例文 母(はは)は花(はな)が好(す)きなだけに、花(はな)の名前(なまえ)をよく知(し)っている。

由於媽媽喜歡花，所以對花的名稱知之甚詳。

意思2 **【反預料】**表示結果與預料相反、事與願違。大多用在結果不好的情況。中文意思是：「正因為…反倒…」。

例文 親子三代(おやこさんだい)で通(かよ)った店(みせ)だけに、なくなってしまうのは、大変残念(たいへんざんねん)です。

正因為是我家祖孫三代都喜歡吃的館子，就這樣關門，真叫人感到遺憾！

比較 **だけあって**

不愧是…；也難怪…

接續 {名詞；形容動詞詞幹な；[形容詞・動詞] 普通形} ＋だけあって

說明 「だけに」表反預料，用在跟預料、期待相反的結果。「だけに」也表原因，表示正因為前項，理所當然地才有比一般程度更深的後項的狀況。後項不管是正面或負面的評價都可以；「だけあって」表符合期待，表示後項是根據前項合理推斷出的結果，後項是正面的評價。用在結果是跟自己預料的一樣時。

例文 この辺は、商業地域だけあって、とてもにぎやかだ。
這附近不愧是商業區，相當熱鬧。

007 Track N2-029

ばかりに

(1)就是因為想…；(2)就因為…、都是因為…，結果…

接續 {名詞である；形容動詞詞幹な；[形容詞・動詞]普通形} ＋ばかりに

意思1 **【願望】**強調由於說話人的心願，導致極端的行為或事件發生，後項多為不辭辛勞或不願意做也得做的內容。常用「たいばかりに」的表現方式。中文意思是：「就是因為想…」。

例文 海外の彼女に会いたいばかりに、一週間も会社を休んでしまった。
只因為太思念國外的女友而向公司請了整整一星期的假。

意思2 **【原因】**表示就是因為某事的緣故，造成後項不良結果或發生不好的事情，說話人含有後悔或遺憾的心情。中文意思是：「就因為…、都是因為…，結果…」。

例文 働きすぎたばかりに、体をこわしてしまった。
由於工作過勞而弄壞了身體。

比較 **だけに**

到底是…、正因為…，所以更加…

接續 {名詞；形容動詞詞幹な；[形容詞・動詞]普通形} ＋だけに

說明 「ばかりに」表原因，表示就是因為前項的緣故，導致後項壞的結果或狀態，後項是一般不可能做的行為；「だけに」也表原因，表示正因為前項，理所當然地導致後來的狀況，或因為前項，理所當然地才有比一般程度更深的後項。

例文 彼は政治家としては優秀なだけに、今回の汚職は大変残念です。
正因為他是一名優秀的政治家，所以這次的貪污事件更加令人遺憾。

ことから

(1)從…來看、因為…；(2)…是由於…；(3)根據…來看

接續 {名詞である；形容動詞詞幹な；[形容詞・動詞] 普通形} +ことから

意思1 **【理由】**表示後項事件因前項而起。中文意思是：「從…來看、因為…」。

例文 妻とは同じ町の出身ということから、交際が始まった。
我和太太當初是基於同鄉之緣才開始交往的。

意思2 **【由來】**用於說明命名的由來。中文意思是：「…是由於…」。

例文 富士山が見えるということから、この町は富士町という名前が付いた。
由於可以遠眺富士山，因此這個地方被命名為富士町。

意思3 **【根據】**根據前項的情況，來判斷出後面的結果或結論。中文意思是：「根據…來看」。

例文 煙が出ていることから、近所の工場で火事が発生したのが分かった。
從冒出濃煙的方向判斷，可以知道附近的工廠失火了。

比較 ことだから

因為是…，所以…

接續 {名詞の} +ことだから

說明 「ことから」表根據，表示依據前項來判斷出後項的結果。也表示理由跟名稱的由來；「ことだから」也表根據，表示說話人到目前為止的經驗，來推測前項，大致確實會有後項的意思。「ことだから」前面接的名詞一般為人或組織，而接中間要接「の」。

例文 主人のことだから、また釣りに行っているのだと思います。
我想我那個老公一定又去釣魚了吧！

009　Track N2-031

あげく（に／の）

…到最後、…，結果…

（接續）{動詞性名詞の；動詞た形}＋あげく（に／の）

意思1 **【結果】**表示事物最終的結果，指經過前面一番波折和努力所達到的最後結果或雪上加霜的結果，後句的結果多因前句，而造成精神上的負擔或麻煩，多用在消極的場合，不好的狀態。中文意思是：「…到最後、…，結果…」。

（例文）その客は1時間以上迷ったあげく、何も買わず帰っていった。
那位顧客猶豫了不止一個鐘頭，結果什麼都沒買就離開了。

注意1 **〖あげくの＋名詞〗**後接名詞時，用「あげくの＋名詞」。

（例文）彼女の離婚は、年月をかけて話し合ったあげくの結論だった。
她的離婚是經過多年來雙方商討之後才做出的結論。

注意2 **〖さんざん～あげく〗**常搭配「さんざん、いろいろ」等強調「不容易」的詞彙一起使用。

（例文）弟はさんざん悩んだあげく、大学をやめることにした。
弟弟經過一番掙扎，決定從大學輟學了。

注意3 **〖慣用表現〗**慣用表現「あげくの果て」為「あげく」的強調說法。

（例文）兄はさんざん家族に心配をかけ、あげくの果てに警察に捕まった。
哥哥的行徑向來讓家人十分憂心，終究還是遭到了警方的逮捕。

比較　うちに

趁…做…、在…之內…做…

（接續）{名詞の；形容動詞詞幹な；[形容詞・動詞]辭書形}＋うちに

說明 「あげくに」表結果，表示經過了前項一番波折並付出了極大的代價，最後卻導致後項不好的結果；「うちに」表期間，表示在某一狀態持續的期間，進行某種行為或動作。有「等到發生變化就晚了，趁現在…」的含意。

（例文）昼間は暑いから、朝のうちに散歩に行った。
白天很熱，所以趁早去散步。

010 **Track N2-032**

すえ（に／の）

經過…最後、結果…、結局最後…

（接續）{名詞の} ＋末（に／の）；{動詞た形} ＋末（に／の）

意思 1 **【結果】**表示「經過一段時間，做了各種艱難跟反覆的嘗試，最後成為…結果」之意，是動作、行為等的結果，意味著「某一期間的結束」，為書面語。中文意思是：「經過…最後、結果…、結局最後…」。

（例文）これは、数年間話し合った末の結論です。
這是幾年來多次商談之後得出的結論。

注意 1 **〖末の＋名詞〗**後接名詞時，用「末の＋名詞」。

（例文）N1合格は、努力した末の結果です。
能夠通過 N1 級測驗，必須歸功於努力的成果。

注意 2 **〖すえ～結局〗**語含說話人的印象跟心情，因此後項大多使用「結局、とうとう、ついに、色々、さんざん」等猶豫、思考、反覆等意思的副詞。

（例文）さんざん悩んだ末、結局帰国することにした。
經過一番天人交戰之後，結果還是決定回去故鄉了。

比較 **あげく（に／の）**

…到最後、…，結果…

（接續）{動詞性名詞の；動詞た形} ＋あげく（に／の）

說明「すえに」表結果，表示花了前項很長的時間，有了後項最後的結果，後項可以是積極的，也可以是消極的。較不含感情的說法。「あげく」也表結果，表示經過前面一番波折達到的最後結果，後項是消極的結果。含有不滿的語氣。

（例文）年月をかけた準備のあげく、失敗してしまいました。
花費多年準備，結果卻失敗了。

Chapter

条件、逆説、例示、並列

條件、逆說、例示、並列

001 Track N2-033

ないことには

要是不…、如果不…的話，就…

（接續） {動詞否定形} ＋ないことには

意思1 **【條件】**表示如果不實現前項，也就不能實現後項，後項的成立以前項的成立為第一要件。後項一般是消極的、否定的結果。中文意思是:「要是不…、如果不…的話，就…」。

（例文） お金(かね)がないことには、何(なに)もできない。
沒有金錢，萬事不能。

比較 **からといって**

(不能)僅因…就…、即使…，也不能…

（接續） {[名詞・形容動詞詞幹]だ；[形容詞・動詞]普通形} ＋からといって

說明 「ないことには」表條件，表示如果不實現前項，也就不能實現後項；「からといって」表原因，表示不能只因為前面這一點理由，就做後面的動作。

（例文） 読書(どくしょ)が好(す)きだからといって、一日中(いちにちじゅう)読(よ)んでいたら体(からだ)に悪(わる)いよ。
即使愛看書，但整天抱著書看對身體也不好呀！

002 Track N2-034

を～として、を～とする、を～とした

把…視為…（的）、把…當做…（的）

接續 {名詞}＋を＋{名詞}＋として、とする、とした

意思1 **【條件】**表示把一種事物當做或設定為另一種事物，或表示決定、認定的內容。「として」的前面接表示地位、資格、名分、種類或目的的詞。中文意思是：「把…視為…（的）、把…當做…（的）」。

例文 今回(こんかい)の国際会議(こくさいかいぎ)では、環境問題(かんきょうもんだい)を中心(ちゅうしん)とした議論(ぎろん)が続(つづ)いた。
在本屆國際會議中，進行了一連串以環境議題為主旨的論壇。

比較 **について（は）、につき、についても、についての**
有關…、就…、關於…

接續 {名詞}＋について（は）、につき、についても、についての

說明 「を～として」表條件，表示視前項為某種事物進而採取後項行動；「について」表對象，表示就前項事物來進行說明、思考、調查、詢問、撰寫等動作。

例文 江戸時代(えどじだい)の商人(しょうにん)についての物語(ものがたり)を書(か)きました。
撰寫了一個有關江戸時期商人的故事。

003 Track N2-035

も～なら～も

…不…，…也不…、…有…的不對，…有…的不是

接續 {名詞}＋も＋{同名詞}＋なら＋{名詞}＋も＋{同名詞}

意思1 **【條件】**表示雙方都有缺點，帶有譴責的語氣。中文意思是：「…不…，…也不…、…有…的不對，…有…的不是」。

例文 隣(となり)のご夫婦(ふうふ)、毎日喧嘩(まいにちけんか)ばかりしているね。ご主人(しゅじん)もご主人(しゅじん)なら、奥(おく)さんも奥(おく)さんだ。
隔壁那對夫婦天天吵架。先生有不對之處，太太也有該檢討的地方。

比較 **も～し～も**

既…又…

接續 {名詞} ＋も＋ {[形容詞・動詞] 普通形；[形容動詞詞幹だ]} ＋し＋ {名詞} ＋も

說明 「も～なら～も」表條件，表示雙方都有問題存在，都應該遭到譴責；「も～し～も」表反覆，表示反覆說明同性質的事物。

例文 ここは家賃（やちん）も安（やす）いし、景色（けしき）もいいです。
這裡房租便宜，景觀也好看。

004 Track N2-036

ものなら

如果能…的話；要是能…就…

接續 {動詞可能形} ＋ものなら

意思1 **【假定條件】** 提示一個實現可能性很小且很難的事物，且期待實現的心情，接續動詞常用可能形，口語有時會用「もんなら」。中文意思是:「如果能…的話」。

例文 彼女（かのじょ）のことを、忘（わす）れられるものなら忘（わす）れたいよ。
如果能夠，真希望徹底忘了她。

注意 **〔重複動詞〕** 重複使用同一動詞時，有強調實際上不可能做的意味。表示挑釁對方做某行為。帶著向對方挑戰，放任對方去做的意味。由於是種容易惹怒對方的講法，使用上必須格外留意。後項常接「てみろ」、「てみせろ」等。中文意思是：「要是能…就…」。

例文 いつも課長（かちょう）の悪口（わるぐち）ばかり言（い）っているな。直接（ちょくせつ）言（い）えるものなら言（い）ってみろよ。
你老是在背後抱怨課長。真有那個膽量，不如當面說給他聽吧！

比較 **ものだから**

就是因為…，所以…

接續 {[名詞・形容動詞詞幹]な；[形容詞・動詞]普通形} ＋ものだから

說明 「ものなら」表假定條件，常用於挑釁對方，前接包含可能意義的動詞，通常後接表示嘗試、願望或命令的語句；「ものだから」表理由，常用於為自己找藉口辯解，陳述理由，意為「就是因為…才…」。

例文 お葬式(そうしき)で正座(せいざ)して、足(あし)がしびれたものだから立(た)てませんでした。
在葬禮上跪坐得腳麻了，以致於站不起來。

005 Track N2-037

ながら（も）

很…的是、雖然…，但是…、儘管…、明明…卻…

接續 {名詞；形容動詞詞幹；形容詞辭書形；動詞ます形} ＋ながら（も）

意思1 **【逆接】**連接兩個矛盾的事物，表示後項與前項所預想的不同。中文意思是：「很…的是、雖然…，但是…、儘管…、明明…卻…」。

例文 貯金(ちょきん)しなければと思(おも)いながらも、ついつい使(つか)ってしまう。
心裡分明知道非存錢不可，還是不由自主花錢如水。

比較 どころか

哪裡還…、非但…、簡直…

接續 {名詞；形容動詞詞幹な；[形容詞・動詞]普通形} ＋どころか

說明 「ながら」表逆接，表示一般如果是前項的話，不應該有後項，但是確有後項的矛盾關係；「どころか」表對比，表示程度的對比，比起前項後項更為如何。後項內容大多跟前項所說的相反。

例文 お金(かね)が足(た)りないどころか、財布(さいふ)は空(から)っぽだよ。
哪裡是不夠錢，錢包裡就連一毛錢也沒有。

006 Track N2-038

ものの

雖然…但是…

接續 {名詞である；形容動詞詞幹な；[形容詞・動詞]普通形} ＋ものの

意思1 **【逆接】**表示姑且承認前項，但後項不能順著前項發展下去。後項是否定性的內容，一般是對於自己所做、所說或某種狀態沒有信心，很難實現等的說法。中文意思是：「雖然…但是…」。

例文 この会社は給料が高いものの、人間関係はあまりよくない。
這家公司雖然薪資很高，內部的人際關係卻不太融洽。

比較 **とはいえ**
雖然…但是…

接續 {名詞（だ）；形容動詞詞幹（だ）；[形容詞・動詞]普通形}＋とはいえ

說明 「ものの」表逆接，表示後項跟之前所預料的不一樣；「とはいえ」也表逆接，表示後項的結果跟前項的情況不一致，用在否定前項的既有印象，通常後接說話者的意見或評斷的表現方式。

例文 暦の上では春とはいえ、まだまだ寒い日が続く。
雖然已過立春，但是寒冷的天氣依舊。

007 Track N2-039

やら～やら

…啦…啦、又…又…

接續 {名詞}＋やら＋{名詞}＋やら；{形容動詞詞幹；[形容詞・動詞]普通形}＋やら＋{形容動詞詞幹；[形容詞・動詞]普通形}＋やら

意思1 **【例示】**表示從一些同類事項中，列舉出兩項。大多用在有這樣，又有那樣，真受不了的情況。多有感覺麻煩、複雜，心情不快的語感。中文意思是：「…啦…啦、又…又…」。

例文 花粉症で、鼻水がでるやら目が痒いやら、もう我慢できない。
由於花粉熱發作，又是流鼻水又是眼睛癢的，都快崩潰啦！

比較 **とか～とか**
…啦…啦、…或…、及…

接續 {名詞；[形容詞・形容動詞・動詞]辭書形}＋とか＋{名詞；[形容詞・形容動詞・動詞]辭書形}＋とか

說明 「やら～やら」表例示，表示從這些事項當中舉出幾個當例子，含有除此之外，還有其他。說話者大多抱持不滿的心情；「とか～とか」也表列示，但是只是單純的從幾個例子中，例舉出代表性的事例。不一定抱持不滿的心情。

例文 赤(あか)とか青(あお)とか、いろいろな色(いろ)を塗(ぬ)りました。
或紅或藍，塗上了各種的顏色。

008 Track N2-040

も～ば～も、も～なら～も

既…又…、也…也…

接續 {名詞}＋も＋{[形容詞・動詞]假定形}＋ば{名詞}＋も；{名詞}＋も＋{名詞・形容動詞詞幹}＋なら{名詞}＋も

意思1 **【並列】**把類似的事物並列起來，用意在強調。中文意思是：「既…又…、也…也…」。

例文 お正月(しょうがつ)は、病院(びょういん)も休(やす)みなら銀行(ぎんこう)も休(やす)みですよ。気(き)をつけて。
元旦假期不僅醫院休診，銀行也暫停營業，要留意喔！

注意 **〖對照事物〗**或並列對照性的事物，表示還有很多情況。

例文 試験(しけん)の結果(けっか)は、いい時(とき)もあれば悪(わる)い時(とき)もある。
考試的分數時高時低。

比較 **やら～やら**

…啦…啦、又…又…

接續 {名詞}＋やら＋{名詞}＋やら；{形容動詞詞幹；[形容詞・動詞]普通形}＋やら＋{形容動詞詞幹；[形容詞・動詞]普通形}＋やら

說明 「も～なら～も」表並列關係，在前項加上同類的後項；「やら～やら」表例示，說話者大多抱持不滿的心情，從這些事項當中舉出幾個當例子，暗含還有其他。

例文 近所(きんじょ)に工場(こうじょう)ができて、騒音(そうおん)やら煙(けむり)やら、悩(なや)まされているんですよ。
附近開了家工廠，又是噪音啦，又是黑煙啦，真傷腦筋！

Chapter

5 付帯、付加、変化

附帶、附加、變化

001 Track N2-041

こと(も)なく

不…、不…(就)…、不…地…

接續 {動詞辭書形} ＋こと(も)なく

意思1 **【非附帶狀態】**表示「沒做前項，而做後項」。也表示從來沒有發生過某事，或出現某情況。中文意思是：「不…、不…(就)…、不…地…」。

例文 週末(しゅうまつ)は体調(たいちょう)が悪(わる)かったので、外出(がいしゅつ)することもなくずっと家(いえ)にいました。

由於身體狀況不佳，週末一直待在家裡沒出門。

比較 **ぬきで、ぬきに、ぬきの、ぬきには、ぬきでは**

省去…、沒有…

接續 {名詞} ＋抜きで、抜きに、抜きの、抜きには、抜きでは

說明 「ことなく」表非附帶狀態，表示沒有進行前項被期待的動作，就開始了後項的動作的；「ぬきで」也表非附帶狀態，表示除去或撇開說話人認為是多餘的前項，而直接做後項的事物。

例文 今日(きょう)は仕事(しごと)の話(はなし)は抜(ぬ)きで飲(の)みましょう。

今天就別提工作，喝吧！

002 Track N2-042

をぬきにして（は／も）、はぬきにして

(1)去掉…、停止…；(2)沒有…就（不能）…

接續 {名詞}＋を抜きにして（は／も）、は抜きにして

意思1 **【不附帶】**表示去掉前項一般情況下會有的事態，做後項動作。中文意思是：「去掉…、停止…」。

例文 冗談（じょうだん）を抜（ぬ）きにして、本当（ほんとう）のことを言（い）ってください。

請不要開玩笑，告訴我實情！

意思2 **【附帶】**「抜き」是「抜く」的ます形，後轉當名詞用。表示沒有前項，後項就很難成立。中文意思是：「沒有…就（不能）…」。

例文 彼（かれ）の活躍（かつやく）を抜（ぬ）きにして、この試合（しあい）には勝（か）てなかっただろう。

若是沒有他的活躍表現，想必這場比賽不可能獲勝！

比較 **はもちろん、はもとより**

不僅…而且…、…不用說，…也…

接續 {名詞}＋はもちろん、はもとより

說明 「をぬきにして」表附帶，表示沒有前項，後項就很難成立；「はもちろん」表附加，表示前後兩項都不例外。

例文 病気（びょうき）の治療（ちりょう）はもちろん、予防（よぼう）も大事（だいじ）です。

疾病的治療自不待言，預防也很重要。

003 Track N2-043

ぬきで、ぬきに、ぬきの、ぬきには、ぬきでは

(1)省去…；(2)沒有…

意思1 **【非附帶狀態】**{名詞}＋抜きで、抜きに、抜きの。表示除去或省略一般應該有的部分。中文意思是：「省去…」。

例文 今日（きょう）は忙（いそが）しくて、昼食（ちゅうしょく）抜（ぬ）きで働（はたら）いていた。

今天忙得團團轉，從早工作到晚，連午餐都沒空吃。

注意 〖ぬきの＋N〗後接名詞時，用「抜きの＋名詞」。

例文 ネギ抜きのたまごうどんを一つ、お願いします。
麻煩我要一碗不加蔥的雞蛋烏龍麵。

意思2 **【必要條件】**｛名詞｝＋抜きには、抜きでは。為「如果沒有…（就無法…）」之意。中文意思是：「沒有…」。

例文 今日の送別会は君抜きでは始まりませんよ。
今天的歡送會怎能缺少你這位主角呢？

比較 にかわって、にかわり

替…、代替…、代表…

接續 ｛名詞｝＋にかわって、にかわり

說明 「ぬきでは」表必要條件，表示若沒有前項，後項本來期待的或預期的事也無法成立；「にかわって」表代理，意為代替前項做某件事。

例文 親族一同にかわって、ご挨拶申し上げます。
僅代表全體家屬，向您致上問候之意。

004 Track N2-044

うえ（に）

…而且…、不僅…，而且…、在…之上，又…

接續 ｛名詞の；形容動詞詞幹な；［形容詞・動詞］普通形｝＋上（に）

意思1 **【附加】**表示追加、補充同類的內容。在本來就有的某種情況之外，另外還有比前面更甚的情況。正面負面都可以使用。含有「十分、無可挑剔」的語感。後項不能用拜托、勸誘、命令、禁止等使役性的表達形式。另外前後項必需是同一性質的，也就是前項為正面因素，後項也必需是正面因素，負面以此類推。中文意思是：「…而且…、不僅…，而且…、在…之上，又…」。

例文 朝から頭が痛い上に、少し熱があるので、早く帰りたい。
一早就開始頭痛，還有點發燒，所以想快點回家休息。

比　較　**うえで（の）**

在…之後、…以後…、之後（再）…

接　續　{名詞の；動詞た形}＋上で（の）

說　明　「うえ（に）」表附加，表示追加、補充同類的內容；「うえで」表前提，表動作的先後順序。先做前項，在前項的基礎上，再做後項。

例　文　土地を買った上で、建てる家を設計しましょう。

買了土地以後，再來設計房子吧。

005　Track N2-045

だけでなく

不只是…也…、不光是…也…

接　續　{名詞；形容動詞詞幹な；[形容詞・動詞]普通形}＋だけでなく

意思1　**【附加】**表示前項和後項兩者皆是，或是兩者都要。中文意思是：「不只是…也…、不光是…也…」。

例　文　肉だけでなく、野菜も食べなさい。

別光吃肉，也要吃青菜！

比　較　**ばかりか、ばかりでなく**

豈止…，連…也…、不僅…而且…

接　續　{名詞；形容動詞詞幹な；[形容詞・動詞]普通形}＋ばかりか、ばかりでなく

說　明　「だけでなく」表附加，表示前項後項兩者都是，不僅有前項的情況，同時還添加、累加後項的情況；「ばかりか」也表附加，表示除前項的情況之外，還有後項程度更甚的情況。

例　文　彼は、勉強ばかりでなくスポーツも得意だ。

他不光只會唸書，就連運動也很行。

006 Track N2-046

のみならず

不僅…，也…、不僅…，而且…、非但…，尚且…

(接續) {名詞；形容動詞詞幹である；[形容詞・動詞]普通形} ＋のみならず

(意思1) **【附加】**表示添加，用在不僅限於前接詞的範圍，還有後項更進一層、範圍更為擴大的情況。中文意思是：「不僅…，也…、不僅…，而且…、非但…，尚且…」。

(例文) 都心のみならず、地方でも少子高齢化が問題になっている。
不光是都市精華地段，包括村鎮地區同樣面臨了少子化與高齡化的考驗。

(注意) 〘のみならず～も〙後項常用「も、まで、さえ」等詞語。

(例文) ボーナスのみならず、給料さえもカットされるそうだ。
據說不光是獎金縮水，甚至還要減俸。

比較 **にとどまらず（も）**
不僅…還…、不限於…、不僅僅…

(接續) {名詞（である）；動詞辭書形} ＋にとどまらず（も）

(說明) 「のみならず」表附加，帶有「範圍擴大到…」的語意；「にとどまらず」表非限定，前面常接區域或時間名詞，表示「不僅限於前項的狹窄範圍，已經涉及到後項這一廣大範圍」的意思。但使用的範圍沒有「のみならず」那麼廣大。

(例文) テレビの悪影響は、子供たちのみにとどまらず、大人にも及んでいる。
電視節目所造成的不良影響，不僅及於孩子們，甚至連大人亦難以倖免。

007 Track N2-047

きり

…之後，再也沒有…、…之後就…

(接續) {動詞た形} ＋きり

(意思1) **【無變化】**後面常接否定的形式，表示前項的動作完成之後，應該進展的事，就再也沒有下文了。含有出乎意料地，那之後再沒有進展的意外的語感。中文意思是：「…之後，再也沒有…、…之後就…」。

例文　寝たきりのお年寄りが多くなってきた。
據說臥病在床的銀髮族有增多的趨勢。

比較　**しか+〔否定〕**
只、僅僅

接續　{名詞(+助詞)}+しか～ない

說明　「きり」表示無變化，後接否定表示發生前項的狀態後，再也沒有發生後項的狀態。另外。還有限定的意思，也可以後接否定；「しか」只有表示限定、限制，後面雖然也接否定的表達方式，但有消極的語感。

例文　私にはあなたしかいません。
你是我的唯一。

008　Track N2-048

ないかぎり

除非…，否則就…、只要不…，就…

接續　{動詞否定形}+ないかぎり

意思1　**【無變化】**表示只要某狀態不發生變化，結果就不會有變化。含有如果狀態發生變化了，結果也會有變化的可能性。中文意思是：「除非…，否則就…、只要不…，就…」。

例文　主人が謝ってこない限り、私からは何も話さない。
除非丈夫向我道歉，否則我沒什麼話要對他說的！

比較　**ないうちに**
在未…之前，…、趁沒…

接續　{動詞否定形}+ないうちに

說明　「ないかぎり」表無變化，表示只要某狀態不發生變化，結果就不會有變化；而「ないうちに」表期間，表示在前面的狀態還沒有產生變化，做後面的動作。

例文　嵐が来ないうちに、家に帰りましょう。
趁暴風雨還沒來之前，回家吧！

009 Track N2-049

つつある

正在…

(接續) {動詞ます形} +つつある

意思1 **【狀態變化】** 接繼續動詞後面，表示某一動作或作用正向著某一方向持續發展，為書面用語。相較於「ている」表示某動作做到一半，「つつある」則表示正處於某種變化中，因此，前面不可接「食べる、書く、生きる」等動詞。中文意思是：「正在…」。

(例文) インフルエンザは全国で流行しつつある。
全國各地正在發生流行性感冒的大規模傳染。

注意 **〘ようやく～つつある〙** 常與副詞「ようやく、どんどん、だんだん、しだいに、少しずつ」一起使用。

(例文) 日本に来て3ヶ月。日本での生活にもようやく慣れつつある。
來到日本三個月了，一切逐漸適應當中。

比較 (よ)うとする

想…、打算…

(接續) {動詞意向形} +(よ)うとする

說明 「つつある」表狀態變化，強調某件事情或某個狀態正朝著一定的方向，一點一點在變化中，也就是變化在進行中；「(よ)うとする」表狀態進行，表示某狀態、狀況在動作主體的意志下，就要開始或是結束。

(例文) 赤ん坊が歩こうとしている。
嬰兒正嘗試著走路。

Chapter

6 程度、強調、同様

程度、強調、相同

001

Track N2-050

だけましだ

幸好、還好、好在…

接續　{形容動詞詞幹な；[形容詞・動詞]普通形}＋だけましだ

意思1　**【程度】**表示情況雖然不是很理想，或是遇上了不好的事情，但也沒有差到什麼地步，或是有「不幸中的大幸」。有安慰人的感覺。「まし」有雖然談不上是好的，但比糟糕透頂的那個比起來，算是好的之意。中文意思是：「幸好、還好、好在…」。

例文　仕事(しごと)は大変(たいへん)だけど、この不景気(ふけいき)にボーナスが出(で)るだけましだよ。
工作雖然辛苦，幸好公司在這景氣蕭條的時代還願意提供員工獎金。

比較　**だけ(で)**
光…就…

接續　{名詞；形容動詞詞幹な；[形容詞・動詞]普通形}＋だけ(で)

說明　「だけましだ」表程度，表示儘管情況不是很理想，但沒有更差，還好只到此為止；「だけで」表限定，限定只需前項就能感受得到的意思。

例文　彼女(かのじょ)と温泉(おんせん)なんて、想像(そうぞう)するだけで嬉(うれ)しくなる。
跟她去洗溫泉，光想就叫人高興了！

002 Track N2-051

ほどだ、ほどの

幾乎…、簡直…、到達…程度

(接續) {名詞；形容動詞詞幹な；[形容詞・動詞] 辭書形} ＋ほどだ

意思1 **【程度】**表示對事態舉出具體的狀況或事例。為了說明前項達到什麼程度，在後項舉出具體的事例來，也就是具體的表達狀態或動作的程度有多高的意思。中文意思是：「幾乎…、簡直…、到達…程度」。

(例文) 朝(あさ)の電車(でんしゃ)は息(いき)ができないほど混(こ)んでいる。
晨間時段的電車擠得讓人幾乎無法呼吸。

注意 〖ほどの＋N〗後接名詞，用「ほどの＋名詞」。

(例文) 彼(かれ)は君(きみ)が尊敬(そんけい)するほどの人(ひと)ではない。
他不值得你的尊敬。

比較 **くらい（だ）、ぐらい（だ）**
幾乎…、簡直…、甚至…

(接續) {名詞;形容動詞詞幹な;[形容詞・動詞]普通形} ＋くらい（だ）、ぐらい（だ）

說明 「ほどだ」表程度，表示最高程度；「ぐらいだ」也表程度，但表示最低程度。

(例文) 田中(たなか)さんは美人(びじん)になって、本当(ほんとう)にびっくりするくらいでした。
田中小姐變得那麼漂亮，簡直叫人大吃一驚。

003 Track N2-052

ほど～はない

(1)沒有比…更；(2)用不著…

意思1 **【比較】**{名詞;形容動詞詞幹な;[形容詞・動詞] 辭書形}＋ほど～はない。表示在同類事物中是最高的，除了這個之外，沒有可以相比的，強調說話人主觀地進行評價的情況。中文意思是：「沒有比…更」。

(例文) 今月(こんげつ)ほど忙(いそが)しかった月(つき)はない。
一年之中沒有比這個月更忙的月份了。

意思2 【程度】{動詞辭書形}＋ほどのことではない。表示程度很輕，沒什麼大不了的「用不著…」之意。中文意思是：「用不著…」。

例 文 こんな風邪(かぜ)、薬(くすり)を飲(の)むほどのことではないよ。
區區小感冒，不需要吃藥嘛。

比 較 **くらい（ぐらい）〜はない、ほど〜はない**
沒什麼是…、沒有…像…一樣、沒有…比…的了

接 續 {名詞}＋くらい（ぐらい）＋{名詞}＋はない；{名詞}＋ほど＋{名詞}＋はない

說 明 「ほど〜はない」表程度，表示程度輕，沒什麼大不了；「くらい〜はない」表程度，表示的事物是最高程度的。

例 文 母(はは)の作(つく)る手料理(てりょうり)くらいおいしいものはない。
沒有什麼東西是像媽媽親手做的料理一樣美味的。

004 **Track N2-053**

どころか

(1)哪裡還…相反…；(2)哪裡還…、非但…、簡直…

接 續 {名詞；形容動詞詞幹な；[形容詞・動詞]普通形}＋どころか

意思1 【反預料】表示事實結果與預想內容相反，強調這種反差。中文意思是：「哪裡還…相反…」。

例 文 雪(ゆき)は止(や)むどころか、ますます降(ふ)り積(つ)もる一方(いっぽう)だ。
雪非但沒歇，還愈積愈深了。

意思2 【程度的比較】表示從根本上推翻前項，並且在後項提出跟前項程度相差很遠，表示程度不止是這樣，而是程度更深的後項。中文意思是：「哪裡還…、非但…、簡直…」。

例 文 学費(がくひ)どころか、毎月(まいつき)の家賃(やちん)も苦労(くろう)して払(はら)っている。
別說學費了，就連每個月的房租都得費盡辛苦才能付得出來。

比較 **ばかりか、ばかりでなく**
豈止…，連…也…、不僅…而且…

接續 {名詞；形容動詞詞幹な；[形容詞・動詞]普通形}＋ばかりか、ばかりでなく

說明 「どころか」表程度的比較，表示「並不是如此，而是…」後項是跟預料相反的、令人驚訝的內容；「ばかりでなく」表附加，表示「本來光前項就夠了，可是還有後項」，含有前項跟後項都…的意思，強調後項的意思。好壞事都可以用。

例文 彼(かれ)は、失恋(しつれん)したばかりか、会社(かいしゃ)さえくびになってしまいました。
他豈止失戀，就連工作也被革職了。

005 Track N2-054

て(で)かなわない
…得受不了、…死了

接續 {形容詞く形}＋てかなわない；{形容動詞詞幹}＋でかなわない

意思1 **【強調】**表示情況令人感到困擾或無法忍受。敬體用「てかなわないです」、「てかないません」。「かなわない」是「かなう」的否定形，意思相當於「がまんできない」和「やりきれない」。中文意思是：「…得受不了、…死了」。

例文 蚊(か)に刺(さ)されて、痒(かゆ)くてかなわない。
被蚊子咬出腫包，快癢死我啦！

比較 **て(で)たまらない**
非常…、…得受不了

接續 {[形容詞・動詞]て形}＋たまらない；{形容動詞詞幹}＋でたまらない

說明 「て(で)かなわない」表強調，表示情況令人感到困擾、負擔過大，而無法忍受；「てたまらない」表感情，前接表示感覺、感情的詞，表示說話人的感情、感覺十分強烈，難以抑制。

例文 勉強(べんきょう)が辛(つら)くてたまらない。
書唸得痛苦不堪。

006 Track N2-055

てこそ

只有…才（能）、正因為…才…

接續 {動詞て形} ＋こそ

意思1 **【強調】**由接續助詞「て」後接提示強調助詞「こそ」表示由於實現了前項，從而得出後項好的結果。「てこそ」後項一般接表示褒意或可能的內容。是強調正是這個理由的說法。後項是說話人的判斷。中文意思是：「只有…才（能）、正因為…才…」。

例文 留学(りゅうがく)できたのは、両親(りょうしん)の協力(きょうりょく)があってこそです。
多虧爸媽出資贊助，我才得以出國讀書。

比較 **ばこそ**
就是因為…才…、正因為…才…

接續 {[名詞・形容動詞詞幹]であれ；[形容詞・動詞]假定形} ＋ばこそ

說明 「てこそ」表強調，表示由於實現了前項，才得到後項的好結果；「ばこそ」表原因，強調正因為是前項，而不是別的原因，才有後項的事態。說話人態度積極，一般用在正面評價上。

例文 地道(じみち)な努力(どりょく)があればこそ、成功(せいこう)できたのです。
正因為有踏實的努力，才能成功。

007 Track N2-056

て（で）しかたがない、て（で）しょうがない、て（で）しようがない

…得不得了

接續 {形容動詞詞幹；形容詞て形；動詞て形} ＋て（で）しかたがない、て（で）しょうがない、て（で）しようがない

意思1 **【強調心情】**表示心情或身體，處於難以抑制，不能忍受的狀態，為口語表現。其中「て（で）しょうがない」使用頻率最高。中文意思是：「…得不得了」。

例文　今日は社長から呼ばれている。なんの話か気になってしようがない。
今天被社長約談，很想快點知道找我過去到底要談什麼事。

注意　〔**發音差異**〕請注意「て（で）しようがない」與「て（で）しょうがない」意思相同，發音不同。

例文　２年ぶりに帰国するので、嬉しくてしようがない。
睽違兩年即將回到家鄉，令我無比雀躍。

比較　て（で）たまらない

非常…、…得受不了

接續　{[形容詞・動詞] て形} ＋たまらない；{形容動詞詞幹} ＋でたまらない

說明　「てしょうがない」表強調心情，表示身體的某種感覺非常強烈，或是情緒到了一種無法抑制的地步，為一種持續性的感覺；「てたまらない」表感情，表示某種身體感覺或情緒十分強烈，特別是用在生理方面，強調當下的感覺。

例文　低血圧で、朝起きるのが辛くてたまらない。
因為患有低血壓，所以早上起床時非常難受。

008　Track N2-057

てまで、までして

到…的地步、甚至…、不惜…；不惜…來

意思１　【**強調輕重**】{動詞て形}＋まで、までして。前接動詞時，用「てまで」，表示為達到某種目的，而以極大的犧牲為代價。中文意思是：「到…的地步、甚至…、不惜…」。

例文　自然を壊してまで、便利な世の中が必要なのか。
人類真的有必要為了增進生活的便利而破壞大自然嗎？

注意　〔**指責**〕{名詞}＋までして。表示為了達到某種目的，採取令人震驚的極端行為，或是做出相當大的犧牲。中文意思是：「不惜…來」。

例文　借金までして、自分の欲しい物を買おうとは思わない。
我不願意為了買想要的東西而去借錢。

比較 **さえ、でさえ、とさえ**

連…、甚至…

接續 {名詞＋（助詞）}＋さえ、でさえ、とさえ；{疑問詞…}＋かさえ；{動詞意向形}＋とさえ

說明 「てまで」表強調輕重，前接一個極端事例，表示為達目的，付出極大的代價，後項對前項陳述，帶有否定的看法跟疑問；「さえ」也表強調輕重，舉出一個程度低的極端事列，表示連這個都這樣了，別的事物就更不用提了。後項多為否定的內容。

例文 私(わたし)でさえ、あの人(ひと)の言葉(ことば)にはだまされました。

就連我也被他的花言巧語給騙了。

009 Track N2-058

もどうぜんだ

…沒兩樣、就像是…

接續 {名詞；動詞普通形}＋も同然だ

意思1 **【相同】**表示前項和後項是一樣的，有時帶有嘲諷或是不滿的語感。中文意思是：「…沒兩樣、就像是…」。

例文 今夜(こんや)、薬(くすり)を飲(の)めば治(なお)ったも同然(どうぜん)です。

今晚只要吃了藥，就會好了。

比較 **はもちろん、はもとより**

不僅…而且…、…不用說，…也…

接續 {名詞}＋はもちろん、はもとより

說明 「もどうぜんだ」表相同，表示前項跟後項是一樣的；「はもちろん」表附加，前項舉出一個比較具代表性的事物，後項再舉出同一類的其他事物。後項是強調不僅如此的新信息。

例文 この辺(あた)りは、昼間(ひるま)はもちろん夜(よる)も人(ひと)であふれています。

這一帶別說是白天，就連夜裡也是人聲鼎沸。

Chapter 7

觀点、前提、根拠、基準

觀點、前提、根據、基準

001 Track N2-059

じょう(は/では/の/も)

從…來看、出於…、鑑於…上

接續 {名詞} +上(は/では/の/も)

意思1 【觀點】表示就此觀點而言，就某範圍來說。「じょう」前面直接接名詞，如「立場上、仕事上、ルール上、教育上、歴史上、法律上、健康上」等。中文意思是：「從…來看、出於…、鑑於…上」。

例文 この機械(きかい)は、理論上(りろんじょう)は問題(もんだい)なく動(うご)くはずだが、使(つか)いにくい。

理論上這部機器沒有任何問題，應該可以正常運作，然而使用起來卻很不順手。

比較 **うえで(の)**

在…之後、…以後…、之後(再)…

接續 {名詞の；動詞た形} +上で(の)

說明 「じょう」表觀點，前接名詞，表示就某範圍來說；「うえで」表前提，表示「首先，做好某事之後，再…」、「在做好…的基礎上」之意。

例文 内容(ないよう)をご確認(かくにん)いただいた上(うえ)で、サインをお願(ねが)いします。

敬請於確認內容以後簽名。

002 Track N2-060

にしたら、にすれば、にしてみたら、にしてみれば

對…來說、對…而言

接續 {名詞} +にしたら、にすれば、にしてみたら、にしてみれば

意思 1 **【觀點】** 前面接人物，表示站在這個人物的立場來對後面的事物提出觀點、評判、感受。中文意思是：「對…來說、對…而言」。

例文 娘の結婚は嬉しいことだが、父親にしてみれば複雑な気持ちだ。
身為一位父親，看著女兒即將步入禮堂，可謂喜憂參半。

注意 **〖人＋にしたら＋推量詞〗** 前項一般接表示人的名詞，後項常接「可能、大概」等推量詞。

例文 経理の和田さんにしたら、できるだけ経費をおさえたいだろう。
就會計的和田先生而言，當然希望盡量減少支出。

比較 **にとって（は／も／の）**
對於…來說

接續 {名詞} +にとって（は／も／の）

說明 「にしたら」表觀點，表示從說話人的角度，或站在別人的立場，對某件事情提出觀點、評判、推測；「にとって」表立場，表示從說話人的角度，或站在別人的立場或觀點上考慮的話，會有什麼樣的感受之意。

例文 僕たちにとって、明日の試合は重要です。
對我們來說，明天的比賽至關重要。

003 Track N2-061

うえで（の）

(1)在…時、情況下、方面…；(2)在…之後、…以後…、之後（再）…

意思 1 **【目的】** {名詞の；動詞辭書形} +上で（の）。表示做某事是為了達到某種目的，用在敘述這一過程中會出現的問題或注意點。中文意思是：「在…時、情況下、方面…」。

例文 日本語能力試験は就職する上で必要な資格だ。

日語能力測驗的成績是求職時的必備條件。

意思2 **【前提】**｛名詞の；動詞た形｝＋上で（の）。表示兩動作間時間上的先後關係。先進行前一動作，後面再根據前面的結果，採取下一個動作。中文意思是：「在…之後、…以後…、之後（再）…」。

例文 この薬は説明書をよく読んだ上で、お飲みください。

這種藥請先詳閱藥品仿單之後，再服用。

比較 すえ（に／の）

經過…最後、結果…、結局最後…

接續 {名詞の} ＋末（に／の）；{動詞た形} ＋末（に／の）

說明 「うえで」表前提，表示先確實做好前項，以此為條件，才能再進行後項的動作；「すえに」表結果，強調「花了很長的時間，有了最後的結果」，暗示在過程中「遇到了各種困難，各種錯誤的嘗試」等。

例文 工事は、長期間の作業の末、完了しました。

經過了長時間的作業，這項工程終於完工了。

004 Track N2-062

のもとで、のもとに

(1)在…指導下；(2)在…之下

接續 {名詞} ＋のもとで、のもとに

意思1 **【基準】**表示在某人事物的影響範圍下，或在某條件的制約下做某事。中文意思是：「在…指導下」。

例文 恩師のもとで研究者として仕事をしたい。

我希望繼續在恩師的門下從事研究工作。

意思2 **【前提】**表示在受到某影響的範圍內，而有後項的情況。中文意思是：「在…之下」。

例文 青空のもとで、子供達が元気に走りまわっています。

在藍天之下，一群活潑的孩子正在恣意奔跑。

注意 〖星の下に生まれる〗「星の下に生まれる」是「命該如此」、「命中註定」的意思。

例文 お金もあってハンサムで頭もいい永瀬君は、きっといい星の下で生まれたんだね。

聰明英俊又多金的永瀨同學，想必是含著金湯匙出生的吧！

比較 **をもとに、をもとにして**

以…為根據、以…為參考、在…基礎上

接續 {名詞} +をもとに、をもとにして

說明 「のもとで」表前提，表示在受到某影響的範圍內，而有後項的情況；「をもとに」表根據，表示以前項為參考來做後項的動作。

例文 彼女のデザインをもとに、青いワンピースを作った。

以她的設計為基礎，裁製了藍色的連身裙。

005 **Track N2-063**

からして

從…來看…、單從…來看

接續 {名詞} +からして

意思1 **【根據】**表示判斷的依據。舉出一個最微小的、最基本的、最不可能的例子，接下來對其進行整體的評判。後面多是消極、不利的評價。中文意思是：「從…來看…、單從…來看」。

例文 面接の話し方からして、鈴木さんは気が弱そうだ。

單從面試時的談吐表現來看，鈴木小姐似乎有些內向。

比較 **からといって**

（不能）僅因…就…、即使…，也不能…

接續 {[名詞・形容動詞詞幹]だ；[形容詞・動詞] 普通形} +からといって

說明 「からして」表根據，表示從前項來推測出後項；「からといって」表原因，表示「即使有某理由或情況，也無法做出正確判斷」的意思。對於「因為前項所以後項」的簡單推論或行為持否定的意見，用在對對方的批評或意見上。後項多為否定的表現。

例文　負けたからといって、いつまでもくよくよしてはいけない。
就算是吃了敗仗，也不能一直垂頭喪氣的。

006　　Track N2-064

からすれば、からすると

(1)按…標準來看；(2)從…立場來看、就…而言；(3)根據…來考慮

接續　{[名詞・形容動詞詞幹]だ；[形容詞・動詞]普通形}＋からすれば、からすると

意思1　**【基準】**表示比較的基準。中文意思是：「按…標準來看」。

例文　江戸時代の絵からすると、この絵はかなり高価だ。
按江戶時代畫的標準來看，這幅畫是相當昂貴的。

意思2　**【立場】**表示判斷的立場、觀點。中文意思是：「從…立場來看、就…而言」。

例文　私からすれば、日本語の発音は決して難しくない。
對我而言，日語發音並不算難。

意思3　**【根據】**表示判斷的基礎、根據。中文意思是：「根據…來考慮」。

例文　症状からすると、手術が必要かもしれません。
從症狀判斷，或許必須開刀治療。

比較　**によると、によれば**

據…、據…說、根據…報導…

接續　{名詞}＋によると、によれば

說明　「からすれば」表根據，表示判斷的依據，後項的判斷是根據前項的材料；「によれば」表信息來源，用在傳聞的句子中，表示消息、信息的來源，或推測的依據。有時可以與「によると」互換。

例文　天気予報によると、明日は雨が降るそうです。
根據氣象報告，明天會下雨。

007 Track N2-065

からみると、からみれば、からみて（も）

(1)根據…來看…的話；(2)從…來看、從…來說

接續 {名詞} ＋から見ると、から見れば、から見て（も）

意思1 【根據】表示判斷的依據、基礎。中文意思是：「根據…來看…的話」。

例文 今日の夜空から見ると、明日も天気がいいだろうな。
從今晚的天空看來，明日應該是好天氣。

意思2 【立場】表示判斷的立場、角度，也就是「從某一立場來判斷的話」之意。中文意思是：「從…來看、從…來說」。

例文 外国人から見ると日本の習慣の中にはおかしいものもある。
在外國人的眼裡，日本的某些風俗習慣很奇特。

比較　によると、によれば

據…、據…說、根據…報導…

接續 {名詞} ＋によると、によれば

說明 「からみると」表立場，表示從前項客觀的材料（某一立場、觀點），來進行後項的判斷，而且一般這一判斷的根據是親眼看到，可以確認的。可以接在表示人物的名詞後面；「によると」表信息來源，表示前項是後項的消息、根據的來源。句末大多跟表示傳聞「そうだ／とのことだ」的表達形式相呼應。

例文 女性雑誌によれば、毎日１リットルの水を飲むと美容にいいそうだ。
據女性雜誌上說，每天喝一公升的水有助養顏美容。

008 Track N2-066

ことだから

(1)因為是…，所以…；(2)由於

接續 {名詞の} ＋ことだから

意思1 【根據】表示自己判斷的依據。主要接表示人物的詞後面，前項是根據說話雙方都熟知的人物的性格、行為習慣等，做出後項相應的判斷。中文意思是：「因為是…，所以…」。

例文 あの人のことだから、今もきっと元気に暮らしているでしょう。
憑他的本事，想必現在一定過得很好吧！

意思2 【理由】表示理由，由於前項狀況、事態，後項也做與其對應的行為。中文意思是：「由於」。

例文 今年は景気が悪かったことから、給料は上がらないことになった。
今年因為景氣很差，所以公司決定不加薪了。

比較 **ものだから**
就是因為…，所以…

接續 {[名詞・形容動詞詞幹]な；[形容詞・動詞]普通形}＋ものだから

說明 「ことだから」表理由，表示根據前項的情況，從而做出後項相應的動作；「ものだから」也表理由，是把前項當理由，說明自己為什麼做了後項，常用在個人的辯解、解釋，把自己的行為正當化上。後句不用命令、意志等表達方式。

例文 きつく叱ったものだから、娘はしくしくと泣き出した。
由於很嚴厲地斥責了女兒，使得她抽抽搭搭地哭了起來。

009 Track N2-067

のうえでは

…上

接續 {名詞}＋の上では

意思1 【根據】表示「在某方面上是…」。中文意思是：「…上」。

例文 計算の上では黒字なのに、なぜか現実は毎月赤字だ。
就帳目而言應有結餘，奇怪的是實際上每個月都是入不敷出。

比較 **うえで（の）**
在…之後、…以後…、之後（再）…

接續 {名詞の；動詞た形}＋上で（の）

說 明 「のうえでは」表根據，前面接數據、契約等相關詞語，表示「根據這一信息來看」的意思；「うえで」表前提，表示「首先，做好某事之後，再…」，表達在前項成立的基礎上，才會有後項，也就是「前項→後項」兩動作時間上的先後順序。

例 文 どんな治療をするのか、医師と相談した上で、決めます。
要進行什麼樣的治療，要和醫生商量之後再決定。

010　　Track N2-068

をもとに（して／した）

以…為根據、以…為參考、在…基礎上

接 續 {名詞}＋をもとに（して／した）

意思1 **【依據】**表示將某事物作為後項的依據、材料或基礎等，後項的行為、動作是根據或參考前項來進行的。中文意思是：「以…為根據、以…為參考、在…基礎上」。

例 文 この映画は小説をもとにして作品化された。
這部電影是根據小說改編而成的作品。

注 意 〖**をもとにした＋N**〗用「をもとにした」來後接名詞，或作述語來使用。

例 文 お客様のアンケートをもとにしたメニューを作りましょう。
我們參考顧客的問卷填答內容來設計菜單吧！

比 較　にもとづいて、にもとづき、にもとづく、にもとづいた

根據…、按照…、基於…

接 續 {名詞}＋に基づいて、に基づき、に基づく、に基づいた

說 明 「をもとにして」表依據，表示以前項為依據，離開前項來自行發展後項的動作；「にもとづいて」也表依據，表示依據前項，在不離前項的原則下，進行後項的動作。

例 文 違反者は法律に基づいて処罰されます。
違者依法究辦。

011 Track N2-069

をたよりに、をたよりとして、をたよりにして

靠著…、憑藉…

接續 {名詞} +を頼りに、を頼りとして、を頼りにして

意思1 **【依據】**表示藉由某人事物的幫助，或是以某事物為依據，進行後面的動作。中文意思是：「靠著…、憑藉…」。

例文 目(め)が見(み)えない彼女(かのじょ)は、頭(あたま)のいい犬(いぬ)を頼(たよ)りにして生活(せいかつ)している。

眼睛看不見的她仰賴一隻聰明的導盲犬過生活。

比較 によって（は）、により

因為…

接續 {名詞} +によって（は）、により

說明 「をたよりに」表依據，表藉由某人事物的幫助，或是以某事物為依據，進行後面的動作；「によって」也表依據，表示所依據的狀況不同，也表示所依據的方法、方式、手段。

例文 参加者(さんかしゃ)の人数(にんずう)によって、開催(かいさい)するかしないかを決(き)める。

根據參加人數的多寡，決定是否舉辦。

012 Track N2-070

にそって、にそい、にそう、にそった

(1)沿著…、順著…；(2)按照…

接續 {名詞} +に沿って、に沿い、に沿う、に沿った

意思1 **【順著】**接在河川或道路等長長延續的東西後，表示沿著河流、街道。中文意思是：「沿著…、順著…」。

例文 道(みち)に沿(そ)って、桜並木(さくらなみき)が続(つづ)いている。

櫻樹夾道，綿延不絕。

意思2 **【基準】**表示按照某程序、方針，也就是前項提出一個基準性的想法或計畫，表示為了不違背、為了符合的意思。中文意思是：「按照…」。

例文　私(わたし)の希望(きぼう)に沿(そ)ったバイト先(さき)がなかなか見(み)つからない。

遲遲沒能找到與我的條件吻合的兼職工作。

比較　**をめぐって（は）、をめぐる**

圍繞著…、環繞著…

接續　{名詞} ＋をめぐって、をめぐる

說明　「にそって」表基準，多接在表期待、希望、方針、使用說明等語詞後面，表示按此行動；「をめぐって」表對象，多接在規定、條件、問題、焦點等詞後面，表示圍繞前項發生了各種討論、爭議、對立等。後項大多用意見對立、各種議論、爭議等動詞。

例文　この宝石(ほうせき)をめぐっては、手(て)に入(い)れた人(ひと)は不幸(ふこう)になるという伝説(でんせつ)がある。

關於這顆寶石，傳說只要得到的人，就會招致不幸。

013　**Track N2-071**

にしたがって、にしたがい

(1)依照…、按照…、隨著…；(2)隨著…，逐漸…

接續　{名詞；動詞辭書形} ＋にしたがって、にしたがい

意思1　**【基準】**前面接表示人、規則、指示、根據、基準等的名詞，表示按照、依照的意思。後項一般是陳述對方的指示、忠告或自己的意志。中文意思是：「依照…、按照…、隨著…」。

例文　上司(じょうし)の指示(しじ)にしたがい、計画書(けいかくしょ)を変更(へんこう)してください。

請遵照主管的指示更改計畫書。

意思2　**【跟隨】**表示跟前項的變化相呼應，而發生後項。中文意思是：「隨著…，逐漸…」。

例文　日本(にほん)の生活(せいかつ)に慣(な)れるにしたがって、日本(にほん)の習慣(しゅうかん)がわかるようになった。

在逐漸適應日本的生活後，也愈來愈了解日本的風俗習慣了。

比較　**ばへほど**

越…越…

接續　{名詞；形容動詞詞幹な；[形容詞・動詞]辭書形} ＋ほど

說明　「にしたがって」表跟隨，表示隨著前項的動作或作用，而產生變化；「ほど」表平行，表示隨著前項程度的提高，後項的程度也跟著提高。是「ば～ほど」的省略「ば」的形式。

例文　話(はな)せば話(はな)すほど、お互(たが)いを理解(りかい)できる。

雙方越聊越能理解彼此。

MEMO

Chapter

8 意志、義務、禁止、忠告、強制

意志、義務、禁止、忠告、強制

001 Track N2-072

か～まいか

要不要…、還是…

(接續) {動詞意向形} ＋か＋ {動詞辭書形；動詞ます形} ＋まいか

意思1 **【意志】**表示說話者在迷惘是否要做某件事情，後面可以接「悩む」、「迷う」等動詞。中文意思是：「要不要…、還是…」。

(例文) ダイエット中（ちゅう）なので、このケーキを食（た）べようか食（た）べまいか悩（なや）んでいます。

由於正在減重期間，所以在煩惱該不該吃下這塊蛋糕。

比較 であろうとなかろうと

不管是不是…

(接續) {名詞・形容動詞詞} ＋であろうとなかろうと

說明 「か～まいか」表意志，表示說話人很困惑，不知道是否該做某事，或正在思考哪個比較好；「であろうとなかろうと」表無關，表示不管前項是這樣，還是不是這樣，後項總之都一樣。

(例文) 勉強（べんきょう）が好（す）きであろうとなかろうと、学生（がくせい）は勉強（べんきょう）しなければならない。

不管是否對讀書感興趣，學生都得學習。

002 Track N2-073

まい

(1)不是…嗎；(2)不會…吧；(3)不打算…

接續 {動詞辭書形} ＋まい

意思1 **【推測疑問】**用「まいか」表示說話人的推測疑問。中文意思是：「不是…嗎」。

例文 彼女(かのじょ)は私(わたし)との結婚(けっこん)を迷(まよ)っているのではあるまいか。
莫非她還在猶豫該不該和我結婚？

意思2 **【推測】**表示說話人推測、想像。中文意思是：「不會…吧」。

例文 もう4月(がつ)なので、雪(ゆき)は降(ふ)るまい。
現在都四月了，大概不會再下雪了。

意思3 **【意志】**表示說話人不做某事的意志或決心，是一種強烈的否定意志。主語一定是第一人稱。書面語。中文意思是：「不打算…」。

例文 彼(かれ)とは二度(にど)と会(あ)うまいと、心(こころ)に決(き)めた。
我已經下定決心，絕不再和他見面了。

比較 ものか

哪能…、怎麼會…呢、決不…、才不…呢

接續 {形容動詞詞幹な；[形容詞・動詞]辭書形} ＋ものか

說明 「まい」表意志，表示說話人強烈的否定意志；「ものか」表強調否定，表示說話者帶著感情色彩，強烈的否定語氣，為反詰的追問、責問的用法。

例文 彼(かれ)の味方(みかた)になんか、なるものか。
我才不跟他一個鼻子出氣呢！

003 Track N2-074

まま(に)

(1)隨意、隨心所欲；(2)任人擺佈、唯命是從

接續 {動詞辭書形；動詞被動形} ＋まま(に)

意思1 **【隨意】**表示順其自然、隨心所欲的樣子。中文意思是：「隨意、隨心所欲」。

例文 思いつくまま、詩を書いてみた。
嘗試將心頭浮現的意象寫成了一首詩。

意思2 **【意志】**表示沒有自己的主觀判斷，被動的任憑他人擺佈的樣子。後項大多是消極的內容。一般用「られるまま（に）」的形式。中文意思是：「任人擺佈、唯命是從」。

例文 彼は社長に命令されるままに、土日も出勤している。
他遵循社長的命令，週六日照樣上班。

比較 **なり**
任憑…、順著

接續 {名詞}＋なり

說明 「まま（に）」表意志，表示處在被動的立場，自己沒有主觀的判斷。後項多是消極的表現方式；「なり」也表意志，表示不違背、順從前項的意思。

例文 男の人は結婚すると、嫁の言いなりになる。
男人結婚之後，對老婆大多是言聽計從的。

004 Track N2-075

うではないか、ようではないか

讓…吧、我們（一起）…吧

接續 {動詞意向形}＋うではないか、ようではないか

意思1 **【意志】**表示在眾人面前，強烈的提出自己的論點或主張，或號召對方跟自己共同做某事，抑或是一種委婉的命令，常用在演講上。是稍微拘泥於形式的說法，一般為男性使用，通常用在邀請一個人或少數人的時候。中文意思是：「讓…吧、我們（一起）…吧」。

例文 問題を解決するために、話し合おうではありませんか。
為解決這個問題，我們來談一談吧！

注意 **〖口語－うじゃないか等〗**口語常說成「うじゃないか、ようじゃないか」。

例文 誰(だれ)もやらないのなら、私(わたし)がやろうじゃないか。

如果沒有人願意做，那就交給我來吧！

比較 **ませんか**

要不要…呢

接續 {動詞ます形} ＋ませんか

說明 「うではないか」表意志，是以堅定的語氣（讓對方沒有拒絕的餘地），帶頭提議對方跟自己一起做某事的意思；「ませんか」表勸誘，是有禮貌地（為對方設想的），邀請對方跟自己一起做某事。一般用在對個人或少數人的勸誘上。不跟疑問詞「か」一起使用。

例文 週末(しゅうまつ)、遊園地(ゆうえんち)へ行(い)きませんか。

週末要不要一起去遊樂園玩？

005 Track N2-076

ぬく

(1)穿越、超越；(2)…做到底

接續 {動詞ます形} ＋抜く

意思1 **【穿越】**表示超過、穿越的意思。中文意思是：「穿越、超越」。

例文 小(ちい)さい部屋(へや)がたくさんあり、使(つか)いにくいので、壁(かべ)をぶち抜(ぬ)いて大広間(おおひろま)にした。

室內隔成好幾個小房間不方便使用，於是把隔間牆打掉，合併成為一個大客廳。

意思2 **【行為意圖】**表示把必須做的事，徹底做到最後，含有經過痛苦而完成的意思。中文意思是：「…做到底」。

例文 遠泳大会(えんえいたいかい)で5キロを泳(およ)ぎ抜(ぬ)いた。

在長泳大賽中游完了五公里的賽程。

比較 **きる、きれる、きれない**

…完、完全、到極限

接續 {動詞ます形} ＋切る、切れる、切れない

說明 「ぬく」表行為意圖，表示跨越重重困難，堅持一件事到底，或即使困難，也要努力從困境走出來的意思。「きる」表完了，表示沒有殘留部分，完全徹底執行某事的樣子。過程中沒有含痛苦跟困難。

例文 いつの間にか、お金を使いきってしまった。
不知不覺，錢就花光了。

006 Track N2-077

うえは

既然…、既然…就…

接續 {動詞普通形} ＋上は

意思1 **【決心】**前接表示某種決心、責任等行為的詞，後續表示必須採取跟前面相對應的動作。後句是說話人的判斷、決定或勸告。有接續助詞作用。中文意思是：「既然…、既然…就…」。

例文 契約書にサインをした上は、規則を守っていただきます。
既然簽了合約，就請依照相關條文執行。

比較 **うえ（に）**

…而且…、不僅…，而且…、在…之上，又…

接續 {名詞の；形容動詞詞幹な；[形容詞・動詞] 普通形} ＋上（に）

說明 「うえは」表決心，含有「由於遇到某種立場跟狀況，所以當然要有後項被逼迫或不得已等舉動」之意；「うえに」表附加，表示追加、補充同類的內容，先舉一個事例之後，再進一步舉出另一個事例。

例文 主婦は、家事の上に育児もしなければなりません。
家庭主婦不僅要做家事，而且還要帶孩子。

007 Track N2-078

ねばならない、ねばならぬ

必須…、不能不…

接續 {動詞否定形} ＋ねばならない、ねばならぬ

意思1 **【義務】**表示有責任或義務應該要做某件事情，大多用在隨著社會道德或責任感的場合。中文意思是：「必須…、不能不…」。

例文 あなたの態度は誤解をされやすいので、改めねばならないよ。
你的態度容易造成別人誤會，要改過來才行喔！

注意 **〔文言〕**「ねばならぬ」的語感比起「ねばならない」較為生硬、文言。

例文 人間は働かねばならぬ。
人活著就得工作。

比較 **ざるをえない**
不得不…、只好…、被迫…

接續 {動詞否定形（去ない）}＋ざるを得ない

說明 「ねばならない」表義務，表是從社會常識和事情的性質來看，有必要做或有義務要做。是「なければならない」的書面語；「ざるをえない」表強制，表示除此之外沒有其他的選擇，含有說話人不願意的感情。

例文 上司の命令だから、やらざるを得ない。
既然是上司的命令，也就不得不遵從了。

008 Track N2-079

てはならない

不能…、不要…、不許、不應該

接續 {動詞て形}＋はならない

意思1 **【禁止】**為禁止用法。表示有義務或責任，不可以去做某件事情。對象一般非特定的個人，而是作為組織或社會的規則，人們不許或不應該做什麼。敬體用「てはならないです」、「てはなりません」。中文意思是：「不能…、不要…、不許、不應該」。

例文 今聞いたことを誰にも話してはなりません。
剛剛聽到的事絕不許告訴任何人！

比較 **ことはない**

不是…、不必…

接續 {動詞 {動詞辞書形} +ものではない} +ことはない

說明 「てはならない」表禁止，表示某行為是不被允許的，或是被某規定所禁止的，和「てはいけない」意思一樣；「ことはない」表不必要，表示說話人勸告、建議對方沒有必要做某事，或不必擔心等。

例文 失恋(しつれん)したからってそう落(お)ち込(こ)むな。この世(よ)の終(お)わりということはない。

只不過是區區失戀，別那麼沮喪啦！又不是世界末日來了。

009　Track N2-080

べきではない

不應該…、不能…

接續 {動詞辭書形} +べきではない

意思1 **【忠告】**如果動詞是「する」，可以用「すべきではない」或是「するべきではない」。表示忠告，從某種規範（如道德、常識、社會公共理念）來看做或不做某事是人的義務。含有忠告、勸說的意味。中文意思是：「不應該…、不能…」。

例文 お金(かね)の貸(か)し借(か)りは絶対(ぜったい)にするべきではない。

絕對不應該與他人有金錢上的借貸。

比較 **ものではない**

不應該…

接續 {動詞辞書形} +ものではない

說明 「べきではない」表忠告，表示說話人提出意見跟想法，認為不能做某事。強調說話人個人的意見跟價值觀；「ものではない」也表忠告，表示說話人出於社會上道德或常識的一般論，而給予忠告。強調不是說話人個人的看法。

例文 食(た)べ物(もの)を残(のこ)すものではない。

食物不可以沒有吃完。

010 Track N2-081

ざるをえない

不得不…、只好…、被迫…、不…也不行

接續 {動詞否定形（去ない）}＋ざるを得ない

意思1 **【強制】**「ざる」是「ず」的連體形。「得ない」是「得る」的否定形。表示除此之外，沒有其他的選擇。有時也表示迫於某壓力或情況，而違背良心地做某事。中文意思是：「不得不…、只好…、被迫…、不…也不行」。

例文 消費税(しょうひぜい)が上(あ)がったら、うちの商品(しょうひん)の値段(ねだん)も上(あ)げざるを得(え)ない。

假如消費稅提高，本店的商品價格也得被迫調漲。

注意 **〖サ變動詞－せざるを得ない〗**前接サ行變格動詞要用「せざるを得ない」。（但也有例外，譬如前接「愛する」，要用「愛さざるを得ない」）。

例文 家族(かぞく)が病気(びょうき)になったら、帰国(きこく)せざるを得(え)ない。

萬一家人生病的話，也只好回國了。

比較 **ずにはいられない**

不得不…、不由得…、禁不住…

接續 {動詞否定形（去ない）}＋ずにはいられない

說明 「ざるをえない」表強制，表示因某種原因，說話人雖然不想這樣，但無可奈何去做某事，是非自願的行為；「ずにはいられない」也表強制，但表示靠自己的意志是控制不住的，帶有一種情不自禁地做某事之意。

例文 素晴(すば)らしい風景(ふうけい)を見(み)ると、写真(しゃしん)を撮(と)らずにはいられません。

一看到美麗的風景，就禁不住想拍照。

011 Track N2-082

ずにはいられない

不得不…、不由得…、禁不住…

接續 {動詞否定形（去ない）}＋ずにはいられない

意思1 **【強制】**表示自己的意志無法克制，情不自禁地做某事，為書面用語。中文意思是：「不得不…、不由得…、禁不住…」。

例文　あの映画を見たら、誰でも泣かずにはいられません。
看了那部電影，沒有一個觀眾能夠忍住淚水的。

注意1　〖反詰語氣去は〗用於反詰語氣（以問句形式表示肯定或否定），不能插入「は」。

例文　また増税するなんて。政府の方針に疑問を抱かずにいられるか。
居然又要加稅了！政府的施政方針實在不得不令人質疑。

注意2　〖自然而然〗表示動作行為者無法控制所呈現自然產生的情感或反應等。

例文　おかしくて、笑わずにはいられない。
真的太滑稽了，讓人不禁捧腹大笑。

比較　**より（ほか）ない、ほか（しかたが）ない**
只有…、除了…之外沒有…

接續　{名詞；動詞辭書形}＋より（ほか）ない；{動詞辭書形}＋ほか（しかたが）ない

說明　「ずにはいられない」表強制，表示自己無法克制，情不自禁地做某事之意；「よりほかない」表讓步，表示問題處於某種狀態，只有一種辦法，沒有其他解決的方法，有雖然要積極地面對這樣的狀態，但情緒是無奈的。

例文　もう時間がない。こうなったら一生懸命やるよりほかない。
時間已經來不及了，事到如今，只能拚命去做了。

012　Track N2-083

て（は）いられない、てられない、てらんない

無法…、不能再…、哪還能…

接續　{動詞て形}＋（は）いられない、られない、らんない

意思1　【強制】表示無法維持某個狀態，或急著想做某事，含有緊迫感跟危機感。意思跟「している場合ではない」一樣。中文意思是：「無法…、不能再…、哪還能…」。

例文 外は立っていられないほどの強風が吹いている。
門外，令人幾乎無法站直身軀的強風不停呼嘯。

注意1 〘口語－てられない〙「てられない」為口語說法，是由「ていられない」中的「い」脫落而來的。

例文 暑いのでコートなんか着てられない。
氣溫高得根本穿不住外套。

注意2 〘口語－てらんない〙「てらんない」則是語氣更隨便的口語說法。

例文 さあ今日から仕事だ。いつまでも寝てらんない。
快起來，今天開始上班了，別再睡懶覺啦！

比較 て（で）たまらない
非常…、…得受不了

接續 {[形容詞・動詞]て形}＋たまらない；{形容動詞詞幹}＋でたまらない

說明 「ていられない」表強制，表迫於某種緊急的情況，致使心情上無法控制，而不能保持原來的某狀態，或急著做某事;「てたまらない」表感情，表示某種感情已經到了無法忍受的地步。這種感情或感覺是當下的。

例文 N2に合格して、嬉しくてたまらない。
通過N2級測驗，簡直欣喜若狂。

013 Track N2-084

てばかりはいられない、てばかりもいられない
不能一直…、不能老是…

接續 {動詞て形}＋ばかりはいられない、ばかりもいられない

意思1 **【強制】**表示不可以過度、持續性地、經常性地做某件事情。表示因對現狀感到不安、不滿、不能大意，而想做改變。中文意思是：「不能一直…、不能老是…」。

例文 料理は苦手だけど、毎日外食してばかりもいられない。
儘管廚藝不佳，也不能老是在外面吃飯。

注 意　〘接感情、態度〙常與表示感情或態度的「笑う、泣く、喜ぶ、嘆く、安心する」等詞一起使用。

例 文　主人(しゅじん)が亡(な)くなって1ヶ月(げつ)。今後(こんご)の生活(せいかつ)を考(かんが)えると泣(な)いてばかりはいられない。

先生過世一個月了。我不能老是以淚洗面，得為往後的日子做打算了。

比 較　**とばかりはいえない**

不能全說…

接 續　{形容詞・形容動詞}＋とばかりはいえない

說 明　「てばかりはいられない」表強制，表示說話人對現狀的不安、不滿，而想要做出改變；「とばかりはいえない」表部分肯定，表示一般都認為是前項，但說話人認為不能完全肯定都是某狀況，也有例外或另一側面的時候。

例 文　マイナス思考(しこう)そのものが悪(わる)いとばかりは言(い)えない。

負面思考不能說一概都不好。

014　Track N2-085

ないではいられない

不能不…、忍不住要…、不禁要…、不…不行、不由自主地…

接 續　{動詞否定形}＋ないではいられない

意思1　**【強制】**表示意志力無法控制，自然而然地內心衝動想做某事。傾向於口語用法。中文意思是：「不能不…、忍不住要…、不禁要…、不…不行、不由自主地…」。

例 文　お酒(さけ)を1週間(しゅうかん)やめたが、結局飲(けっきょくの)まないではいられなくなった。

雖然已經戒酒一個星期了，結果還是禁不住破了戒。

注 意　〘第三人稱－らしい〙此句型用在說話人表達自己的心情或身體感覺時，如果用在第三人稱，句尾就必須加上「らしい、ようだ、のだ」等詞。

例 文　鈴木(すずき)さんはあの曲(きょく)を聞(き)くと、昔(むかし)の恋人(こいびと)を思(おも)い出(だ)さないではいられないらしい。

鈴木小姐一聽到那首曲子，不禁就想起前男友。

比較 **ざるをえない**

不得不…、只好…、被迫…

接續 {動詞否定形（去ない）} ＋ざるを得ない

說明 「ないではいられない」表強制，帶有一種忍不住想去做某件事的情緒或衝動；「ざるをえない」也表強制，但表示經過深思熟慮後，還是不得不去做某件事。

例文 不景気（ふけいき）でリストラを実施（じっし）せざるを得（え）ない。

由於不景氣，公司不得不裁員。

MEMO

Chapter

推論、予測、可能、困難

推論、預料、可能、困難

001 Track N2-086

のももっともだ、のはもっともだ

也是應該的、也不是沒有道理的

接續 {形容動詞詞幹な；[形容詞・動詞]普通形} ＋のももっともだ、のはもっともだ

意思 1 **【推論】** 表示依照前述的事情，可以合理地推論出後面的結果，所以這個結果是令人信服的。中文意思是:「也是應該的、也不是沒有道理的」。

例文 子供たちが面白くて親切な佐藤先生を好きになるのは、もっともだと思う。

親切又風趣的佐藤老師會受到學童們的喜歡，是再自然不過的事。

比較 **べき、べきだ**

必須…、應當…

接續 {動詞辭書形} ＋べき、べきだ

說明 「のももっともだ」表推論，表示依照前述的事情，可以合理地推論出令人信服的結果；「べきだ」表勸告，表示說話人向他人勸說，做某事是一種必要的義務。

例文 人間はみな平等であるべきだ。

人人應該平等。

002　Track N2-087

にそういない

一定是…、肯定是…

(接 續) {名詞；形容動詞詞幹；[形容詞・動詞]普通形} ＋に相違ない

意思1 **【推測】**表示說話人根據經驗或直覺，做出非常肯定的判斷。跟「だろう」相比，確定的程度更強。跟「に違いない」意思相同，只是「に相違ない」比較書面語。中文意思是：「一定是…、肯定是…」。

(例 文) 彼の表情からみると、嘘をついているに相違ない。
從他的表情判斷，一定是在說謊！

比 較 **にほかならない**
完全是…、不外乎是…、其實是…、無非是…

(接 續) {名詞} ＋にほかならない

說 明 「にそういない」表推測，表示說話者自己冷靜、理性的推測，且語氣強烈。是確信度很高的判斷、推測；「にほかならない」表主張，帶有「絕對不是別的，而正是這個」的語氣，強調「除此之外，沒有別的」，多用於對事物的原因、結果的斷定。

(例 文) 肌がきれいになったのは、化粧品の美容効果にほかならない。
肌膚變得這麼漂亮，其實是因為化妝品的美容效果。

003　Track N2-088

つつ（も）

(1)明明…、儘管…、雖然…；(2)一邊…一邊…、一面…一面…、…(的)同時

(接 續) {動詞ます形} ＋つつ（も）

意思1 **【反預料】**表示逆接，用於連接兩個相反的事物，大多用在說話人後悔、告白的場合。中文意思是：「明明…、儘管…、雖然…」。

(例 文) 悪いと知りつつも、カンニングをしてしまった。
明知道這樣做是不對的，還是忍不住作弊了。

意思2 **【同時】**表示同一主體，在進行某一動作的同時，也進行另一個動作，這時只用「つつ」，不用「つつも」。中文意思是：「一邊…一邊…、一面…一面…、…（的）同時」。

例文 昨晩友人と酒を飲みつつ、夢について語り合った。

昨晚和朋友一面舉杯對酌，一面暢談抱負。

比較 **ととも に**

與…同時，也…

接續 {名詞；動詞辭書形}＋とともに

說明 「つつ」表同時，表示兩種動作同時進行，也就是前項的主要動作進行的同時，還進行後項動作。只能接動詞ます形，不能接在名詞和形容詞後面；「とともに」也表同時，但是接在表示動作、變化的動詞原形或名詞後面，表示前項跟後項同時發生。

例文 雷の音とともに、大粒の雨が降ってきた。

隨著打雷聲，落下了豆大的雨滴。

004 **Track N2-089**

とおもうと、とおもったら

(1)覺得是…結果果然…；(2)原以為…，誰知是…

接續 {動詞た形}＋と思うと、と思ったら；{名詞の；動詞普通形；引用文句}＋と思うと、と思ったら

意思1 **【符合預料】**表示本來預料會有某種情況，而結果與本來預料是一致的，這時只能使用「とおもったら」。中文意思是：「覺得是…結果果然…」。

例文 英語が上手だなと思ったら、王さんはやはりアメリカ生まれだった。

我暗自佩服王小姐的英文真流利，後來得知她果然是在美國出生的！

意思2 **【反預料】**表示本來預料會有某種情況，下文的結果是出乎意外地出現了相反的結果。中文意思是：「原以為…，誰知是…」。

例文 会社へ行っていると思っていたら、夫はずっと仕事を探していたらしい。

本來以為先生天天出門上班，沒想到他似乎一直在找工作。

比較 **とおもいきや**

本以為…卻

接續 {名詞だ；形容動詞詞幹；[形容詞・動詞]普通形} ＋と思いきや

說明 「とおもうと」表反預料，表示本來預料會有某情況，卻發生了後項相反的結果；「とおもいきや」也表反預料，表示按照一般情況推測應該是前項，但結果卻意外的發生了後項。後項是對前項的否定。

例文 今日（きょう）は残業（ざんぎょう）になると思（おも）いきや、意外（いがい）に早（はや）く仕事（しごと）が終（お）わった。

本以為今天會加班，結果出乎意料地工作竟早早就結束了。

005 Track N2-090

くせして

可是、明明是…、卻…

接續 {名詞の；形容動詞詞幹な；[形容詞・動詞]普通形} ＋くせして

意思1 **【不符意料】**表示逆接。表示後項出現了從前項無法預測到的結果，或是不與前項身分相符的事態。帶有輕蔑、嘲諷的語氣。也用在開玩笑時。相當於「くせに」。中文意思是：「可是、明明是…、卻…」。

例文 彼（かれ）は歌（うた）が下手（へた）なくせして、いつもカラオケに行（い）きたがる。

他歌喉那麼糟，卻老是想要去卡拉OK店。

比較 **のに**

明明…卻…

接續 {動詞辭書形} ＋のに；{名詞} ＋に

說明 「くせして」表不符意料，表示前項與後項不符合。句中的前後項必須是同一主體；「のに」也表不符意料，但句中的前後項也可能不是同一主體。

例文 彼女（かのじょ）が求（もと）めたのに、彼（かれ）は与（あた）えなかった。

她要求了，但他沒有給。

006

Track N2-091

かねない

很可能…、也許會…、說不定將會…

接 續 {動詞ます形} ＋かねない

意思1 **【可能】**「かねない」是接尾詞「かねる」的否定形。表示有這種可能性或危險性。有時用在主體道德意識薄弱，或自我克制能力差等原因，而有可能做出異於常人的某種事情，一般用在負面的評價。含有說話人擔心、不安跟警戒的心情。中文意思是：「很可能…、也許會…、說不定將會…」。

例 文 飲酒運転（いんしゅうんてん）は、事故（じこ）につながりかねない。

酒駕很可能會造成車禍。

比 較 **かねる**

難以…、不能…、不便…

接 續 {動詞ます形} ＋かねる

說 明 「かねない」表可能，表示有可能出現不希望發生的某種事態，只能用在說話人對某事物的負面評價；「かねる」表困難，表示說話人由於主觀的心理排斥因素，或客觀道義等因素，即使想做某事，也不能或難以做到某事。

例 文 その案（あん）には、賛成（さんせい）しかねます。

那個案子我無法贊成。

007

Track N2-092

そうにない、そうもない

看起來不會…、不可能…、根本不會…

接 續 {動詞ます形；動詞可能形詞幹} ＋そうにない、そうもない

意思1 **【可能性】**表示說話者判斷某件事情發生的機率很低，可能性極小，或是沒有發生的跡象。中文意思是：「看起來不會…、不可能…、根本不會…」。

例文 仕事はまだまだ残っている。今日中に終わりそうもない。
還剩下好多工作，看來今天是做不完了。

比較 **わけにはいかない、わけにもいかない**
不能…、不可…

接續 {動詞辭書形；動詞ている} ＋わけにはいかない、わけにもいかない

說明 「そうにない」表可能性，前接動詞ます形，表示可能性極低；「わけにはいかない」表不能，表示出於道德、責任、人情等各種原因，不能去做某事。

例文 友情を裏切るわけにはいかない。
友情是不能背叛的。

008　Track N2-093

っこない
不可能…、決不…

接續 {動詞ます形} ＋っこない

意思1 **【可能性】**表示強烈否定，某事發生的可能性。表示說話人的判斷。一般用於口語，用在關係比較親近的人之間。中文意思是：「不可能…、決不…」。

例文 今の私の実力では、試験に受かりっこない。
以我目前的實力，根本無法通過測驗！

注意 〖なんて〜っこない〗常與「なんか、なんて」、「こんな、そんな、あんな（に）」前後呼應使用。

例文 家賃20万円なんて、そんなに払えっこない。
高達二十萬圓的房租，我怎麼付得起呢？

比較 **かねない**
很可能…、也許會…、說不定將會…

接續 {動詞ます形} ＋かねない

說明 「っこない」表可能性，接在動詞連用形後面，表示強烈的否定某事發生的可能性，是說話人主觀的判斷。大多使用可能的表現方式；「かねない」表可能，表示所提到的事物的狀態、性質等，可能導致不好的結果，含有說話人的擔心、不安和警戒的心情。

例文 あいつなら、そんなでたらめも言いかねない。
那傢伙的話就很可能會信口胡說。

009　Track N2-094

うる、える、えない

(1)可能、能、會；(2)難以…

接續 {動詞ます形} +得る、得る、得ない

意思1 **【可能性】**表示可以採取這一動作，有發生這種事情的可能性，有接尾詞的作用，接在表示無意志的自動詞，如「ある、できる、わかる」表示「有…的可能」。用在可能性，不用在能力上的有無。中文意思是：「可能、能、會」。

例文 30年以内に大地震が起こり得る。
在三十年之內恐將發生大地震。

意思2 **【不可能】**如果是否定形(只有「えない」，沒有「うない」)，就表示不能採取這一動作，沒有發生這種事情的可能性。中文意思是:「難以…」。

例文 あんなにいい人が人を殺すなんて、あり得ない。
那麼好的人居然犯下凶殺案，實在難以想像！

比較 **かねる**

難以…、不能…、不便…

接續 {動詞ます形} +かねる

說明 「うる」表不可能，表示根據情況沒有發生這種事情的可能性；「かねる」表困難，用在說話人難以做到某事。

例文 突然頼まれても、引き受けかねます。
這突如其來的請託，實在無法答應下來。

010 Track N2-095

がたい

難以…、很難…、不能…

(接續) {動詞ます形} ＋がたい

意思1 **【困難】**表示做該動作難度非常高，幾乎是不可能，或者即使想這樣做也難以實現，一般用在感情因素上的不可能，而不是能力上的不可能。一般多用在抽象的事物，為書面用語。中文意思是：「難以…、很難…、不能…」。

(例文) 新製品（しんせいひん）のコーヒーは、とてもおいしいとは言（い）いがたい。

新生產的咖啡實在算不上好喝。

比較 **にくい**

不容易…、難…

(接續) {動詞ます形} ＋にくい

說明 「がたい」表困難，主要用在由於心理因素，即使想做，也沒有辦法做該動作；「にくい」也表困難，主要是指由於物理上的或技術上的因素，而沒有辦法把某動作做好，或難以進行某動作。但也含有「如果想做，只要透過努力，還是可以做到」，正負面評價都可以使用。

(例文) このコンピューターは、使（つか）いにくいです。

這台電腦很不好用。

011 Track N2-096

かねる

難以…、不能…、不便…

(接續) {動詞ます形} ＋かねる

意思1 **【困難】**表示由於心理上的排斥感等主觀原因，或是道義上的責任等客觀原因，而難以做到某事，所給的條件、要求、狀況等，超出了說話人能承受的範圍。不用在能力不足而無法做的情況。中文意思是：「難以…、不能…、不便…」。

例文 条件(じょうけん)が合(あ)わないので、この仕事(しごと)は引(ひ)き受(う)けかねます。
由於條件談不攏，請恕無法接下這份工作。

注意 〘衍生－お待ちかね〙「お待ちかね」為「待ちかねる」的衍生用法，表示久候多時，但請注意沒有「お待ちかねる」這種說法。

例文 今日(きょう)は皆(みな)さんお待(ま)ちかねのボーナスが出(で)る日(ひ)です。
今天是大家望眼欲穿的獎金發放日。

比較 **がたい**

難以…、很難…、不能…

接續 {動詞ます形}＋がたい

說明 「かねる」表困難，表示從說話人的狀況而言，主觀如心理上的排斥感，或客觀如某種規定、道義上的責任等，而難以做到某事，常用在服務業上，前接動詞ます形；「がたい」也表困難，表示心理上或認知上很難，幾乎不可能實現某事。前面也接動詞ます形。

例文 彼女(かのじょ)との思(おも)い出(で)は忘(わす)れがたい。
很難忘記跟她在一起時的回憶。

Chapter N2

10 樣子、比喻、限定、回想

樣子、比喻、限定、回想

001 Track N2-097

げ

…的感覺、好像…的樣子

(接續) {[形容詞・形容動詞]詞幹；動詞ます形} ＋げ

意思1 【樣子】表示帶有某種樣子、傾向、心情及感覺。書寫語氣息較濃。但要注意「かわいげ(討人喜愛)」與「かわいそう(令人憐憫的)」兩者意思完全不同。中文意思是：「…的感覺、好像…的樣子」。

(例文) 公園(こうえん)で、子供達(こどもたち)が楽(たの)しげに遊(あそ)んでいる。

公園裡，一群孩童玩得正開心。

比較 **っぽい**

看起來好像…、感覺像…

(接續) {名詞；動詞ます形} ＋っぽい

說明 「げ」表樣子，是接尾詞，表示外觀上給人的感覺「好像…的樣子」；「っぽい」表傾向，是針對某個事物的狀態或性質，表示有某種傾向、某種感覺很強烈，含有跟實際情況不同之意。

(例文) 君(きみ)は、浴衣(ゆかた)を着(き)ていると女(おんな)っぽいね。

你一穿上浴衣，就很有女人味唷！

002 Track N2-098

ぶり、っぷり

(1)相隔…；(2)…的樣子、…的狀態、…的情況

接續 {名詞；動詞ます形}＋ぶり、っぷり

意思1 **【時間】**{時間；期間}＋ぶり，表示時間相隔多久的意思，含有說話人感到時間相隔很久的語意。中文意思是：「相隔…」。

例文 ２年ぶりに帰国したら、母親が痩せて小さくなった気がした。
闊別兩年回鄉一看，媽媽彷彿比以前更瘦小了。

意思2 **【樣子】**前接表示動作的名詞或動詞的ます形，表示前接名詞或動詞的樣子、狀態或情況。中文意思是：「…的樣子、…的狀態、…的情況」。

例文 社長の口ぶりからすると、いつもより多めにボーナスが出そうだ。
從社長的語氣聽起來，似乎會比以往發放更多獎金。

注意 〚っぷり〛有時也可以說成「っぷり」。

例文 彼女の飲みっぷりは、男みたいだ。
她喝酒的豪邁程度不亞於男人。

比較 **げ**

…的感覺、好像…的樣子

接續 {[形容詞・形容動詞]詞幹；動詞ます形}＋げ

說明 「ぶり」表樣子，表示事物存在的樣態和動作進行的方式、方法；「げ」也表樣子，表示人的心情的某種樣態。

例文 かわいげのない女は嫌いだ。
我討厭不可愛的女人。

003 Track N2-099

まま

(1)就這樣…、保持原樣；(2)就那樣…、依舊

接續 {名詞の；この／その／あの；形容詞普通形；形容動詞詞幹な；動詞た形；動詞否定形}＋まま

意思1 **【樣子】**在原封不動的狀態下進行某件事情。中文意思是：「就這樣…、保持原樣」。

例文 課長に言われたまま、部下に言った。
將課長的訓示一字不漏地轉述給下屬聽。

意思2 **【無變化】**表示某種狀態沒有變化，一直持續的樣子。中文意思是：「就那樣…、依舊」。

例文 食べたままにしないで、食器を洗っておいてね。
吃完的碗筷不可以就這樣留在桌上，要自己動手洗乾淨喔！

比較 **きり～ない**
…之後，再也沒有…、…之後就…

接續 {動詞た形}＋きり～ない

說明 「まま」表無變化，表示某狀態一直持續不變；「きり～ない」也表無變化，後接否定，表示前項的的動作完成之後，預料應該要發生的後項，卻再也沒有發生。有意外的語感。

例文 彼女とは一度会ったきり、その後会ってない。
跟她見過一次面以後，就再也沒碰過面了。

004 Track N2-100

かのようだ

像…一樣的、似乎…

接續 {[名詞・形容動詞詞幹]（である）；[形容詞・動詞]普通形}＋かのようだ

意思1 **【比喻】**由終助詞「か」後接「のようだ」而成。將事物的狀態、性質、形狀及動作狀態，比喻成比較誇張的、具體的，或比較容易瞭解的其他事物，經常以「かのように＋動詞」的形式出現。中文意思是：「像…一樣的、似乎…」。

例文 彼女は怖いものでも見たかのように、泣いている。
她彷彿看見了可怕的東西，哭個不停。

注意1 **〖文學性描寫〗**常用於文學性描寫，常與「まるで、いかにも、あたかも、さも」等比喻副詞前後呼應使用。

例文　父が死んだ日は、まるで空も泣いているかのように雨が降りだした。
父親過世的那一天，天空彷彿陪著我流淚似地下起了雨。

注意2　〖かのような＋名詞〗後接名詞時，用「かのような＋名詞」。

例文　今日は冷蔵庫の中にいるかのような寒さだ。
今天的氣溫凍得像在冰箱裡似的。

比較　ように（な）

如同…

接續　{名詞の；動詞辭書形；動詞否定形}＋ように（な）

說明　「かのようだ」表比喻，表示實際上不是那樣，可是感覺卻像是那樣；「ように（な）」表例示，表示提到某事物的性質、形狀時，舉出最典型的例子。是根據自己的感覺，或所看到的事物，來進行形容的。

例文　私はヨガやランニングのような、一人でするスポーツが好きです。
我喜歡像瑜珈呀、跑步呀等等，一個人可以做的運動。

005　Track N2-101

かぎり（は／では）

(1)既然…就算；(2)據…而言；(3)只要…就…、除非…否則…

接續　{動詞辭書形；動詞て形＋いる；動詞た形}＋限り（は／では）

意思1　**【決心】**表示在前提下，說話人陳述決心或督促對方做某事。中文意思是：「既然…就算」。

例文　行くと言った限りは、たとえ雨でも行くつもりだ。
既然說了要去，就算下雨也會按照原訂計畫成行。

意思2　**【範圍】**憑自己的知識、經驗等有限範圍做出判斷，或提出看法，常接表示認知行為如「知る（知道）、見る（看見）、聞く（聽說）」等動詞後面。中文意思是：「據…而言」。

例文　私の知る限りでは、この近くに本屋はありません。
就我所知，這附近沒有書店。

意思3 【限定】表示在某狀態持續的期間，就會有後項的事態。含有前項不這樣的話，後項就可能會有相反事態的語感。中文意思是：「只要…就…、除非…否則…」。

例 文 食生活を改めない限り、健康にはなれない。
除非改變飲食方式，否則無法維持健康。

比 較 **かぎりだ**
真是太…、…得不能再…了、極其…

接 續 {名詞；形容詞辭書形；形容動詞詞幹な} ＋限りだ

說 明 「かぎり」表限定，表示在前項狀態持續的期間，會發生後項的狀態或情況；「かぎりだ」表極限，表示現在說話人自己有種非常強烈的感覺，覺得是那樣的。

例 文 孫の花嫁姿が見られるとは、嬉しい限りだ。
能夠看到孫女穿婚紗的樣子，真叫人高興啊！

006 **Track N2-102**

にかぎって、にかぎり

偏偏…、只有…、唯獨…是…的、獨獨…

接 續 {名詞} ＋に限って、に限り

意思1 【限定】表示特殊限定的事物或範圍，說明唯獨某事物特別不一樣。中文意思是：「偏偏…、只有…、唯獨…是…的、獨獨…」。

例 文 勉強しようと思っているときに限って、母親に「勉強しなさい」と言われる。
每當我打算念書的時候，好巧不巧媽媽總會催我「快去用功！」

注意1 〖否定形－にかぎらず〗「に限らず」為否定形。

例 文 今の日本は東京に限らず、田舎でも少子化が問題となっている。
日本的少子化問題不僅是東京的現狀，鄉村地區亦面臨同樣的考驗。

注意2 〖中頓、句尾〗「にかぎって」、「にかぎり」用在句中表示中頓；「にかぎる」用在句尾。

例文　仕事の後は冷たいビールに限る。

工作後喝冰涼的啤酒是最享受的。

比較　につけ（て）、につけても

一…就…、每當…就…

接續　{[形容詞・動詞]辭書形} ＋につけ（て）、につけても

說明　「にかぎって」表限定，表示在某種情況下時，偏偏就會發生後項事件，多表示不愉快的內容；「につけ」表關連，表示偶爾處在同一情況下，都會帶著某種心情去做一件事。後句大多是自然產生的事態或感情相關的表現。

例文　福田さんは何かにつけて私を目の敵にするから、付き合いにくい。

福田先生不論任何事總是視我為眼中釘，實在很難和她相處。

007　　**Track N2-103**

ばかりだ

(1)只等…、只剩下…就好了；(2)一直…下去、越來越…

接續　{動詞辭書形} ＋ばかりだ

意思1　**【限定】**表示準備完畢，只差某個動作而已，也表示可以進入下一個階段，或可以迎接最後階段的狀態。大多和「あとは、もう」等詞前後呼應使用。中文意思是：「只等…、只剩下…就好了」。

例文　誕生日のパーティーの準備はできている。あとは主役を待つばかりだ。

慶生會已經一切準備就緒，接下來只等壽星出場囉！

意思2　**【對比】**表示事態越來越惡化，一直持續同樣的行為或狀態，多為對講述對象的負面評價，也就是事態逐漸朝着不好的方向發展之意。中文意思是：「一直…下去、越來越…」。

例文　携帯電話が普及してから、手紙を書く機会が減るばかりだ。

自從行動電話普及之後，提筆寫信的機會越來越少了。

比較　いっぽうだ

一直…、不斷地…、越來越…

(接續) {動詞辭書形} ＋一方だ

(說明) 「ばかりだ」表對比，表示事物一直朝著不好的方向變化；「いっぽうだ」表傾向，表示事物的情況只朝著一個方向變化。好事態、壞事態都可以用。

(例文) 岩崎(いわさき)の予想以上(よそういじょう)の活躍(かつやく)ぶりに、周囲(しゅうい)の期待(きたい)も高(たか)まる一方(いっぽう)だ。

岩崎出色的表現超乎預期，使得周圍人們對他的期望也愈來愈高。

008 Track N2-104

ものだ

(1)以前…、實在是…啊；(2)就是…、本來就該…、應該…

(接續) {形容動詞詞幹な；[形容詞・動詞]辭書形} ＋ものだ

(意思1) **【回想、感慨】**表示回想過往的事態，並帶有現今狀況與以前不同的感慨含意。中文意思是：「以前…、實在是…啊」。

(例文) 若(わか)いころは夫婦(ふうふ)で色々(いろいろ)な場所(ばしょ)へ旅行(りょこう)をしたものだ。

我們夫妻年輕時真的是去了形形色色的地方旅遊呢。

(意思2) **【事物的本質】**{形容動詞詞幹な；形容詞・動詞辭書形}＋ものではない。表示對所謂真理、普遍事物，就其本來的性質，敘述理所當然的結果，或理應如此的態度。含有感慨的語氣。多用在提醒或忠告時。常轉為間接的命令或禁止。中文意思是：「就是…、本來就該…、應該…」。

(例文) 小(ちい)さい子(こ)をいじめるものではない。

不可以欺負小孩子！

比較 べき、べきだ

必須…、應當…

(接續) {動詞辭書形} ＋べき、べきだ

(說明) 「ものだ」表事物的本質，表示不是個人的見解，而是出於社會上普遍認可的一般常識、事理，給予對方提醒或說教，帶有這樣做是理所當然的心情；「べきだ」表勸告，表示說話人從道德、常識或社會上一般的理念出發，主張「做…是正確的」。

(例文) これは、会社(かいしゃ)を辞(や)めたい人(ひと)がぜひ読(よ)むべき本(ほん)だ。

這是一本想要辭職的人必讀的書！

Chapter

期待、願望、当然、主張

期待、願望、當然、主張

001　Track N2-105

たところが

可是…、然而…、沒想到…

接續 {動詞た形} ＋たところが

意思1 **【期待】** 這是一種逆接的用法。表示因某種目的作了某一動作，但結果與期待相反之意。後項經常是出乎意料之外的客觀事實。中文意思是：「可是…、然而…、沒想到…」。

例文 彼女(かのじょ)と結婚(けっこん)すれば幸(しあわ)せになると思(おも)ったところが、そうではなかった。
當初以為和她結婚就是幸福的起點，誰能想到竟是事與願違呢。

比較 **のに**
雖然…、可是…

接續 {[名詞・形容動詞]な；[動詞・形容詞]普通形} ＋のに

說明 「たところが」表期待，表示帶著目的做前項，但結果卻跟預期相反；「のに」表逆接，前項是陳述事實，後項說明一個和此事相反的結果。

例文 小学(しょうがく)1年生(ねんせい)なのに、もう新聞(しんぶん)が読(よ)める。
才小學一年級而已，就已經會看報紙了。

002

Track N2-106

だけあって

不愧是…、也難怪…

(接續) {名詞；形容動詞詞幹な；[形容詞・動詞] 普通形} ＋だけあって

意思1 **【符合期待】**表示名實相符，後項結果跟自己所期待或預料的一樣，一般用在積極讚美的時候。含有佩服、理解的心情。副助詞「だけ」在這裡表示與之名實相符。中文意思是：「不愧是…、也難怪…」。

(例文) このホテルは高(たか)いだけあって、サービスも一流(いちりゅう)だ。

這家旅館的服務一流，果然貴得有價值！

注意 **〖重點在後項〗**前項接表示地位、職業、評價、特徵等詞語，著重點在後項，後項不用未來或推測等表達方式。

(例文) 恵美(めぐみ)さんはモデルだけあって、スタイルがいい。

恵美小姐不愧是模特兒，身材很好。

比較 **にしては**

照…來說…、就…而言算是…、從…這一點來說，算是…的、作為…，相對來說…

(接續) {名詞；形容動詞詞幹；動詞普通形} ＋にしては

說明 「だけあって」表符合期待，表示後項是根據前項，合理推斷出的結果；「にしては」表不符預料，表示依照前項來判斷某人事物，卻出現了與一般情況不符合的後項，用在評論人或事情。

(例文) 彼(かれ)は、プロ野球選手(やきゅうせんしゅ)にしては小柄(こがら)だ。

就職業棒球選手而言，他算是個子矮小的。

003

Track N2-107

だけのことはある、だけある

到底沒白白…、值得…、不愧是…、也難怪…

(接續) {名詞；形容動詞詞幹な；[形容詞・動詞] 普通形} ＋だけのことはある、だけある

意思 1 【符合期待】表示與其做的努力、所處的地位、所經歷的事情等名實相符，對其後項的結果、能力等給予高度的讚美。中文意思是：「到底沒白白…、值得…、不愧是…、也難怪…」。

例文 料理もサービスも素晴らしい。一流レストランだけのことはある。
餐點和服務都無可挑剔，到底是頂級餐廳！

注意 〔負面〕可用於對事物的負面評價，表示理解前項事態。

例文 このストッキング、一回履いただけですぐ破れるなんて、安かっただけあるよ。
這雙絲襪才穿一次就破了，果然是便宜貨。

比較 **どころではない**
哪裡還能…、不是…的時候

接續 {名詞；動詞辭書形} ＋どころではない

說明 「だけのことはある」表符合期待，表示「的確是名副其實的」。含有「不愧是、的確、原來如此」等佩服、理解的心情；「どころではない」表否定，對於期待或設想的事情，表示「根本不具備做那種事的條件」強調處於困難、緊張的狀態。

例文 先々週は風邪を引いて、勉強どころではなかった。
上上星期感冒了，哪裡還能唸書啊。

004 Track N2-108

どうにか（なんとか、もうすこし）～ないもの（だろう）か

不能…嗎、是不是…、能不能…、有沒有…呢

接續 どうにか（なんとか、もう少し）＋{動詞否定形；動詞可能形詞幹}＋ないもの（だろう）か

意思 1 【願望】表示說話者有某個問題或困擾，希望能得到解決辦法。中文意思是：「不能…嗎、是不是…、能不能…、有沒有…呢」。

例文 別れた恋人と、なんとかもう一度会えないものだろうか。
能不能想個辦法讓我和已經分手的情人再見上一面呢？

比較 **ないかしら**

沒…嗎

接續 {動詞} ＋ないかしら

說明 「どうにか～ないものか」表願望，表示說話人希望能得到解決的辦法；「ないかしら」表感嘆，表示不確定的原因。

例文 私（わたし）にはその器（うつわ）はないんじゃないかしら。

我應該沒有那樣才能吧。

005 Track N2-109

てとうぜんだ、てあたりまえだ

難怪…、本來就…、…也是理所當然的

接續 {形容動詞詞幹} ＋で当然だ、で当たり前だ；{[動詞・形容詞]て形} ＋当然だ、当たり前だ

意思1 **【理所當然】**表示前述事項自然而然地就會導致後面結果的發生，這樣的演變是合乎邏輯的。中文意思是：「難怪…、本來就…、…也是理所當然的」。

例文 夏（なつ）だから、暑（あつ）くて当（あ）たり前（まえ）だ。

畢竟是夏天，當然天氣炎熱。

比較 **ものだ**

過去…經常、以前…常常

接續 {形容動詞詞幹な；形容詞辭書形；動詞普通形} ＋ものだ

說明 「てとうぜんだ」表理所當然，表示合乎邏輯的導致後面的結果；「ものだ」表感慨，表示帶著感情去敘述心裡的強烈感受、驚訝、感動等。

例文 懐（なつ）かしい。これ、子供（こども）のころによく飲（の）んだものだ。

好懷念喔！這個是我小時候常喝的。

006 Track N2-110

にすぎない

只是…、只不過…、不過是…而已、僅僅是…

接續 {名詞；形容動詞詞幹である；[形容詞・動詞] 普通形} ＋にすぎない

意思1 【主張】表示某微不足道的事態，指程度有限，有著並不重要的、沒什麼大不了的輕蔑，為消極的評價語氣。中文意思是：「只是…、只不過…、不過是…而已、僅僅是…」。

例文 ボーナスが出(で)たと言(い)っても、2万円(まんえん)にすぎない。

雖說給了獎金，也不過區區兩萬圓而已。

比較 にほかならない

完全是…、不外乎是…、其實是…、無非是…

接續 {名詞} ＋にほかならない

說明 「にすぎない」表主張，表示帶輕蔑語氣說程度不過如此而已；「にほかならない」也表主張，帶有「只有這個」、「正因為…」的語氣，多用在表示贊成與肯定的情況時。

例文 私達(わたしたち)が出会(であ)ったのは運命(うんめい)にほかなりません。

我們的相遇只能歸因於命運。

007 Track N2-111

にほかならない

完全是…、不外乎是…、其實是…、無非是…

接續 {名詞} ＋にほかならない

意思1 【主張】表示斷定的說事情發生的理由、原因，是對事物的原因、結果的肯定語氣，強調說話人主張「除此之外，沒有其他」的判斷或解釋。亦即「それ以外のなにものでもない（不是別的，就是這個）」的意思。中文意思是：「完全是…、不外乎是…、其實是…、無非是…」。

例文 親(おや)が子供(こども)に厳(きび)しくいうのは、子供(こども)のためにほかならない。

父母之所以嚴格要求兒女，無非是為了他們著想。

注意 〖ほかならぬ＋N〗相關用法：「ほかならぬ」修飾名詞，表示其他人事物無法取代的特別存在。

例文 ほかならぬあなたのお願（ねが）いなら、聞（き）くほか方法（ほうほう）はありません。
既然是您親自請託，小弟只有全力以赴了。

比較 というものではない、というものでもない

可不是…、並不是…、並非…

接續 {[名詞・形容詞・形容動詞・動詞]假定形} ～ {[名詞・形容動詞詞幹]（だ）；形容詞辭書形} ＋というものではない、というものでもない

說明 「にほかならない」表主張，表示「不是別的」、「正因為是這個」的強烈斷定或解釋的表達方式；「というものではない」表部分否定，用於表示對某想法，心裡覺得不恰當，而給予否定。

例文 結婚（けっこん）すれば幸（しあわ）せというものではないでしょう。
結婚並不代表獲得幸福吧！

008　Track N2-112

というものだ

實在是…、也就是…、就是…

接續 {名詞；形容動詞詞幹；動詞辭書形} ＋というものだ

意思1 **【主張】**表示對事物做出看法或批判，表達「真的是這樣，的確是這樣」的意思。是一種斷定說法，不會有過去式或否定形的活用變化。中文意思是：「實在是…、也就是…、就是…」。

例文 女性（じょせい）ばかり家事（かじ）をするのは、不公平（ふこうへい）というものです。
把家事統統推給女人一手包辦，實在太不公平了！

注意 〖口語－ってもん〗「ってもん」是種較草率、粗魯的口語說法，是先將「という」變成「って」，再接上「もの」轉變的「もん」。

例文 夜中（よなか）に電話（でんわ）してきて、「お金（かね）を貸（か）して」と言（い）ってくるなんて非常識（ひじょうしき）ってもんだ。
三更半夜打電話來劈頭就說「借我錢」，簡直毫無常識可言！

比較 **ということだ**

聽說…、據說…

接續 {簡體句} ＋ということだ

說明 「というものだ」表主張，表示說話者針對某個行為，提出自己的感想或評論；「ということだ」表結論，是說話人根據前項的情報或狀態，得到某種結論或總結說話內容。

例文 芸能人(げいのうじん)に夢中(むちゅう)になるなんて、君(きみ)もまだまだ若(わか)いということだ。

竟然會迷戀藝人，表示你還年輕啦！

MEMO

Chapter

12 肯定、否定、対象、対応

肯定、否定、對象、對應

N2

001 ものがある
002 どころではない
003 というものではない、というものでもない
004 とはかぎらない
005 にこたえて、にこたえ、にこたえる
006 をめぐって(は)、をめぐる
007 におうじて
008 しだいだ、しだいで(は)

001 Track N2-113

ものがある

有…的價值、確實有…的一面、非常…、很…

(接續) {形容動詞詞幹な；[形容詞・動詞]辭書形} ＋ものがある

意思1 **【肯定感嘆】**表示肯定某人或事物的優點。由於說話人看到了某些特徵，而發自內心的肯定，是種強烈斷定的感嘆。中文意思是：「有…的價值、確實有…的一面、非常…、很…」。

(例文) 昨日(きのう)までできなかったことが今日(きょう)できる。子供(こども)の成長(せいちょう)は目(め)をみはるものがある。

昨天還不會的事今天就辦到了。孩子的成長真是令人嘖嘖稱奇！

比較 **ことがある**

有時…、偶爾…

(接續) {動詞辭書形；動詞否定形} ＋ことがある

說明 「ものがある」表肯定感嘆，用於表達說話者見物思情，有所感觸而表現出的評價和感受；「ことがある」表不定，用於表示事物發生的頻率不是很高，只是有時會那樣。

(例文) 友人(ゆうじん)とお酒(さけ)を飲(の)みに行(い)くことがあります。

偶爾會跟朋友一起去喝酒。

002 Track N2-114

どころではない

(1)何止…、哪裡是…根本是…；(2)哪裡還能…、不是…的時候

接續 {名詞；動詞辭書形} ＋どころではない

意思1 **【程度】**表示事態大大超出某種程度，事態與其說是前項，實際為後項。中文意思是：「何止…、哪裡是…根本是…」。

例文 今日(きょう)の授業(じゅぎょう)は簡単(かんたん)どころではなく、わかる問題(もんだい)が一(ひと)つもなかった。
今天老師教的部分哪裡簡單，我根本沒有任何一題聽得懂的。

意思2 **【否定】**表示沒有餘裕做某事，強調目前處於緊張、困難的狀態，沒有金錢、時間或精力去進行某事。中文意思是：「哪裡還能…、不是…的時候」。

例文 風邪(かぜ)でのどが痛(いた)くて、カラオケ大会(たいかい)どころではなかった。
染上感冒喉嚨痛得要命，這個節骨眼哪能去參加卡拉OK比賽啊！

比較 **より（ほか）ない、ほか（しかたが）ない**
只有…、除了…之外沒有…

接續 {名詞；動詞辭書形} ＋より（ほか）ない；{動詞辭書形} ＋ほか（しかたが）ない

說明 「どころではない」表否定，在此強調沒有餘力或錢財去做，遠遠達不到某程度；「よりほかない」表讓步，意為「只好」，表示除此之外沒有其他辦法。

例文 病気(びょうき)を早(はや)く治(なお)すためには、入院(にゅういん)するよりほかはない。
為了要早點治癒，只能住院了。

003 Track N2-115

というものではない、というものでもない

…可不是…、並不是…、並非…

接續 {[名詞・形容詞・形容動詞・動詞]假定形} ／ {[名詞・形容動詞詞幹]（だ）；形容詞辭書形} ＋というものではない、というものでもない

意思1 【部分否定】委婉地對某想法或主張，表示不能說是非常恰當、十分正確，不完全贊成，或部分否定該主張。中文意思是：「…可不是…、並不是…、並非…」。

例文 日本人（にほんじん）だからといって日本語（にほんご）を教（おし）えられるというものではない。

即便是日本人，並不等於就會教日文。

比較 **しまつだ**

（結果）竟然…、落到…的結果

接續 {動詞辭書形；この／その／あの}＋始末だ

說明 「というものでもない」表部分否定，表示說話人委婉地認為某想法等並不全面；「しまつだ」表結果，表示因某人的行為，而使自己很不好做事，並感到麻煩，最終還得到了一個不好的結果或狀態。

例文 社長（しゃちょう）の脱税（だつぜい）が発覚（はっかく）し、会社（かいしゃ）まで警察（けいさつ）の捜査（そうさ）を受（う）けるしまつだ。

社長被查到逃稅，落得甚至有警察來公司搜索的下場。

004 Track N2-116

とはかぎらない

也不一定…、未必…

接續 {[名詞・形容詞・形容動詞・動詞]普通形}＋とは限らない

意思1 【部分否定】表示事情不是絕對如此，也是有例外或是其他可能性。中文意思是：「也不一定…、未必…」。

例文 日本人（にっぽんじん）だからといって、みんな寿司（すし）が好（す）きとは限（かぎ）らない。

即使是日本人，也未必人人都喜歡吃壽司。

注意 〖必ず～とはかぎらない〗有時會跟句型「からといって」，或副詞「必ず、必ずしも、どれでも、どこでも、何でも、いつも、常に」前後呼應使用。

例文 少子化（しょうしか）だが大学（だいがく）を受（う）けたところで、必（かなら）ずしも全員合格（ぜんいんごうかく）できるとは限（かぎ）らない。

雖說目前面臨少子化，但是大學升學考試也不一定全數錄取。

比 較　**ものではない**

不是…的

接 續　{動詞} ＋ものではない

說 明　「とはかぎらない」表部分否定，表示事情絕非如此，也有例外；「ものではない」表勸告，表示並非個人的想法，而是出自道德、常識而給對方訓誡、說教。

例 文　そんな言葉（ことば）を使（つか）うものではない

不准說那種話。

005　Track N2-117

にこたえて、にこたえ、にこたえる

應…、響應…、回答、回應

接 續　{名詞} ＋にこたえて、にこたえ、にこたえる

意思 1　**【對象】**接「期待」、「要求」、「意見」、「好意」等名詞後面，表示為了使前項的對象能夠實現，後項是為此而採取的相應行動或措施。也就是響應這些要求，使其實現。中文意思是:「應…、響應…、回答、回應」。

例 文　お客様（きゃくさま）の意見（いけん）にこたえて、日曜日（にちようび）もお店（みせ）を開（あ）けることにした。

為回應顧客的建議，星期日也改為照常營業了。

比 較　**にそって、にそい、にそう、にそった**

按照…

接 續　{名詞} ＋に沿って、に沿い、に沿う、に沿った

說 明　「にこたえて」表對象，表示因應前項的對象的要求而行事；「にそって」表基準，表示不偏離某基準來行事，多接在表期待、方針、使用說明等語詞後面。

例 文　両親（りょうしん）の期待（きたい）に沿（そ）えるよう、毎日（まいにち）しっかり勉強（べんきょう）している。

每天都努力用功以達到父母的期望。

006 Track N2-118

をめぐって（は）、をめぐる

圍繞著…、環繞著…

（接 續）{名詞}＋をめぐって（は）、をめぐる

（意思1）**【對象】**表示後項的行為動作，是針對前項的某一事情、問題進行的。中文意思是：「圍繞著…、環繞著…」。

（例 文）消費税増税（しょうひぜいぞうぜい）の問題（もんだい）をめぐって、国会（こっかい）で議論（ぎろん）されている。
國會議員針對增加消費稅的議題展開了辯論。

（注 意）〘をめぐる＋N〙後接名詞時，用「をめぐる＋N」。

（例 文）社長（しゃちょう）と彼女（かのじょ）の関係（かんけい）をめぐる噂（うわさ）は社外（しゃがい）にまで広（ひろ）がっている。
社長和她的緋聞已經傳到公司之外了。

（比 較）**について（は）、につき、についても、についての**
有關…、就…、關於…

（接 續）{名詞}＋について（は）、につき、についても、についての

（說 明）「をめぐって」表對象，表示環繞著前項事物做出討論、辯論、爭執等動作；「について」也表對象，表示就某前項事物來提出說明、撰寫、思考、發表、調查等動作。

（例 文）私（わたし）は、日本酒（にほんしゅ）については詳（くわ）しいです。
我對日本酒知道得很詳盡。

007 Track N2-119

におうじて

根據…、按照…、隨著…

（接 續）{名詞}＋に応じて

（意思1）**【對應】**表示按照、根據。前項作為依據，後項根據前項的情況而發生變化。中文意思是：「根據…、按照…、隨著…」。

（例 文）学生（がくせい）のレベルに応（おう）じて、クラスを決（き）める。
依照學生的程度分班。

注意 〖に応じたN〗後接名詞時，變成「に応じたN」的形式。

例文 ご予算に応じたパーティーメニューをご用意いたしております。
本公司可以提供符合貴單位預算的派對菜單。

比較 **によって(は)、により**
依照…的不同而不同

接續 {名詞}＋によって(は)、により

說明 「におうじて」表對應，表示隨著前項的情況，後項也會隨之改變；「によっては」表對應，表示後項的情況，會因為前項的人事物等不同而不同。

例文 状況により、臨機応変に対処してください。
請依照當下的狀況臨機應變。

008 Track N2-120

しだいだ、しだいで(は)

全憑…、要看…而定、決定於…

接續 {名詞}＋次第だ、次第で(は)

意思1 **【對應】**表示行為動作要實現，全憑「次第だ」前面的名詞的情況而定，也就是必須完成「しだい」前的事項，才能夠成立。「しだい」前的事項是左右事情的要素，因此而產生不同的結果。中文意思是：「全憑…、要看…而定、決定於…」。

例文 試合は天気次第で、中止になる場合もあります。
就看天候如何，比賽亦可能取消。

注意 〖**諺語**〗「地獄の沙汰も金次第／有錢能使鬼推磨。」為相關諺語。

例文 お金があれば難しい病気も治せるし、いい治療も受けられる。地獄の沙汰も金次第ということだ。
只要有錢，即便是疑難雜症亦能治癒，不僅如此也能接受好的治療，真所謂有錢能使鬼推磨。

比較　にもとづいて、にもとづき、にもとづく、にもとづいた

根據…、按照…、基於…

接續　{名詞}＋に基づいて、に基づき、に基づく、に基づいた

說明　「しだいだ」表對應，表示前項的事物是決定事情的要素，由此而發生各種變化;「にもとづく」表依據，前項多接「考え方、計画、資料、経験」之類的詞語，表示以前項為根據或基礎，後項則在不偏離前項的原則下進行。

例文　こちらはお客様（きゃくさま）の声（こえ）に基（もと）づき開発（かいはつ）した新商品（しんしょうひん）です。

這是根據顧客的需求所研發的新產品。

MEMO

Chapter

13 価値、話題、感想、不満

値得、話題、感想、埋怨

001 Track N2-121

がい

有意義的…、值得的…、…有回報的

(接續) {動詞ます形} ＋がい

意思1 **【值得】**表示做這一動作是值得、有意義的。也就是辛苦、費力的付出有所回報，能得到期待的結果。多接意志動詞。意志動詞跟「がい」在一起，就構成一個名詞。後面常接「（の／が／も）ある」，表示做這動作，是值得、有意義的。中文意思是：「有意義的…、值得的…、…有回報的」。

(例文) 子供(こども)がよく食(た)べると、母(はは)にとっては作(つく)りがいがある。
看著孩子吃得那麼香，就是媽媽最感欣慰的回報。

比較 **べき、べきだ**

必須…、應當…

(接續) {動詞辭書形} ＋べき、べきだ

說明 「がい」表值得，表示做這一動作是有意義的，值得的；「べき」表勸告，表示說話人認為做某事是做人應有的義務，用於說話者自身的過去式時，則表懊悔及自省的語氣。

(例文) ああっ、バス行(い)っちゃったー！あと1分早(ぷんはや)く家(いえ)を出(で)るべきだった。
啊，巴士跑掉了…！應該提早一分鐘出門的。

002 Track N2-122

かいがある、かいがあって

總算值得、有了代價、不枉…

（接續） {名詞の；動詞辭書形；動詞た形} ＋かいがある、かいがあって

意思1 **【值得】**表示辛苦做了某件事情而有了正面的回報，或是得到預期的結果。有「好不容易」的語感。中文意思是：「總算值得、有了代價、不枉…」。

（例文） 努力のかいがあって、希望の大学に合格した。
不枉過去的辛苦，總算考上了心目中的大學。

注意 〔**不值得**〕用否定形時，以「かいもなく」的形式，表示努力了，但沒有得到預期的結果，表示「沒有代價」。

（例文） 昨晩勉強したかいもなく、今日のテストは全くできなかった。
昨晚的用功全都白費了，今天的考卷連一題都答不出來。

比較 **あっての**
有了…之後…才能…、沒有…就不能（沒有）…

（接續） {名詞} ＋あっての＋ {名詞}

說明 「かいがある」表值得，表示辛苦做某事，是值得的；「あっての」表強調，表示有了前項才有後項。

（例文） 読者あっての作家だから、いつも読者の興味に注意を払っている。
有了讀者的支持才能成為作家，所以他總是非常留意讀者的喜好。

003 Track N2-123

といえば、といったら

到…、提到…就…、說起…、（或不翻譯）

（接續） {名詞} ＋といえば、といったら

意思1 **【話題】**用在承接某個話題，從這個話題引起自己的聯想，或對這個話題進行說明。口語用「っていえば」。中文意思是：「到…、提到…就…、說起…、（或不翻譯）」。

例文　日本の山といったら、富士山でしょう。
提到日本的山，首先想到的就是富士山吧。

比較　とすれば、としたら、とする
如果…、如果…的話、假如…的話

接續　{名詞だ；形容動詞詞幹だ；[形容詞・動詞]普通形}＋とすれば、としたら、とする

說明　「といえば」表話題，用在提出某個之前提到的話題，承接話題，並進行有關的聯想；「とすれば」表假定條件，為假設表現，帶有邏輯性，表示如果假定前項為如此，即可導出後項的結果。

例文　資格を取るとしたら、看護師の免許をとりたい。
要拿執照的話，我想拿看護執照。

004　Track N2-124

というと、っていうと
(1)提到…、要說…、說到…；(2)你說…

接續　{名詞}＋というと、っていうと

意思1　**【話題】**表示承接話題的聯想，從某個話題引起自己的聯想，或對這個話題進行說明。中文意思是：「提到…、要說…、說到…」。

例文　経理の田中さんというと、来月結婚するらしいよ。
說到會計部的田中先生好像下個月要結婚囉！

意思2　**【確認】**用於確認對方所說的意思，是否跟自己想的一樣。說話人再提出疑問、質疑等。中文意思是：「你說…」。

例文　公園に一番近いコンビニというと、この店ですか。
你說要找離公園最近的便利商店，那就是這一家了吧？

比較　といえば、といったら
談到…、提到…就…、說起…、(或不翻譯)

接續　{名詞}＋といえば、といったら

說明 「というと」表話題或確認，表示以某事物為話題是，就馬上聯想到別的畫面。有時帶有反問的語氣。也表確認，表示借對方的話題，進一步做確認；「といえば」也表話題，也是提到某事，馬上聯想到別的事物，但帶有說話人感動、驚訝的心情。

例文 京都(きょうと)の名所(めいしょ)といえば、金閣寺(きんかくじ)と銀閣寺(ぎんかくじ)でしょう。
提到京都名勝，那就非金閣寺跟銀閣寺莫屬了！

005 Track N2-125

にかけては

在…方面、關於…、在…這一點上

接續 {名詞}＋にかけては

意思1 **【話題】**表示「其它姑且不論，僅就那一件事情來說」的意思。後項多接對別人的技術或能力好的評價。中文意思是：「在…方面、關於…、在…這一點上」。

例文 勉強(べんきょう)はできないが、泳(およ)ぎにかけては田中君(たなかくん)がこの学校(がっこう)で一番(いちばん)だ。
田中同學雖然課業表現差強人意，但在游泳方面堪稱全校第一泳將！

注意 **〔誇耀、讚美〕**用在誇耀自己的能力，也用在讚美他人的能力時。

例文 あなたを想(おも)う気持(きも)ちにかけては、誰(だれ)にも負(ま)けない。
我有自信比世上的任何人更愛妳！

比較 にかんして（は）、にかんしても、にかんする

關於…、關於…的…

接續 {名詞}＋に関して（は）、に関しても、に関する

說明 「にかけては」表話題，表示前項為某人比任何人能力都強的拿手事物，後項對這一事物表示讚賞；「にかんして」表關連，前接問題、議題等，後項則接針對前項做出的行動。

例文 フランスの絵画(かいが)に関(かん)して、研究(けんきゅう)しようと思(おも)います。
我想研究法國繪畫。

006 Track N2-126

ことに（は）

令人感到…的是…

接續 {形容詞辭書形；形容動詞詞幹な；動詞た形} ＋ことに（は）

意思1 **【感想】**接在表示感情的形容詞或動詞後面，表示說話人在敘述某事之前的感想、心情。先說出以後，後項再敘述其具體內容。書面語的色彩濃厚。中文意思是：「令人感到…的是…」。

例文 悲しいことに、子供の頃から飼っていた犬が死んでしまった。

令人傷心的是，從小養到現在的狗死了。

比較 **ことから**

根據…來看

接續 {名詞である；形容動詞詞幹な；[形容詞・動詞] 普通形} ＋ことから

說明 「ことに（は）」表感想，前接瞬間感情活動的詞，表示說話人先表達出驚訝後，接下來敘述具體的事情；「ことから」表根據，表示根據前項的情況，來判斷出後面的結果。

例文 顔がそっくりなことから、双子だと分かった。

根據長得很像這一點，能看出他們是雙胞胎。

007 Track N2-127

はまだしも、ならまだしも

若是…還說得過去、（可是）…、若是…還算可以…

接續 {名詞} ＋はまだしも、ならまだしも；{形容動詞詞幹な；[形容詞・動詞] 普通形} ＋（の）ならまだしも

意思1 **【埋怨】**是「まだ（還…、尚且…）」的強調說法。表示反正是不滿意，儘管如此但這個還算是好的，雖然不是很積極地肯定，但也還說得過去。中文意思是：「若是…還說得過去、（可是）…、若是…還算可以…」。

例文 漢字はまだしも片仮名ぐらい間違えずに書きなさい。

漢字也就罷了，至少片假名不可以寫錯。

注意 〔副助詞＋はまだしも＋とは〕前面可接副助詞「だけ、ぐらい、くらい」，後可跟表示驚訝的「とは、なんて」相呼應。

例文 一度（いちど）くらいはまだしも、何度（なんど）も同（おな）じところを間違（まちが）えるとは。
若是第一次犯錯尚能原諒，但是不可以重蹈覆轍！

比較 **はおろか**
不用說…、就連…

接續 {名詞}＋はおろか

說明 「はまだしも」表埋怨，表示如果是前項的話，還說的過去，還可原諒，但竟然有後項更甚的情況；「はおろか」表附加，表示別說程度較高的前項了，連程度低的後項都沒有達到。

例文 退院（たいいん）はおろか、意識（いしき）も戻（もど）っていない。
別說是出院了，就連意識都還沒有清醒過來。

MEMO

MEMO

JLPT N1

Chapter 1

時間、期間、範囲、起点

時間、期間、範圍、起點

001 Track N1-001

にして

(1)是…而且也…；(2)雖然…但是…；(3)僅僅…；(4)在…(階段)時才…

(接 續) {名詞} +にして

意思1 **【列舉】** 表示兼具兩種性質和屬性，可以用於並列。中文意思是：「是…而且也…」。

(例 文) 彼女は女優にして、5人の子供の母親でもある。
她不僅是女演員，也是五個孩子的母親。

意思2 **【逆接】** 可以用於逆接。中文意思是：「雖然…但是…」。

(例 文) 宗教家にして、このような贅沢が人々の共感を得られるはずもない。
雖身為宗教家，但如此鋪張的作風不可能得到眾人的認同。

意思3 **【短時間】** 表示極短暫，或比預期還短的時間，表示「僅僅在這短時間的範圍」的意思。前常接「一瞬、一日」等。中文意思是：「僅僅…」。

(例 文) 大切なデータが一瞬にして消えてしまった。
重要的資料僅僅就在那一瞬間消失無影了。

意思4 **【時點】** 前接時間、次數、年齡等，表示到了某階段才初次發生某事，也就是「直到…才…」之意，常用「名詞＋にしてようやく」、「名詞＋にして初めて」的形式。中文意思是：「在…(階段)時才…」。

例文 男は50歳にして初めて人の優しさに触れたのだ。
那個男人直到五十歲才首度感受到了人間溫情。

比較 **におうじて**
根據…、按照…、隨著…

接續 {名詞} +に応じて

說明 「にして」表示時點，強調「階段」的概念。表示到了前項這個時間、人生等階段，才初次產生後項，難得可貴、期盼已久的事。常和「初めて」相呼應。「におうじて」表示相應，強調「根據某變化來做處理」的概念。表示依據前項不同的條件、場合或狀況，來進行與其相應的後項。後面常接相應變化的動詞，如「変える、加減する」。

例文 働きに応じて、報酬をプラスしてあげよう。
依工作的情況來加薪！

002 Track N1-002

にあって（は／も）

在…之下、處於…情況下；即使身處…的情況下

接續 {名詞} +にあって（は／も）

意思1 **【時點】**「にあっては」前接場合、地點、立場、狀況或階段，強調因為處於前面這一特別的事態、狀況之中，所以有後面的事情，這時候是順接。中文意思是：「在…之下、處於…情況下」。

例文 この国は発展途上にあって、市内は活気に満ちている。
這裡雖然還處於開發中國家，但是城裡洋溢著一片蓬勃的氣息。

注意 **〖逆接〗**使用「あっても」基本上表示雖然身處某一狀況之中，卻有後面的跟所預測不同的事情，這時候是逆接。接續關係比較隨意。屬於主觀的說法。說話者處在當下，描述感受的語氣強。書面用語。中文意思是：「即使身處…的情況下」。

例文 戦時下にあっても明るく逞しく生きた一人の女性の人生を描く。
描述的是一名女子即使身處戰火之中，依然開朗而堅毅求生的故事。

比較 **にして**

在…（階段）時才…

接續 {名詞} ＋にして

說明 「にあって」表示時點，強調「處於這一特殊狀態等」的概念。表示在前項的立場、身份、場合之下，所以會有後面的事情。「にあっては」用在順接，「にあっても」用在逆接。「にして」表示時點，強調「階段」的概念。表示到了前項那一個階段，才產生後項。前面常接「～才、～回目、～年目」等，後面常接難得可貴的事項。可以是並列，也可以是逆接。

例文 結婚(けっこん)5年目(ねんめ)にしてようやく子供(こども)を授(さず)かった。

結婚五週年，終於有了小孩。

003 **Track N1-003**

まぎわに（は）、まぎわの

迫近…、…在即

接續 {動詞辭書形} ＋間際に（は）、間際の

意思1 **【時點】** 表示事物臨近某狀態，或正當要做什麼的時候。中文意思是：「迫近…、…在即」。

例文 寝(ね)る間際(まぎわ)にはパソコンやスマホの画面(がめん)を見(み)ないようにしましょう。

我們一起試著在睡前不要看電腦和手機螢幕吧！

注意 **〖間際のN〗** 後接名詞，用「間際の＋名詞」的形式。

例文 試合終了間際(しあいしゅうりょうまぎわ)の同点(どうてん)ゴールに会場(かいじょう)は沸(わ)き返(かえ)った。

在比賽即將結束的前一刻追平比分，在場觀眾頓時為之沸騰。

比較 **にさいし（て／ては／ての）**

在…之際、當…的時候

接續 {名詞；動詞辭書形} ＋に際し（て／ては／ての）

說明 「まぎわに」表示時點，強調「臨近前項的狀態，發生後項的事情」的概念。表示事物臨近某狀態。前接事物臨近某狀態，後接在那一狀態下發生的事情。含有緊迫的語意。「にさいして」也表時點，強調「以某事為契機，進行後項的動作」的概念。也就是動作的時間或場合。

例文 ご利用に際しては、まず会員証を作る必要がございます。
在您使用的時候，必須先製作會員證。

004 Track N1-004

ぎわに、ぎわの、きわに

(1)邊緣；(2)旁邊；(3)臨到…、在即…、迫近…

意思1 **【界線】**｛動詞ます形｝＋際に。表示和其他事物間的分界線，特別注意的是「際」原形讀作「きわ」，常用「名詞の＋際」的形式。中文意思是：「邊緣」。

例文 日が昇って、山際が白く光っている。
太陽升起，沿著山峰的輪廓線泛著耀眼的白光。

意思2 **【位置】**｛名詞の｝＋際に。表示在某物的近處。中文意思是：「旁邊」。

例文 戸口の際にベッドを置いた。
將床鋪安置在房門邊。

意思3 **【時點】**｛動詞ます形｝＋際に、際の。表示事物臨近某狀態，或正當要做什麼的時候。常用「瀬戸際（關鍵時刻）、今わの際（臨終）」的表現方式。中文意思是：「臨到…、在即…、迫近…」。

例文 勝つか負けるかの瀬戸際だぞ。諦めずに頑張れ。
現在正是一決勝負的關鍵時刻！不要放棄，堅持下去！

比較 がけ（に）

臨…時…、…時順便…

接續 {動詞ます形}＋がけ（に）

說明 「ぎわに」表示時點，強調「臨近前項的狀態，發生後項的事情」的概念。前接事物臨近的狀態，後接在那一狀態下發生的事情，表示事物臨近某狀態，或正當要做什麼的時候。「がけ（に）」表示附帶狀態，がけ（に）是接尾詞，強調「在前一行為開始後，順便又做其他動作」的概念。

例文 帰りがけに、この葉書をポストに入れてください。
回去時請順便把這張明信片投入信箱裡。

005 Track N1-005

を～にひかえて

臨進…、靠近…、面臨…

意思1 【時點】{名詞}＋を＋{時間；場所}＋に控えて。「に控えて」前接時間詞時，表示「を」前面的事情，時間上已經迫近了；前接場所時，表示空間上很靠近的意思，就好像背後有如山、海、高原那樣宏大的背景。中文意思是：「臨進…、靠近…、面臨…」。

例文 結婚を来年に控えて、姉はどんどんきれいになっている。
隨著明年的婚期一天天接近，姊姊變得愈來愈漂亮。

注意1 〖をひかえたN〗を控えた＋{名詞}。也可以省略「{時間;場所}＋に」的部分。還有，後接名詞時用「を～に控えた＋名詞」的形式。

例文 開店を控えたオーナーは、食材探しに忙しい。
即將開店的老闆，因為尋找食材而忙得不可開交。

注意2 〖Nがひかえてた〗{名詞}＋が控えてた。一般也有使用「が」的用法。後面修飾名詞時要用「が控えた＋{名詞}」。

例文 この病院は目の前には海が広がり、後ろには山が控えた自然豊かな環境にある。
這家醫院的地理位置前濱海、後靠山，享有豐富的自然環境。

比較 を～にあたって

在…的時候、當…之時、當…之際

接續 {名詞}＋を＋{名詞；動詞辭書形}＋にあたって

說明 「を～にひかえて」表示時點，強調「時間上已經迫近了」的概念。「にひかえて」前接時間詞時，表示「を」前面的事情，時間上已經迫近了。「を～にあたって」也表時點，強調「事情已經到了重要階段」的概念。表示某一行動，已經到了事情重要的階段。它有複合格助詞的作用。一般用在致詞或感謝致意的書信中。

例文 プロジェクトを展開するにあたって、新たに職員を採用した。
在推展計畫之際進用了新員工。

006 Track N1-006

や、やいなや

剛…就…、一…馬上就…

(接續) {動詞辭書形} ＋や、や否や

意思1 **【時間前後】** 表示前一個動作才剛做完，甚至還沒做完，就馬上引起後項的動作。兩動作時間相隔很短，幾乎同時發生。語含受前項的影響，而發生後項意外之事。多用在描寫現實事物。書面用語。前後動作主體可不同。中文意思是：「剛…就…、一…馬上就…」。

(例文) 病室(びょうしつ)のドアを閉(し)めるや否(いな)や、彼女(かのじょ)はポロポロと涙(なみだ)をこぼした。
病房的門扉一闔上，她豆大的淚珠立刻撲簌簌地落了下來。

比較 **そばから**
才剛…就…

(接續) {動詞辭書形；動詞た形；動詞ている} ＋そばから

說明 「や、やいなや」表示時間前後，強調「前後動作無間隔地連續進行」的概念。後項是受前項影響而發生的意外，前後句動作主體可以不一樣。「そばから」也表時間前後，強調「前項剛做完，後項馬上抵銷前項的內容」的概念。多用在反覆進行相同動作的場合。且大多用在不喜歡的事情。

(例文) 注意(ちゅうい)するそばから、同(おな)じ失敗(しっぱい)を繰(く)り返(かえ)す。
才剛提醒就又犯下相同的錯誤。

007 Track N1-007

がはやいか

剛一…就…

(接續) {動詞辭書形} ＋が早いか

意思1 **【時間前後】** 表示剛一發生前面的情況，馬上出現後面的動作。前後兩動作連接十分緊密，前一個剛完，幾乎同時馬上出現後一個。由於是客觀描寫現實中發生的事物，所以後句不能用意志句、推量句等表現。中文意思是：「剛一…就…」。

例文 彼は壇上に上がるが早いか、研究の必要性について喋り始めた。

他一站上講台，隨即開始闡述研究的重要性。

注意 〖がはやいか～た〗後項是描寫已經結束的事情，因此大多以過去時態「た」來結束。

比較 **たとたん（に）**

剛…就…、剎那就…

接續 {動詞た形}＋とたん（に）

說明 「がはやいか」表示時間前後，強調「一…就馬上…」的概念。後項伴有迫不及待的語感。是一種客觀描述，後項不用意志、推測等表現。「たとたんに」也表時間前後，強調「同時、那一瞬間」的概念。後項伴有意外的語感。前後大多是互有關連的事情。這個句型要接動詞過去式。

例文 走り始めたとたんにパンクとは、前途多難だな。

才剛一起步就爆胎，真是前途多難啊！

008 Track N1-008

そばから

才剛…就（又）…

接續 {動詞辭書形；動詞た形；動詞ている}＋そばから

意思1 **【時間前後】** 表示前項剛做完，其結果或效果馬上被後項抹殺或抵銷。用在同一情況下，不斷重複同一事物，且說話人含有詫異的語感。大多用在不喜歡的事情。中文意思是：「才剛…就（又）…」。

例文 仕事を片付けるそばから、次の仕事を頼まれる。

才剛解決完一項工作，下一樁任務又交到我手上了。

比較 **たとたん（に）**

剛…就…、剎那就…

接續 {動詞た形}＋とたん（に）

說明 「そばから」表示時間前後，強調「前項剛做完，後項馬上抵銷前項的內容」的概念。多用在反覆進行相同動作的場合。且大多用在不喜歡的事情。「たとたんに」也表時間前後，強調「同時，那一瞬間」兩個行為間沒有間隔的概念。後項伴有意外的語感。前後大多是互有關連的事情。這個句型要接動詞過去式，表示突然、立即的意思。

例文 二人は、出会ったとたんに恋に落ちた。
兩人一見鍾情。

009 Track N1-009

なり

剛…就立刻…、一…就馬上…

接續 {動詞辭書形}＋なり

意思1 **【時間前後】**表示前項動作剛一完成，後項動作就緊接著發生。後項的動作一般是預料之外的、特殊的、突發性的。後項不能用命令、意志、推量、否定等動詞。也不用在描述自己的行為，並且前後句的動作主體必須相同。中文意思是：「剛…就立刻…、一…就馬上…」。

例文 娘は家に帰るなり、部屋に閉じこもって出てこない。
女兒一回到家就馬上把自己關進房間不肯出來。

比較 **しだい**

馬上…、一…立即、…後立即…

接續 {動詞ます形}＋次第

說明 「なり」表示時間前後，強調「前項動作剛完成，緊接著就發生後項的動作」的概念。後項是預料之外的事情。後項不接命令、否定等動詞。前後句動作主體相同。「しだい」也表時間前後，強調「前項動作一結束，後項動作就馬上開始」的概念。或前項必須先完成，後項才能夠成立。後項多為說話人有意識、積極行動的表達方式。前面動詞連用形，後項不能用過去式。

例文 (上司に向かって)先方から電話が来次第、ご報告いたします。
(對主管說)等對方來電聯繫了，會立刻向您報告。

010 Track N1-010

この、ここ～というもの

整整…、整個…以來

接續 この、ここ＋{期間・時間}＋というもの

意思1 **【強調期間】**前接期間、時間等表示最近一段時間的詞語，表示時間很長，「這段期間一直…」的意思。說話人對前接的時間，帶有感情地表示很長。後項的狀態一般偏向消極的，是跟以前不同的、不正常的。中文意思是：「整整…、整個…以來」。

例文 この半年(はんとし)というもの、娘(むすめ)とろくに話(はな)していない。
整整半年了，我和女兒幾乎沒好好說過話。

比較 **ということだ**
聽說…、據說…

接續 {簡體句}＋ということだ

說明 「この～というもの」表示強調期間，前接期間、時間的詞語，強調「在這期間發生了後項的事」的概念。含有說話人感嘆這段時間很長的意思。「ということだ」表示傳聞，強調「直接引用，獲得的情報」的概念。表示說話人把得到情報，直接引用傳達給對方，用在具體表示說話、事情、知識等內容。

例文 手紙(てがみ)によると課長(かちょう)は、日帰(ひがえ)りで出張(しゅっちょう)に行(い)ってきたということだ。
據信上說課長出差，當天就回來。

011 Track N1-011

ぐるみ

全…、全部的…、整個…

接續 {名詞}＋ぐるみ

意思1 **【範圍】**表示整體、全部、全員。前接名詞時，通常為慣用表現。中文意思是：「全…、全部的…、整個…」。

例文 高齢者(こうれいしゃ)を騙(だま)す組織(そしき)ぐるみの犯罪(はんざい)が後(あと)を絶(た)たない。
專門鎖定銀髮族下手的詐騙集團犯罪層出不窮。

比較 **ずくめ**

清一色、全都是、淨是…

接續 {名詞} +ずくめ

說明 「ぐるみ」表示範圍，強調「全部都」的概念。前接名詞，表示連同該名詞都包括，全部都…的意思。是接尾詞。「ずくめ」表示樣態，強調「全部都是同一狀態」的概念。前接名詞，表示在身邊淨是某事物、狀態或清一色都是…。也是接尾詞。

例文 うれしいことずくめの1ヶ月（げつ）だった。

這一整個月淨是遇到令人高興的事。

012 Track N1-012

というところだ、といったところだ

也就是…而已、頂多不過…；可說…差不多、可說就是…、可說相當於…

接續 {名詞；動詞辭書形；引用句子或詞句} +というところだ、といったところだ

意思1 **【範圍】**接在數量不多或程度較輕的詞後面，表示頂多也只有文中所提的數目而已，最多也不超過文中所提的數目，強調「再好、再多也不過如此而已」的語氣。中文意思是：「也就是…而已、頂多不過…」。

例文 三日（みっか）に渡（わた）る会議（かいぎ）を経（へ）て、交渉成立（こうしょうせいりつ）まではあと一歩（いっぽ）といったところだ。

開了整整三天會議，距離達成共識也就只差最後一步而已了。

注意1 **〖大致〗**說明在某階段的大致情況或程度。中文意思是：「可說…差不多、可說就是…、可說相當於…」。

例文 中国語（ちゅうごくご）は、ようやく中級（ちゅうきゅう）に入（はい）るというところです。

目前學習中文總算進入相當於中級程度了。

注意2 **〖口語－ってとこだ〗**「ってとこだ」為口語用法。是自己對狀況的判斷跟評價。

例文 「試験（しけん）どうだった。」「うん、ぎりぎり合格（ごうかく）ってとこだね。」

「考試結果還好嗎？」「嗯，差不多低空掠過吧。」

比較 **ということだ**

聽說…、據說…

接續 {簡體句} ＋ということだ

說明 「というところだ」表示範圍，強調「大致的程度」的概念。接在數量不多或程度較輕的詞後面，表示頂多也只有文中所提的數目而已，最多也不超過文中所提的程度。「ということだ」表示傳聞，強調「從外界聽到的傳聞」的概念。直接引用傳聞的語意很強，所以也可以接命令形。句尾不能變成否定形。

例文 雑誌(ざっし)によると、今大人用(いまおとなよう)の塗(ぬ)り絵(え)がはやっているということです。

據雜誌上說，目前正在流行成年人版本的著色畫冊。

013 **Track N1-013**

をかわきりに、をかわきりにして、をかわきりとして

以…為開端開始…、從…開始

接續 {名詞} ＋を皮切りに、を皮切りにして、を皮切りとして

意思 1 **【起點】** 前接某個時間、地點等，表示以這為起點，開始了一連串同類型的動作。後項一般是繁榮飛躍、事業興隆等內容。中文意思是：「以…為開端開始…、從…開始」。

例文 営業部長(えいぎょうぶちょう)の発言(はつげん)を皮切(かわき)りに、各部署(かくぶしょ)の責任者(せきにんしゃ)が次々(つぎつぎ)に発言(はつげん)を始(はじ)めた。

業務部長率先發言，緊接著各部門的主管也開始逐一發言。

比較 **あっての**

有了…之後…才能…、沒有…就不能（沒有）…

接續 {名詞} ＋あっての＋ {名詞}

說明 「をかわきりに」表示起點，強調「起點」的概念。表示以前接時間點為開端，後接同類事物，接二連三地隨之開始，通常是事業興隆等內容。助詞要用「を」。前接名詞。「（が）あっての」表示強調，強調一種「必要條件」的概念。表示因為有前項的條件，後項才能夠存在。含有如果沒有前面的條件，就沒有後面的結果了。助詞要用「が」。前面也接名詞。

例文 お客様(きゃくさま)あっての商売(しょうばい)ですから、お客様(きゃくさま)は神様(かみさま)です。

有顧客才有生意，所以要將顧客奉為上賓。

Chapter 2

目的、原因、結果

目的、原因、結果

001 Track N1-014

べく

為了…而…、想要…、打算…

接續 {動詞辭書形} +べく

意思1 **【目的】**表示意志、目的。是「べし」的ます形。表示帶著某種目的，來做後項。語氣中帶有這樣做是理所當然、天經地義之意。雖然是較生硬的說法，但現代日語有使用。後項不接委託、命令、要求的句子。中文意思是：「為了…而…、想要…、打算…」。

例文 息子(むすこ)さんはお父(とう)さんの期待(きたい)に応(こた)えるべく頑張(がんば)っていますよ。
令郎為了達到父親的期望而一直努力喔！

注意 **〘サ変動詞すべく〙**前面若接サ行變格動詞，可用「すべく」、「するべく」，但較常使用「すべく」(「す」為古日語「する」的辭書形)。

例文 新薬(しんやく)を開発(かいはつ)すべく、日夜研究(にちやけんきゅう)を続(つづ)けている。
為了研發出新藥而不分晝夜持續研究。

比較 **ように**
為了…而…

接續 {動詞辭書形；動詞否定形} +ように

說明 「べく」表示目的，強調「帶著某種目的，而做後項」的概念。前接想要達成的目的，後接為了達成目的，所該做的內容。後項不接委託、命令、要求的句子。這個句型要接動詞辭書形。「ように」也表目的，強調「為了實現前項，而做後項」的概念。是行為主體的希望。這個句型也接動詞辭書形，但也可以接動詞否定形。後接表示說話人的意志句。

例文 約束を忘れないように手帳に書いた。
把約定寫在了記事本上以免忘記。

002 Track N1-015

んがため（に／の）

為了…而…（的）、因為要…所以…（的）

接續 {動詞否定形（去ない）}＋んがため（に／の）

意思1 **【目的】**表示目的。用在積極地為了實現目標的說法，「んがため（に）」前面是想達到的目標，後面常是雖不喜歡，不得不做的動作。含有無論如何都要實現某事，帶著積極的目的做某事的語意。書面用語，很少出現在對話中。要注意前接サ行變格動詞時為「せんがため」，接「来る」時為「来（こ）んがため」；用「んがための」時後面要接名詞。中文意思是：「為了…而…（的）、因為要…所以…（的）」。

例文 我が子の命を救わんがため、母親は街頭募金に立ち続けた。
當時為了拯救自己孩子的性命，母親持續在街頭募款。

比較 **べく**
為了…而…、想要…、打算…

接續 {動詞辭書形}＋べく

說明 「んがために」表示目的，強調「無論如何都要實現某目的」的概念。前接想要達成的目的，後接因此迫切採取的行動。語氣中帶有迫切、積極之意。前接動詞否定形。「べく」也表目的，強調「帶著某種目的，而做後項」的概念。語氣中帶有這樣做是理所當然、天經地義之意。是較生硬的說法。前接動詞辭書形。

例文 消費者の需要に対応すべく、生産量を増加することを決定した。
為了因應消費者的需求，而決定增加生產量。

003 Track N1-016

ともなく、ともなしに

(1)雖然不清楚是…，但…;(2)無意地、下意識地、不知…、無意中…

意思1 **【無目的行為】**{疑問詞（＋助詞）}＋ともなく、ともなしに。前接疑問詞時，則表示意圖不明確。表示在對象或目的不清楚的情況下，採取了那種行為。中文意思是：「雖然不清楚是…，但…」。

例文 多田君（ただくん）はいつからともなしに、みんなのリーダー的存在（てきそんざい）となっていた。

不知道從什麼時候起，多田同學成為班上的領導人物了。

意思2 **【樣態】**{動詞辭書形}＋ともなく、ともなしに。表示並不是有心想做，但還是發生了後項這種意外的情況。也就是無意識地做出某種動作或行為，含有動作、狀態不明確的意思。中文意思是：「無意地、下意識地、不知…、無意中…」。

例文 父（ちち）は一日中（いちにちじゅう）見（み）るともなくテレビを見（み）ている。

爸爸一整天漫不經心地看著電視。

比較 といわんばかりに、とばかりに

幾乎要說…

接續 {名詞；簡體句}＋と言わんばかりに、とばかりに

說明 「ともなく」表示樣態，強調「無意識地做出某種動作」的概念。表示並不是有心想做後項，卻發生了這種意外的情況。「とばかりに」也表樣態，強調「幾乎要表現出來」的概念。表示雖然沒有說出來，但簡直就是那個樣子，來做後項動作猛烈的行為。後續內容多為不良的結果或狀態。常用來描述別人。書面用語。

例文 相手（あいて）がひるんだのを見（み）て、ここぞとばかりに反撃（はんげき）を始（はじ）めた。

看見對手一畏縮，便抓準時機展開反擊。

ゆえ（に／の）

因為是…的關係；…才有的…

接續 {[名詞・形容動詞詞幹]（である）；[形容詞・動詞]普通形}（が）＋故（に／の）

意思1 【原因】是表示原因、理由的文言說法。中文意思是：「因為是…的關係；…才有的…」。

例文 子供（こども）に厳（きび）しくするのも、子供（こども）の幸（しあわ）せを思（おも）うが故（ゆえ）なのだ。
之所以如此嚴格要求孩子的言行舉止，也全是為了孩子的幸福著想。

注意1 〔故の＋N〕使用「故の」時，後面要接名詞。

例文 勇太（ゆうた）くんのわがままは、寂（さび）しいが故（ゆえ）の行動（こうどう）と言（い）えるでしょう。
勇太任性的行為表現，應當可以歸因於其寂寞的感受。

注意2 〔省略に〕「に」可省略。書面用語。

例文 貧（まず）しさ故（ゆえ）（に）非行（ひこう）に走（はし）る子供（こども）もいる。
部分兒童由於家境貧困而誤入歧途。

比較 **べく**

為了…而…、想要…、打算…

接續 {動詞辭書形}＋べく

說明 「がゆえに」表示原因，表示因果關係，強調「前項是因，後項是果」的概念。也就是前項是原因、理由，後項是導致的結果。是較生硬的說法。「べく」表示目的，強調「帶著某種目的，而做後項」的概念。語氣中帶有這樣做是理所當然、天經地義之意。也是較生硬的說法。

例文 借金（しゃっきん）を返（かえ）すべく、共働（ともばたら）きをしている。
夫婦兩人為了還債都出外工作。

005 Track N1-018

ことだし

由於…、因為…

(接 續) {[名詞・形容動詞詞幹]である;形容動詞詞幹な;[形容詞・動詞]普通形} ＋ ことだし

意思1 【原因】後面接決定、請求、判斷、陳述等表現，表示之所以會這樣做、這樣認為的理由或依據。表達程度較輕的理由，語含除此之外，還有別的理由。是口語用法，語氣較為輕鬆。中文意思是:「由於…、因為…」。

(例 文) まだ病気（びょうき）も初期（しょき）であることだし、手術（しゅじゅつ）せずに薬（くすり）で治（なお）せますよ。
由於病症還屬於初期階段，不必開刀，只要服藥即可治癒囉。

注 意 〖ことだし＝し〗意義、用法和單獨的「し」相似，但「ことだし」更得體有禮。

比 較 **こともあって**

也是由於…、再加上…的原因

(接 續) {名詞の；形容動詞詞幹な；[形容詞・動詞]普通形} ＋こともあって

說 明 「ことだし」表示原因，表示之所以會這樣做、這樣認為的其中某一個理由或依據。語含還有其他理由的語感，後項經常是某個決定的表現方式。「こともあって」也表原因，列舉其中某一、二個原因，暗示除了提到的理由之外，還有其他理由的語感。後項大多是解釋說明的表現方式。

(例 文) 寒（さむ）い日（ひ）が続（つづ）いていることもあって、今年（ことし）は長（なが）い期間（きかん）お花見（はなみ）が楽（たの）しめそうだ。
也由於天氣持續寒冷，今年似乎有較長的賞花期了。

006 Track N1-019

こととて

(1)雖然是…也…；(2)（總之）因為…

(接 續) {名詞の；形容動詞詞幹な；[形容詞・動詞]普通形} ＋こととて

意思1 【逆接條件】表示逆接的條件，表示承認前項，但後項還是有不足之處。中文意思是：「雖然是…也…」。

例文　知らぬこととて、ご迷惑をおかけしたことに変わりはありません。申し訳ありませんでした。
雖然是因為我不知道相關規定，但造成各位的困擾，在此致上十二萬分的歉意。

意思2　**【原因】**表示順接的理由、原因。常用於道歉或請求原諒時，後面伴隨著表示道歉、請求原諒的理由，或消極性的結果。中文意思是:「（總之）因為…」。

例文　子供のやったこととて、大目に見て頂けませんか。
因為是小孩犯的錯誤，能否請您海涵呢？

注意　〘**古老表現**〙是一種正式且較為古老的表現方式，因此前面也常接古語。「こととて」是「ことだから」的書面語。

例文　慣れぬこととて、大変お待たせしてしまい、大変失礼致しました。
因為還不夠熟悉，非常抱歉讓您久等了。

比較　**ゆえ（に／の）**
因為是…的關係；…才有的…

接續　{[名詞・形容動詞詞幹](である)；[形容詞・動詞]普通形}(が)＋故(に／の)

說明　「こととて」表示原因，表示順接的原因。強調「前項是因，後項是消極的果」的概念。常用在表示道歉的理由，前項是理由，後項是因前項而產生的消極性結果，或是道歉等內容。是正式的表達方式。「ゆえに」也表原因，表示句子之間的因果關係。強調「前項是因，後項是果」的概念。

例文　君のためを思うが故に、厳しいことを言う。
之所以嚴厲訓斥，也是為了你好。

007　　**Track N1-020**

てまえ

(1)…前、…前方；(2)由於…所以…

接續　{名詞の；動詞普通形}＋手前

意思1　**【場所】**表示場所，不同於表示前面之意的「まえ」，此指與自身距離較近的地方。中文意思是：「…前、…前方」。

例文 本棚は奥に、テーブルはその手前に置いてください。
請將書櫃擺在最後面、桌子則放在它的前面。

意思2 **【原因】**強調理由、原因，用來解釋自己的難處、不情願。有「因為要顧自己的面子或立場必須這樣做」的意思。後面通常會接表示義務、被迫的表現，例如：「なければならない」、「しないわけにはいかない」、「ざるを得ない」、「しかない」。中文意思是：「由於…所以…」。

例文 こちらから誘った手前、今さら断れないよ。
是我開口邀約對方的，事到如今自己怎能打退堂鼓呢？

比較 **から（に）は**
既然…、既然…，就…

接續 {動詞普通形}＋から（に）は

說明 「てまえ」表示原因，表示做了前項之後，為了顧全自己的面子或立場，而只能做後項。後項一般是應採取的態度，或強烈決心的句子。「からには」也表原因，表示既然到了前項這種情況，後項就要理所當然堅持做到底。後項一般是被迫覺悟、個人感情表現的句子。

例文 決めたからには、最後までやる。
既然已經決定了，就會堅持到最後。

008 **Track N1-021**

とあって

由於…（的關係）、因為…（的關係）

接續 {名詞；[名詞・形容詞・形容動詞・動詞]普通形；形容動詞詞幹}＋とあって

意思1 **【原因】**表示理由、原因。由於前項特殊的原因，當然就會出現後項特殊的情況，或應該採取的行動。後項是說話人敘述自己對某種特殊情況的觀察。書面用語，常用在報紙、新聞報導中。中文意思是：「由於…（的關係）、因為…（的關係）」。

例文 20年ぶりの記録更新とあって、競技場は興奮に包まれた。
那一刻打破了二十年來的紀錄，競技場因而一片歡聲雷動。

注意 〖後－意志或判斷〗後項要用表示意志或判斷，不能用推測、命令、勸誘、祈使等表現方式。

比較 とすると

假如…的話…

接續 {名詞だ；形容動詞詞幹だ；[形容詞・動詞]普通形}＋とすると

說明 「とあって」表示原因，強調「有前項才有後項」的概念，表示因為在前項的特殊情況下，所以出現了後項的情況。前接特殊的原因，後接因而引起的效應，說話人敘述自己對前面特殊情況的觀察。「とすると」表示條件，表示順接的假定條件。強調「如果前項是那樣的情況下，將會發生後項」的概念。常伴隨「かりに（假如）、もし（如果）」等。

例文 もしあれもこれも揃（そろ）えるとすると、結構（けっこう）な出費（しゅっぴ）になる。
假如什麼都要湊齊的話，那會是一筆龐大的開銷。

009 Track N1-022

にかこつけて

以…為藉口、托故…

接續 {名詞}＋にかこつけて

意思1 **【原因】**前接表示原因的名詞，表示為了讓自己的行為正當化，用無關的事做藉口。後項大多是可能會被指責的事情。中文意思是：「以…為藉口、托故…」。

例文 就職（しゅうしょく）にかこつけて、東京（とうきょう）で一人（ひとり）暮（ぐ）らしを始（はじ）めた。
我用找到工作當藉口，展開了一個人住在東京的新生活。

比較 にひきかえ～は

與…相反、和…比起來、相較起…、反而…

接續 {名詞（な）；形容動詞詞幹な；[形容詞・動詞]普通形}＋（の）にひきかえ～は

說明 「にかこつけて」表示原因，強調「以前項為藉口，去做後項」的概念。前接表示原因的名詞，表示為了讓自己的行為正當化，用無關的事，不是事實的事做藉口。「にひきかえ～は」表示對比，強調「前後兩項，正好相反」的概念。比較兩個相反或差異性很大的人事物。含有說話人個人主觀的看法。

例文 男子(だんし)の草食化(そうしょくか)にひきかえ、女子(じょし)は肉食化(にくしょくか)しているようだ。
相較於男性的草食化，女性似乎有愈來愈肉食化的趨勢。

010 Track N1-023

ばこそ

就是因為…才…、正因為…才…

接續 {[名詞・形容動詞詞幹]であれ；[形容詞・動詞]假定形}＋ばこそ

意思1 **【原因】**強調原因。表示強調最根本的理由。正是這個原因，才有後項的結果。強調說話人以積極的態度說明理由。中文意思是：「就是因為…才…、正因為…才…」。

例文 あなたの支(ささ)えがあればこそ、私(わたし)は今(いま)までやって来(こ)られたんです。
因為你的支持，我才得以一路走到了今天。

注意 〖ばこそ～のだ〗句尾用「の（ん）だ」、「の（ん）です」時，有「加強因果關係的說明」的語氣。一般用在正面的評價。書面用語。

比較 **(で)すら～ない**
就連…都、甚至連…都

接續 {名詞（＋助詞）；動詞て形}＋（で）すら～ない

說明 「ばこそ」表示原因，有「強調某種結果的原因」的概念。表示正是這個最根本必備的理由，才有後項的結果。一般用在正面的評價。常和「の（ん）です」相呼應，以加強肯定語氣。「すら～ない」表示強調，有「特別強調主題」的作用。舉出一個極端例子，強調就連前項都這樣了，其他就更不用提了。後面跟否定相呼應。有導致消極結果的傾向。後面只接負面評價。

例文 仕事(しごと)が忙(いそが)しくて、自分(じぶん)の結婚式(けっこんしき)すら休(やす)めない。
工作忙得連自己的婚禮都沒辦法休息。

しまつだ

（結果）竟然…、落到…的結果

接續 {動詞辭書形；この／その／あの} ＋始末だ

意思1 **【結果】** 表示經過一個壞的情況，最後落得一個不理想的、更壞的結果。前句一般是敘述事情發生的情況，後句帶有譴責意味地，對結果竟然發展到這樣的地步的無計畫性，表示詫異。有時候不必翻譯。中文意思是：「（結果）竟然…、落到…的結果」。

例文 木村君は日頃から遅刻がちだが、今日はとうとう無断欠勤する始末だ。

木村平時上班就常遲到，今天居然乾脆曠職！

注意 **〖この始末だ〗** 固定的慣用表現「この始末だ／淪落到這般地步」，對結果竟是這樣，表示詫異。後項多和「とうとう、最後は」等詞呼應使用。

例文 そんなに借金を重ねたら会社が危ないとあれほど忠告したのに、やっぱりこの始末だ。

之前就苦口婆心勸你不要一而再、再而三借款，否則會影響公司的營運，現在果然週轉不靈了吧！

比較 しだいだ

因此…

接續 {動詞辭書形；動詞た形} ＋次第だ

說明 「しまつだ」表示結果，強調「不好的結果」的概念。表示經過一個壞的情況，最後落得一個更壞的結果。前句一般是敘述事情發生的情況，後句帶有譴責意味地，陳述結果竟然發展到這樣的地步。「しだいだ」也表結果，強調「事情發展至此的理由」的概念。表示說明因某情況、理由，導致了某結果。

例文 ぜひお力添えいただきたく、本日参った次第です。

今日為了請您務必鼎力相助，因此前來拜訪。

012 Track N1-025

ずじまいで、ずじまいだ、ずじまいの

（結果）沒…（的）、沒能…（的）、沒…成（的）

接續 {動詞否定形（去ない）} ＋ずじまいで、ずじまいだ、ずじまいの

意思1 **【結果】** 表示某一意圖，由於某些因素，沒能做成，而時間就這樣過去了，最後沒能實現，無果而終。常含有相當惋惜、失望、後悔的語氣。多跟「結局、とうとう」一起使用。使用「ずじまいの」時，後面要接名詞。中文意思是：「（結果）沒…（的）、沒能…（的）、沒…成（的）」。

例文 旅行中（りょこうちゅう）は雨続き（あめつづ）きで、結局山（けっきょくやま）には登（のぼ）らずじまいだった。

旅遊途中連日陰雨，無奈連山都沒爬成，就這麼失望而歸了。

注意 〖せずじまい〗請注意前接サ行變格動詞時，要用「せずじまい」。

例文 デザインはよかったが、妥協（だきょう）せずじまいだった。

設計雖然很好，但最終沒能得到彼此認同。

比較 **ず（に）**

不…地、沒…地

接續 {動詞否定形（去ない）} ＋ず（に）

說明 「ずじまいで」表示結果，強調「由於某原因，無果而終」的概念。表示某一意圖，由於某些因素，沒能做成，而時間就這樣過去了。常含有相當惋惜的語氣。多跟「結局、とうとう」一起使用。「ずに」表示否定，強調「沒有在前項的狀態下，進行後項」的概念。「ずに」是否定助動詞「ぬ」的連用形。後接「に」表示否定的狀態。「に」有時可以省略。

例文 切手（きって）を貼（は）らずに手紙（てがみ）を出（だ）しました。

沒有貼郵票就把信寄出了。

013 Track N1-026

にいたる

(1)最後…；(2)最後…、到達…、發展到…程度

意思1 **【到達】** {場所} ＋に至る。表示到達之意。偏向於書面用語。翻譯較靈活。中文意思是：「最後…」。

例文　この川は関東平野を南に流れ、東京湾に至る。
這條河穿越關東平原向南流入東京灣。

意思2　**【結果】**｛名詞；動詞辭書形｝＋に至る。表示事物達到某程度、階段、狀態等。含有在經歷了各種事情之後，終於達到某狀態、階段的意思，常與「ようやく、とうとう、ついに」等詞相呼應。中文意思是:「最後…、到達…、發展到…程度」。

例文　少年が傷害事件を起こすに至ったのには、それなりの背景がある。
少年之所以會犯下傷害案件有其背後的原因。

比較　にいたって（は／も）

到…階段（才）

接續　{名詞；動詞辭書形}＋に至って（は／も）

說明　「にいたる」表示結果，表示連續經歷了各種事情之後，事態終於到達某嚴重的地步。「にいたっては」也表結果，表示直到極端事態出現時，才察覺到後項，或才發現該做後項。

例文　実際に組み立てる段階に至って、ようやく設計のミスに気がついた。
直到實際組合的階段，這才赫然發現了設計上的錯誤。

Chapter

3 可能、予想外、推測、当然、対応

可能、預料外、推測、當然、對應

001

Track N1-027

うにも～ない

即使想…也不能…

接續 {動詞意向形}＋うにも＋{動詞可能形的否定形}

意思1 **【可能】**表示因為某種客觀原因的妨礙，即使想做某事，也難以做到，不能實現。是一種願望無法實現的說法。前面要接動詞的意向形，表示想達成的目標。後面接否定的表達方式，可接同一動詞的可能形否定形。中文意思是：「即使想…也不能…」。

例文 体(からだ)がだるくて、起(お)きようにも起(お)きられない。

全身倦怠，就算想起床也爬不起來。

注意 **〖ようがない〗**後項不一定是接動詞的可能形否定形，也可能接表示「沒辦法」之意的「ようがない」。另外，前接サ行變格動詞時，除了用「詞幹＋しようがない」，還可用「詞幹＋のしようがない」。

例文 こうはっきり証拠(しょうこ)が残(のこ)ってるのでは、ごまかそうにもごまかしようがないな。

既然留下了如此斬釘截鐵的證據，就算想瞞也瞞不了人嘍！

比較 **っこない**

不可能…、決不…

接續 {動詞ます形}＋っこない

說 明 「うにも～ない」表示可能，強調「因某客觀原因，無法實現願望」的概念。表示因為某種客觀的原因，即使想做某事，也難以做到。是一種願望無法實現的說法。前面要接動詞的意向形，後面接否定的表達方式。「っこない」也表可能，強調「某事絕不可能發生」的概念。表示說話人強烈否定，絕對不可能發生某事。相當於「絶対に～ない」。

例 文 こんな長い文章、すぐには暗記できっこないです。
這麼長的文章，根本沒辦法馬上背起來呀！

002 Track N1-028

にたえる、にたえない

(1)經得起…、可忍受…；(2)值得…；(3)不勝…；(4)不堪…、忍受不住…

意思 1 **【可能】**｛名詞；動詞辭書形｝＋にたえる；｛名詞｝＋にたえられない。表示可以忍受心中的不快或壓迫感，不屈服忍耐下去的意思。否定的說法用不可能的「たえられない」。中文意思是：「經得起…、可忍受…」。

例 文 受験を通して、不安や焦りにたえる精神力を強くすることができる。
透過考試，可以對不安或焦慮的耐受力進行考驗，強化意志力。

意思 2 **【價值】**｛名詞；動詞辭書形｝＋にたえる；｛名詞｝＋にたえない。表示值得這麼做，有這麼做的價值。這時候的否定說法要用「たえない」，不用「たえられない」。中文意思是：「值得…」。

例 文 これは彼の９歳のときの作品だが、それでも十分鑑賞にたえるものだ。
這是他九歲時的作品，但已具備供大眾欣賞的資格了。

意思 3 **【感情】**｛名詞｝＋にたえない。前接「感慨、感激」等詞，表示強調前面情感的意思，一般用在客套話上。中文意思是：「不勝…」。

例 文 いつも私を見守ってくださり、感謝の念にたえません。
真不知道該如何感謝你一直守護在我的身旁。

意思 4 **【強制】**｛動詞辭書形｝＋にたえない。表示情況嚴重得不忍看下去，聽不下去了。這時候是帶著一種不愉快的心情。前面只能接「読む、聞く、見る」等為數不多的幾個動詞。中文意思是：「不堪…、忍受不住…」。

例文 ネットニュースの記事(きじ)は見出(みだ)しばかりで、読(よ)むにたえないものが少(すく)なくない。
網路新聞充斥著標題黨，不值一讀的文章不在少數。

比較 **にかたくない**
不難…、很容易就能…

接續 {名詞；動詞辭書形} ＋に難くない

說明 「にたえない」表示強制，強調「因某心理因素，難以做某事」的概念。表示忍受不了所看到的或所聽到的事。這時候是帶著一種不愉快的心情。「にかたくない」表示難易，強調「從現實因素，不難想像某事」的概念。表示從某一狀況來看，不難想像，誰都能明白的意思。前面多用「想像する、理解する」等詞，書面用語。

例文 お産(さん)の苦(くる)しみは想像(そうぞう)に難(かた)くない。
不難想像生產時的痛苦。

003 Track N1-029

(か)とおもいきや

原以為…、誰知道…、本以為…居然…

接續 {[名詞・形容詞・形容動詞・動詞]普通形；引用的句子或詞句} ＋(か)と思いきや

意思1 **【預料外】**表示按照一般情況推測，應該是前項的結果，但是卻出乎意料地出現了後項相反的結果，含有說話人感到驚訝的語感。後常跟「意外に(も)、なんと、しまった、だった」相呼應。本來是個古日語的說法，而古日語如果在現代文中使用通常是書面語，但「(か)と思いきや」多用在輕鬆的對話中，不用在正式場合。是逆接用法。中文意思是：「原以為…、誰知道…、本以為…居然…」。

例文 今年(ことし)は合格(ごうかく)間違(まちが)いなしと思(おも)いきや、今年(ことし)もダメだった。
原本有十足的把握今年一定可以通過考試，誰曉得今年竟又落榜了。

注意 〔**印象**〕前項是說話人的印象或瞬間想到的事，而後項是對此進行否定。

比較 **ながら（も）**

雖然…，但是…、儘管…、明明…卻…

接續 {名詞；形容動詞詞幹；形容詞辭書形；動詞ます形} ＋ながら（も）

說明 「かとおもいきや」表示預料外，原以為應該是前項的結果，但是卻出乎意料地出現了後項相反或不同的結果。含有說話人感到驚訝的語氣。「ながらも」也表預料外，表示雖然是能夠預料的前項，但卻與預料不同，實際上出現了後項。是一種逆接的表現方式。

例文 狭(せま)いながらも、楽(たの)しい我(わ)が家(や)だ。

雖然很小，但也是我快樂的家。

004 Track N1-030

とは

(1)所謂…、是…；(2)連…也、沒想到…、…這…、竟然會…

接續 {名詞；[形容詞・形容動詞・動詞]普通形；引用句子} ＋とは

意思1 **【話題】**前接名詞，也表示定義，前項是主題，後項對這主題的特徵、意義等進行定義。中文意思是：「所謂…、是…」。

例文 「急(いそ)がば回(まわ)れ」とは、急(いそ)ぐときは遠回(とおまわ)りでも安全(あんぜん)な道(みち)を行(い)けという意味(いみ)です。

所謂「欲速則不達」，意思是寧走十步遠，不走一步險（著急時，要按部就班選擇繞行走一條安全可靠的遠路）。

注意 **〖口語ーって〗**口語用「って」的形式。

例文 「はとこってなに。」「親(おや)の従兄弟(いとこ)の子(こ)のことだよ。」

「什麼是『從堂（表）兄弟姐妹』？」「就是爸媽的堂（表）兄弟姐妹的孩子。」

意思2 **【預料外】**由格助詞「と」＋係助詞「は」組成，表示對看到或聽到的事實（意料之外的），感到吃驚或感慨的心情。前項是已知的事實，後項是表示吃驚的句子。中文意思是：「連…也、沒想到…、…這…、竟然會…」。

例文 江戸時代(えどじだい)の水道設備(すいどうせつび)がこんなに高度(こうど)だったとは、本当(ほんとう)に驚(おどろ)きだ。

江戶時代居然有如此先進的水利設施，實在令人驚訝。

注意1 **〖省略後半〗**有時會省略後半段，單純表現出吃驚的語氣。

例文 たった1年でN1に受かるとは。君の勉強方法をおしえてくれ。
只用一年時間就通過了N1級測驗！請教我你的學習方法。

注意2 〘口語－なんて〙口語用「なんて」的形式。

例文 あのときの赤ちゃんがもう大学生だなんて。
想當年的小寶寶居然已經是大學生了！

比較 ときたら

說到…來、提起…來

接續 {名詞} ＋ときたら

說明 「とは」表示預料外，強調「感嘆或驚嘆」的概念。前接意料之外看到或遇到的事實，後接說話人對其感到感嘆、吃驚心情。「ときたら」表示話題，強調「帶著負面的心情提起話題」的概念。前面一般接人名，後項是譴責、不滿和否定的內容。

例文 部長ときたら朝から晩までタバコを吸っている。
說到我們部長，一天到晚都在抽煙。

005 Track N1-031

とみえて、とみえる

看來…、似乎…

接續 {名詞（だ）；形容動詞詞幹（だ）；［形容詞・動詞］普通形} ＋とみえて、とみえる

意思1 **【推測】**表示前項是敘述推測出來的結果，後項是陳述這一推測的根據。後項為前項的根據、原因、理由，表示說話者從現況、外觀、事實來自行推測或做出判斷。中文意思是：「看來…、似乎…」。

例文 母は穏やかな表情で顔色もよい。回復は順調とみえる。
媽媽不僅露出舒坦的表情，氣色也挺不錯的，看來恢復狀況十分良好。

比較 と（も）なると、と（も）なれば

要是…那就…、如果…那就…、一旦處於…就…

接續 {名詞；動詞普通形} ＋と（も）なると、と（も）なれば

說明 「とみえて」表示推測，表示前項是推測出來的結果，後項是這一推測的根據。「ともなると」表示評價的觀點，表示如果在前項的條件或到了某一特殊時期，就會出現後項的不同情況。含有強調前項，敘述果真到了前項的情況，就當然會出現後項的語意。

例文 12時(じ)ともなると、さすがに眠(ねむ)たい。
到了十二點，果然就會想睡覺。

006　Track N1-032

べし

應該…、必須…、值得…

接續 {動詞辭書形}＋べし

意思1 **【當然】**是一種義務、當然的表現方式。表示說話人從道理上、公共理念上、常識上考慮，覺得那樣做是應該的，理所當然的。用在說話人對一般的事情發表意見的時候，含有命令、勸誘的語意，只放在句尾。是種文言的表達方式。中文意思是：「應該…、必須…、值得…」。

例文 ゴミは各自(かくじ)持(も)ち帰(かえ)るべし。
垃圾必須各自攜離。

注意1 **〚サ変動詞すべし〛**前面若接サ行變格動詞，可用「すべし」、「するべし」，但較常使用「すべし」（「す」為古日語「する」的辭書形）。

例文 問題(もんだい)が発生(はっせい)した場合(ばあい)は速(すみ)やかに報告(ほうこく)すべし。
萬一發生異狀，必須盡快報告。

注意2 **〚格言〛**用於格言。

例文 「後生畏(こうせいおそ)るべし」という言葉(ことば)がある。若者(わかもの)は大切(たいせつ)にすべきだ。
有句話叫「後生可畏」。我們切切不可輕視年輕人。

比較 **べからず、べからざる**

不得…（的）、禁止…（的）、勿…（的）、莫…（的）

接續 {動詞辭書形}＋べからず、べからざる

說明 「べし」表示當然，強調「那樣做是一種義務」的概念。表示說話人從道理上考慮，覺得那樣做是應該的，理所當然的。用在說話人對一般的事情發表意見的時候。只放在句尾。「べからざる」表示禁止，強調「強硬禁止」的概念。是一種強硬的禁止說法，文言文式的說法，多半出現在告示牌、公佈欄、演講標題上。現在很少見。

例文 入社式(にゅうしゃしき)で社長(しゃちょう)が「初心忘(しょしんわす)るべからず」と題(だい)するスピーチをした。
社長在公司的迎新會上，發表了一段以「莫忘初衷」為主題的演講。

007 Track N1-033

いかんで（は）

要看…如何、取決於…

接續 {名詞（の）}＋いかんで（は）

意思 1 **【對應】** 表示後面會如何變化，那就要取決於前面的情況、內容來決定了。「いかん」是「如何」之意，「で」是格助詞。中文意思是：「要看…如何、取決於…」。

例文 コーチの指導方法(しどうほうほう)いかんで、選手(せんしゅ)はいくらでも伸(の)びるものだ。
運動員能否最大限度發揮潛能，可以說是取決於教練的指導方法。

比較 におうじて

根據…、按照…、隨著…

接續 {名詞}＋に応じて

說明 「いかんで（は）」表示對應，表示後項會如何變化，那就要取決於前項的情況、內容來決定了。「におうじて」也表對應，表示後項會根據前項的情況，而與之相對應發生變化。

例文 保険金(ほけんきん)は被害状況(ひがいじょうきょう)に応(おう)じて支払(しはら)われます。
保險給付是依災害程度支付的。

Chapter 4

様態、傾向、価値

樣態、傾向、價值

001　　Track N1-034

といわんばかりに、とばかりに

幾乎要說…；簡直就像…、顯出…的神色、似乎…般地

（接續）{名詞；簡體句} ＋と言わんばかりに、とばかりに

意思1 **【樣態】**「といわんばかりに」雖然沒有說出來，但是從表情、動作、樣子、態度上已經表現出某種信息，含有幾乎要說出前項的樣子，來做後項的行為。中文意思是：「幾乎要說…；簡直就像…、顯出…的神色、似乎…般地」。

（例文）もう我慢できないといわんばかりに、彼女は洗濯物を投げ捨てて出て行った。

她彷彿再也無法忍受似地把待洗的髒衣服一扔，衝出了家門。

意思2 **【樣態】**「とばかりに」表示看那樣子簡直像是的意思，心中憋著一個念頭或一句話，幾乎要說出來，後項多為態勢強烈或動作猛烈的句子，常用來描述別人。中文意思是：「幾乎要說…；簡直就像…、顯出…的神色、似乎…般地」。

（例文）彼らがステージに現れると、待ってましたとばかりにファンの歓声が鳴り響いた。

他們一出現在舞台上，滿場迫不及待的粉絲立刻發出了歡呼。

比較 **ばかりに**

就因為…、都是因為…，結果…

（接續）{名詞である；形容動詞詞幹な；[形容詞・動詞] 普通形} ＋ばかりに

說明 「とばかりに」表示樣態，強調「幾乎要表現出來」的概念。表示雖然沒有說出來，但簡直就是那個樣子，來做後項動作猛烈的行為。「ばかりに」表示原因，強調「正是因前項，導致後項不良結果」的概念。就是因為某事的緣故，造成後項不良結果或發生不好的事情。說話人含有後悔或遺憾的心情。

例文 彼は競馬に熱中したばかりに、全財産を失った。
他就是因為沉迷於賭馬，結果傾家蕩產了。

002 Track N1-035

ながら（に／も／の）

(1)雖然…但是…；(2)保持…的狀態

意思1 **【讓步】**｛名詞；形容動詞詞幹；形容詞辭書形；動詞ます形｝＋ながら（に／も）。讓步逆接的表現。表示「實際情形跟自己所預想的不同」之心情，後項是「事實上是…」的事實敘述。中文意思是：「雖然…但是…」。

例文 彼女が国に帰ったことを知りながら、どうして僕に教えてくれなかったんだ。
你明明知道她已經回國了，為什麼不告訴我這件事呢！

意思2 **【樣態】**｛名詞；動詞ます形｝＋ながら（の）。前面的詞語通常是慣用的固定表達方式。表示「保持…的狀態下」，表明原來的狀態沒有發生變化，繼續持續。用「ながらの」時後面要接名詞。中文意思是：「保持…的狀態」。

例文 この辺りは昔ながらの街並みが残っている。
這一帶還留有往昔的街景。

注意 **〖ながらにして〗**「ながらに」也可使用「ながらにして」的形式。

例文 インターネットがあれば、家に居ながらにして世界中の人と交流できる。
只要能夠上網，即使人在家中坐，仍然可以與全世界的人交流。

比較 **のまま**
仍舊、保持原樣、就那樣…

接續 ｛名詞｝＋のまま

說明 「ながら」表示樣態，強調「做某動作時的狀態」的概念。前接在某狀態之下，後接在前項狀態之下，所做的動作或狀態。「のまま」也表樣態，強調「仍然保持原來的狀態」的概念。表示過去某一狀態，到現在仍然持續不變。

例文 どちらかが譲歩（じょうほ）しない限（かぎ）り、話（はな）し合（あ）いは平行線（へいこうせん）のままだ。
只要雙方互不讓步，協商就會依然是平行線。

003 Track N1-036

まみれ

沾滿…、滿是…

接續 {名詞} ＋まみれ

意思1 **【樣態】**表示物體表面沾滿了令人不快、雜亂、骯髒的東西，或負面的事物等，非常骯髒的樣子，前常接「泥、汗、ほこり」等詞。中文意思是：「沾滿…、滿是…」。

例文 息子（むすこ）の泥（どろ）まみれのズボンをゴシゴシ洗（あら）う。
我拚命刷洗兒子那件沾滿泥巴的褲子。

注意 〖**困擾**〗表示處在叫人很困擾的狀況，如「借金」等令人困擾、不悅的事情。

例文 借金（しゃっきん）まみれの人生（じんせい）。宝（たから）くじで一発逆転（いっぱつぎゃくてん）だ。
這輩子負債累累。我要靠樂透逆轉人生！

比較 **ぐるみ**
全部的…

接續 {名詞} ＋ぐるみ

說明 「まみれ」表示樣態，強調「全身沾滿了不快之物」的概念。表示全身沾滿了令人不快的、骯髒的液體或砂礫、灰塵等細碎物。「ぐるみ」表示範圍，強調「全部都」的概念。前接名詞，表示連同該名詞都包括，全部都…的意思。如「家族ぐるみ（全家）」。是接尾詞。

例文 強盗（ごうとう）に身（み）ぐるみはがされた。
被強盜洗劫一空。

004 Track N1-037

ずくめ

清一色、全都是、淨是…、充滿了

接 續 {名詞} ＋ずくめ

意思1 **【樣態】**前接名詞，表示全都是這些東西、毫不例外的意思。可以用在顏色、物品等；另外，也表示事情接二連三地發生之意。前面接的名詞通常都是固定的慣用表現，例如會用「黒ずくめ」，但不會用「赤ずくめ」。中文意思是：「清一色、全都是、淨是…、充滿了」。

例 文 今月（こんげつ）に入（はい）って残業（ざんぎょう）ずくめで、もう倒（たお）れそうだ。
這個月以來幾乎天天加班，都快撐不下去了。

比 較 **だらけ**

全是…、滿是…、到處是…

接 續 {名詞} ＋だらけ

說 明 「ずくめ」表示樣態，強調「在…範圍中都是…」的概念。在限定的範圍中，淨是某事物。正、負面評價的名詞都可以接。「だらけ」也表樣態，強調「數量過多」的概念。也就是某範圍中，雖然不是全部，但絕大多數都是前項名詞的事物。常伴有「骯髒」、「不好」等貶意，是說話人給予負面的評價。所以後面不接正面、褒意的名詞。

例 文 子（こ）どもは泥（どろ）だらけになるまで遊（あそ）んでいた。
孩子們玩到全身都是泥巴。

005 Track N1-038

めく

像…的様子、有…的意味、有…的傾向

接 續 {名詞} ＋めく

意思1 **【傾向】**「めく」是接尾詞，接在詞語後面，表示具有該詞語的要素，表現出某種樣子。前接詞很有限，習慣上較常說「春めく（有春意）、秋めく（有秋意）」。但「夏めく（有夏意）、冬めく（有冬意）」就較少使用。中文意思是：「像…的様子、有…的意味、有…的傾向」。

（例文） 今朝(けさ)の妻(つま)の謎(なぞ)めいた微笑(びしょう)はなんだろう。
今天早上妻子那一抹神祕的微笑究竟是什麼意思呢？

（注意） 〘めいた〙五段活用後接名詞時，用「めいた」的形式連接。

（例文） あの先生(せんせい)はすぐに説教(せっきょう)めいたことを言(い)うので、生徒(せいと)から煙(けむ)たがれている。
那位老師經常像在訓話似的，學生無不對他望之生畏。

比較　ぶり、っぷり

…的様子、…的狀態、…的情況

（接續） {名詞；動詞ます形} ＋ぶり、っぷり

（說明） 「めく」表示傾向，強調「帶有某感覺」的概念。接在某事物後面，表示具有該事物的要素，表現出某種樣子的意思。「めく」是接尾詞。「ぶり」表示樣子，強調「做某動作的樣子」的概念。表示事物存在的樣子，或進行某動作的樣子。也表示給予負面的評價，有意擺出某種態度的樣子，「明明…卻要擺出…的樣子」的意思。也是接尾詞。

（例文） 夫(おっと)の話(はな)しぶりからすると、正月(しょうがつ)もほとんど休(やす)みが取(と)れないようだ。
從丈夫講話的樣子判斷，過年期間也大概幾乎沒辦法休假了。

006　　**Track N1-039**

きらいがある

有一點…、總愛…、有…的傾向

（接續） {名詞の；動詞辭書形} ＋きらいがある

（意思1） **【傾向】**表示某人有某種不好的傾向，容易成為那樣的意思。多用在對這不好的傾向，持批評的態度。而這種傾向從表面是看不出來的，是自然而然容易變成那樣的。它具有某種本質性，漢字是「嫌いがある」。中文意思是：「有一點…、總愛…、有…的傾向」。

（例文） 彼(かれ)は有能(ゆうのう)だが人(ひと)を下(した)に見(み)るきらいがある。
他能力很強，但也有點瞧不起人。

（注意1） 〘**どうも～きらいがある**〙一般以人物為主語。以事物為主語時，多含有背後為人物的責任。書面用語。常用「どうも～きらいがある」。

例文　このテレビ局はどうも、時の政権に反対の立場をとるきらいがある。
這家電視台似乎傾向於站在反對當時政權的立場。

注意2　〘すぎるきらいがある〙常用「すぎるきらいがある」的形式。

例文　彼女は物事を深く考えすぎるきらいがある。
她對事情總是容易顧慮過多。

比較　おそれがある

恐怕會…、有…危險

接續　{名詞の；形容動詞詞幹な；[形容詞・動詞]辭書形}＋恐れがある

說明　「きらいがある」表示傾向，強調「有不好的性質、傾向」的概念。表示從表面看不出來，但具有某種本質的傾向。多用在對這不好的傾向，持批評的態度上。「おそれがある」表示推量，強調「可能發生不好的事」的概念。表示有發生某種消極事件的可能性。只限於用在不利的事件。常用在新聞或報導中。

例文　台風のため、午後から高潮の恐れがあります。
因為颱風，下午恐怕會有大浪。

007　　Track N1-040

にたる、にたりない

(1)不足以…、不值得…；(2)不夠…；(3)可以…、足以…、值得…

接續　{名詞；動詞辭書形}＋に足る、に足りない

意思1　**【無價值】**「に足りない」含又不是什麼了不起的東西，沒有那麼做的價值的意思。中文意思是：「不足以…、不值得…」。

例文　そんな取るに足りない小さな問題を、いちいち気にするな。
不要老是在意那種不值一提的小問題。

意思2　**【不足】**「に足りない」也可表示「不夠…」之意。

例文　ひと月の収入は、二人分を合わせても新生活を始めるに足りなかった。
那時兩個人加起來的一個月收入依然不夠他們展開新生活。

意思3 **【價值】**「に足る」表示足夠，前接「信頼する、語る、尊敬する」等詞時，表示很有必要做前項的價值，那樣做很恰當。中文意思是：「可以…、足以…、值得…」。

例文 精一杯（せいいっぱい）やって、満足（まんぞく）するに足（た）る結果（けっか）を残（のこ）すことができた。
盡了最大的努力，終於達成了可以令人滿意的成果。

比較 にたえる、にたえない

值得…

接續 {名詞；動詞辭書形} ＋に堪える；{名詞} ＋に堪えない

說明 「にたる」表示價值，強調「有某種價值」的概念。表示客觀地從品質或是條件，來判斷很有必要做前項的價值，那樣做很恰當。「にたえる」也表價值，強調「那樣做有那樣做的價值」的概念。可表示有充分那麼做的價值。或表示不服輸、不屈服地忍耐下去。這是從主觀的心情、感情來評斷的。前面只能接「読む、聞く、見る」等為數不多的幾個動詞。

例文 この作品（さくひん）は古（ふる）いけれど、内容（ないよう）は現代（げんだい）でも十分（じゅうぶん）に読（よ）むに堪（た）えるものです。
這作品雖古老，但內容至今依然十分值得閱讀。

程度、強調、軽重、難易、最上級

程度、強調、輕重、難易、最上級

001 Track N1-041

ないまでも

就算不能…、沒有…至少也…、就是…也該…、即使不…也…

接續 {名詞で(は)；動詞否定形} +ないまでも

意思1 **【程度】**前接程度比較高的，後接程度比較低的事物。表示雖然不至於到前項的地步，但至少有後項的水準，或只要求做到後項的意思。後項多為表示義務、命令、意志、希望、評價等內容。後面為義務或命令時，帶有「せめて、少なくとも」(至少)等感情色彩。中文意思是：「就算不能…、沒有…至少也…、就是…也該…、即使不…也…」。

例文 毎日(まいにち)とは言(い)わないまでも、週(しゅう)に1、2回(かい)は連絡(れんらく)してちょうだい。
就算沒辦法天天保持聯絡，至少每星期也要聯繫一兩次。

比較 **まで(のこと)もない**

用不著…、不必…、不必說…

接續 {動詞辭書形} +まで(のこと)もない

說明 「ないまでも」表示程度，強調「就算不能達到前項，但可以達到程度較低的後項」的概念。是一種從較高的程度，退一步考慮後項實現問題的辦法，後項常接義務、命令、意志、希望等表現。「までもない」表示不必要，強調「沒有必要做到那種程度」的概念。表示事情尚未到達到某種程度，沒有必要做某事。

例文 見(み)れば分(わ)かるから、わざわざ説明(せつめい)するまでもない。
只要看了就知道，所以用不著一一說明。

002 Track N1-042

に（は）あたらない

(1)不相當於…；(2)不需要…、不必…、用不著…

意思1 **【不相當】**｛名詞｝＋に（は）当たらない。接名詞時，則表示「不相當於某事物」的意思。中文意思是：「不相當於…」。

例文 ちょっとトイレに行っただけです。駐車違反には当たらないでしょう。

我只是去上個廁所而已，不至於到違規停車吃紅單吧？

意思2 **【程度】**｛動詞辭書形｝＋に（は）当たらない。接動詞辭書形時，為沒必要做某事，或對對方過度反應到某程度，表示那樣的反應是不恰當的。用在說話人對於某事評價較低的時候，多接「賞賛する（稱讚）、感心する（欽佩）、驚く（吃驚）、非難する（譴責）」等詞之後。中文意思是：「不需要…、不必…、用不著…」。

例文 若いうちの失敗は嘆くに当たらないよ。「失敗は成功の母」というじゃないか。

不必怨嘆年輕時的失敗嘛。俗話說得好：「失敗為成功之母」，不是嗎？

比較 **にたる、にたりない**

不足以…

接續 ｛名詞；動詞辭書形｝＋に足る、に足りない

說明 「にはあたらない」表示程度，強調「沒有必要做某事」的概念。表示沒有必要做某事，那樣的反應是不恰當的。用在說話人對於某事評價較低的時候。「にたりない」表示無價值，強調「沒有做某事的價值」的概念。前接「恐れる、信頼する、尊敬する」等詞，表示沒有做前項的價值，那樣做很不恰當。

例文 斎藤なんか、恐れるに足りない。

區區一個齋藤根本不足為懼。

003 Track N1-043

だに

(1)一…就…、只要…就…、光…就…；(2)連…也（不）…

接續 {名詞；動詞辭書形}＋だに

意思1 **【強調程度】**前接「考える、想像する、思う、聞く、思い出す」等心態動詞時，則表示光只是做一下前面的心理活動，就會出現後面的狀態了。有時表示消極的感情，這時後面多為「ない」或「怖い、つらい」等表示消極的感情詞。中文意思是:「一…就…、只要…就…、光…就…」。

例文 致死率（ちしりつ）90%の伝染病（でんせんびょう）など、考（かんが）えるだに恐（おそ）ろしい。

致死率高達90%的傳染病，光想就令人渾身發毛。

意思2 **【強調極限】**前接名詞時，舉一個極端的例子，表示「就連前項也（不）…」的意思。中文意思是：「連…也（不）…」。

例文 有罪判決（ゆうざいはんけつ）が言（い）い渡（わた）された際（さい）も、男（おとこ）は微動（びどう）だにしなかった。

就連宣布有罪判決的時候，那個男人依舊毫無反應。

比較 **すら、ですら**

就連…都、甚至連…都

接續 {名詞（＋助詞）；動詞て形}＋すら、ですら

說明 「だに」表示強調極限，舉一個極端的例子，表示「就連…都不能…」的意思。後項多和否定詞一起使用。「すら」表示強調，舉出一個極端的例子，表示連前項都這樣了，別的就更不用提了。後接否定。有導致消極結果的傾向。含有輕視的語氣，只能用在負面評價上。

例文 そこは、虫（むし）1匹（ぴき）、草（くさ）1本（ぽん）すら見（み）られないほど厳（きび）しい環境（かんきょう）だ。

那地方是連一隻蟲、一根草都看不到的嚴苛環境。

004 Track N1-044

にもまして

(1)最…、第一；(2)更加地…、加倍的…、比…更…、比…勝過…

意思1 **【最上級】**{疑問詞}＋にもまして。表示「比起其他任何東西，都是程度最高的、最好的、第一的」之意。中文意思是：「最…、第一」。

例文　今日の森部長はいつにもまして機嫌がいい。
森經理今天的心情比往常都要來得愉快。

意思2　**【強調程度】**｛名詞｝＋にもまして。表示兩個事物相比較。比起前項，後項更為嚴重，更勝一籌，前面常接時間、時間副詞或是「それ」等詞，後接比前項程度更高的內容。中文意思是:「更加地…、加倍的…、比…更…、比…勝過…」。

例文　来年の就職が不安だが、それにもまして不安なのは母の体調だ。
明年要找工作的事固然讓人憂慮，但更令我擔心的是媽媽的身體。

比較　にくわえ（て）

而且…、加上…、添加…

接續　{名詞} ＋に加え（て）

說明　「にもまして」表示強調程度，強調「在此之上，程度更深一層」的概念。表示兩個事物相比較。前接程度很高的前項，後接比前項程度更高的內容，比起程度本來就很高的前項，後項更為嚴重，程度更深一層。「にくわえて」表示附加，強調「在已有的事物上，再追加類似的事物」的概念。表示在現有前項的事物上，再加上後項類似的別的事物。經常和「も」前後呼應使用。

例文　書道に加えて、華道も習っている。
學習書法以外，也學習插花。

005　**Track N1-045**

たりとも～ない

哪怕…也不（可）…、即使…也不…

接續　{名詞} ＋たりとも～ない；{數量詞} ＋たりとも～ない

意思1　**【強調輕重】**前接「一＋助數詞」的形式，舉出最低限度的事物，表示最低數量的數量詞，強調最低數量也不能允許，或不允許有絲毫的例外，是一種強調性的全盤否定的說法，所以後面多接否定的表現。書面用語。也用在演講、會議等場合。中文意思是：「哪怕…也不（可）…、即使…也不…」。

例文　お客が書類にサインするまで、一瞬たりとも気を抜くな。
在顧客簽署文件之前，哪怕片刻也不許鬆懈！

注意 〖何人たりとも〗「何人たりとも」為慣用表現，表示「不管是誰都…」。

例文 何人たりともこの神聖な地に足を踏み入れることはできない。
無論任何人都不得踏入這片神聖之地。

比較 **なりと（も）**
不管…、…之類

接續 {疑問詞＋格助詞} ＋なりと（も）

說明 「たりとも」表示強調輕重，強調「不允許有絲毫例外」的概念。前接表示最低數量的數量詞，表示連最低數量也不能允許。是一種強調性的全盤否定的說法。「なりとも」表示無關，強調「全面的肯定」的概念。表示無論什麼都可以按照自己喜歡的進行選擇。也就是表示全面的肯定。如果用〔N＋なりとも〕，就表示例示，表示從幾個事物中舉出一個做為例子。

例文 お困りの際は、何なりとお申し付けください。
遇到困境時，不論什麼事，您都只管吩咐。

006 Track N1-046

といって～ない、といった～ない

沒有特別的…、沒有值得一提的…

接續 {これ；疑問詞} ＋といって～ない；{これ；疑問詞} ＋ といった＋ {名詞} ～ない

意思1 **【強調輕重】** 前接「これ、なに、どこ」等詞，後接否定，表示沒有特別值得一提的東西之意。為了表示強調，後面常和助詞「は」、「も」相呼應；使用「といった」時，後面要接名詞。中文意思是：「沒有特別的…、沒有值得一提的…」。

例文 何といった目的もなく、なんとなく大学に通っている学生も少なくない。
沒有特定目標，只是隨波逐流地進入大學就讀的學生並不在少數。

比較 **といえば、といったら**
談到…、提到…就…、說起…、（或不翻譯）

接續 {名詞} ＋といえば、といったら

説明 「といって～ない」表示強調輕重，前接「これ、なに、どこ」等詞，後面跟否定相呼應，表示沒有特別值得提的話題或事物之意。「といえば」表示話題，強調「提起話題」的概念，表示以自己心裡想到的事情為話題，後項是對有關此事的敘述，或又聯想到另一件事。

例文 台湾の観光スポットといえば、故宮と台北101でしょう。
提到台灣的觀光景點，就會想到故宮和台北101吧。

007 Track N1-047

あっての

有了…之後…才能…、沒有…就不能（沒有）…

接續 {名詞} ＋あっての＋ {名詞}

意思1 **【強調】**表示因為有前面的事情，後面才能夠存在，強調後面能夠存在，是因為有至關重要的前面的條件，如果沒有前面的條件，就沒有後面的結果了。中文意思是：「有了…之後…才能…、沒有…就不能（沒有）…」。

例文 生徒あっての学校でしょう。生徒を第一に考えるべきです。
沒有學生哪有學校？任何考量都必須將學生放在第一順位。

注意 **〖後項もの、こと〗**「あっての」後面除了可接實體的名詞之外，也可接「もの、こと」來代替實體。

例文 彼の現在の成功は、20年にわたる厳しい修業時代あってのことだ。
他今日獲致的成功，乃是長達二十年嚴格研修歲月所累積而成的心血結晶。

比較 からこそ

正因為…才、就是因為…才

接續 {名詞だ；形容動辭書形；[形容詞・動詞]普通形} ＋からこそ

說明 「あっての」表示強調，強調一種「必要條件」的概念。表示因為有前項事情的成立，後項才能夠存在。含有後面能夠存在，是因為有前面的條件，如果沒有前面的條件，就沒有後面的結果了。「からこそ」表示原因，強調「主觀原因」的概念。表示特別強調其原因、理由。「から」是說話人主觀認定的原因，「こそ」有強調作用。

例文 交通が不便だからこそ、豊かな自然が残っている。
正因為那裡交通不便，才能夠保留如此豐富的自然風光。

008 Track N1-048

こそすれ

只會…、只是…、只能…

接續 {名詞；動詞ます形} ＋こそすれ

意思1 **【強調】**後面通常接否定表現，用來強調前項才是事實，而不是後項。中文意思是：「只會…、只是…、只能…」。

例文 彼女の行いには呆れこそすれ、同情の余地はない。
她的行為令人難以置信，完全不值得同情。

比較 **てこそ**

只有…才（能）、正因為…才…

接續 {動詞て形} ＋てこそ

說明 「こそすれ」表示強調，後面通常接否定表現，用來強調前項（名詞）才是事實，否定後項。「てこそ」也表強調，表示由於實現了前項，從而得出後項好的結果。也就是沒有前項，後項就無法實現的意思。後項是判斷的表現。後項一般接表示褒意或可能的內容。

例文 人は助け合ってこそ、人間として生かされる。
人們必須互助合作人類才能得到充分的發揮。

009 Track N1-049

すら、ですら

就連…都、甚至連…都；連…都不…

接續 {名詞（＋助詞）；動詞て形} ＋すら、ですら

意思1 **【強調】**舉出一個極端的例子，強調連他（它）都這樣了，別的就更不用提了。有導致消極結果的傾向。可以省略「すら」前面的助詞「で」，「で」用來提示主語，強調前面的內容。和「さえ」用法相同。中文意思是：「就連…都、甚至連…都」。

例文　人に迷惑をかけたら謝ることくらい、子供ですら知ってますよ。
就連小孩子都曉得，萬一造成了別人的困擾就該向人道歉啊！

注意　〔すら～ない〕用「すら～ない（連…都不…）」是舉出一個極端的例子，來強調「不能…」的意思。中文意思是：「連…都不…」。

例文　フランスに一年いましたが、通訳どころか、日常会話すらできません。
在法國已經住一年了，但別說是翻譯了，就連日常交談都辦不到。

比較　さえ～ば（たら）

只要…（就）…

接續　{名詞}＋さえ＋{[形容詞・形容動詞・動詞]假定形}＋ば（たら）

說明　「すら」表示強調，有「強調主題」的作用。舉出一個極端例子，強調就連前項都這樣了，其他就更不用提了。後面跟否定相呼應。有導致消極結果的傾向。後面只接負面評價。「さえ～ば」表示條件，強調「只要有前項最基本的條件，就能實現後項」。後面跟假設條件的「ば、たら、なら」相呼應。後面可以接正、負面評價。

例文　手続きさえすれば、誰でも入学できます。
只要辦手續，任何人都能入學。

010　　Track N1-050

にかたくない

不難…、很容易就能…

接續　{名詞；動詞辭書形}＋に難くない

意思1　【難易】表示從某一狀況來看，不難想像，誰都能明白的意思。前面多用「想像する、理解する」等理解、推測的詞，書面用語。中文意思是：「不難…、很容易就能…」。

例文　このままでは近い将来、赤字経営になることは、予想するに難くない。
不難想見若是照這樣下去，公司在不久的未來將會虧損。

比較 **に（は）あたらない**

不需要…、不必…、用不著…

接續 {動詞辭書形} ＋に（は）当たらない

說明 「にかたくない」表示難易，強調「從現實因素，不難想像某事」的概念。「不難、很容易」之意。表示從前面接的這一狀況來看，不難想像某事態之意。書面用語。「にはあたらない」表示程度，強調「沒有必要做某事」的概念。表示沒有必要做某事，那樣的反應是不恰當的。用在說話人對於某事評價較低的時候。

例文 この程度（ていど）のできなら、称賛（しょうさん）するに当（あ）たらない。

若是這種程度的成果，還不值得稱讚。

011 Track N1-051

にかぎる

就是要…、…是最好的

接續 {名詞（の）；形容詞辭書形（の）；形容動詞詞幹（なの）；動詞辭書形；動詞否定形} ＋に限る

意思1 **【最上級】**除了用來表示說話者的個人意見、判斷，意思是「…是最好的」，相當於「が一番だ」，一般是被普遍認可的事情。還可以用來表示限定，相當於「だけだ」。中文意思是：「就是要…、…是最好的」。

例文 疲（つか）れたときは、ゆっくりお風呂（ふろ）に入（はい）るに限（かぎ）る。

疲憊的時候若能泡個舒舒服服的熱水澡簡直快樂似神仙。

比較 **のいたり（だ）**

真是…到了極點、真是…、極其…、無比…

接續 {名詞} ＋の至り（だ）

說明 「にかぎる」表示最上級，表示說話人主觀地主張某事物是最好的。前接名詞、形容詞、形容動詞跟動詞。「のいたりだ」表示極限，表示一種強烈的情感，達到最高的狀態。前接名詞。

例文 こんな賞（しょう）をいただけるとは、光栄（こうえい）の至（いた）りです。

能得到這樣的大獎，真是光榮之至。

Chapter

話題、評価、判断、比喩、手段

話題、評價、判斷、比喻、手段

001 Track N1-052

ときたら

說到…來、提起…來

接續 {名詞} ＋ときたら

意思1 【話題】表示提起話題，說話人帶著譴責和不滿的情緒，對話題中與自己關係很深的人或事物的性質進行批評，後也常接「あきれてしまう、嫌になる」等詞。批評對象一般是說話人身邊，關係較密切的人物或事。用於口語。有時也用在自嘲的時候。中文意思是：「說到…來、提起…來」。

例文 小山課長の説教ときたら、同じ話を3回は繰り返すからね。

要說小山課長的訓話總是那套模式，同一件事必定重複講三次。

比較 **といえば、といったら**

談到…、提到…就…、說起…、(或不翻譯)

接續 {名詞} ＋といえば、といったら

說明 「ときたら」表示話題，強調「帶著負面的心情提起話題」的概念。消極地承接某人提出的話題，而對話題中的人或事，帶著譴責和不滿的情緒進行批評。比「といったら」還要負面、被動。「といったら」也表話題，強調「提起話題」的概念，表示在某一場合下，某人積極地提出某話題，或以自己心裡想到的事情為話題，後項是對有關此事的敘述，或又聯想到另一件事。

例文 日本料理といったら、おすしでしょう。

談到日本料理，那就非壽司莫屬了。

002 Track N1-053

にいたって（は／も）

（1）到…階段（才）；（2）即使到了…程度；（3）至於、談到

接續　{名詞；動詞辭書形} ＋に至って（は／も）

意思1　**【結果】**「に至って」表示到達某極端狀態的時候，後面常接「初めて、やっと、ようやく」。中文意思是：「到…階段（才）」。

例文　印刷の段階に至って、初めて著者名の誤りに気がついた。
直到了印刷階段，才初次發現作者姓名誤植了。

意思2　**【話題】**「に至っても」表示即使到了前項極端的階段的意思，屬於「即使…但也…」的逆接用法。後項常伴隨「なお（尚）、まだ（還）、未だに（仍然）」或表示狀態持續的「ている」等詞。中文意思是：「即使到了…程度」。

例文　死者が出るに至っても、国はまだ法律の改正に動こうとしない。
即便已經有人因此罹難，政府仍然沒有啟動修法的程序。

意思3　**【話題】**「に至っては」用在引出話題。表示從幾個消極、不好的事物中，舉出一個極端的事例來說明。中文意思是：「至於、談到」。

例文　数学も化学も苦手だ。物理に至っては、外国語を聞いているようだ。
我的數學和化學科目都很差，至於提到物理課那簡直像在聽外語一樣。

比較　**にしては**

照…來說…、就…而言算是…、從…這一點來說，算是…的、作為…，相對來說…

接續　{名詞；形容動詞詞幹；動詞普通形} ＋にしては

說明　「にいたっては」表示話題，強調「引出話題」的概念。表示從幾個消極、不好的事物中，舉出一個極端的事例來進行說明。「にしては」表示反預料，強調「前後情況不符」的概念。表示以前項的比較標準來看，後項的現實情況是不符合的。是評價的觀點。

例文　社長の代理にしては、頼りない人ですね。
做為代理社長來講，他不怎麼可靠呢。

003 Track N1-054

には、におかれましては

在…來說

(接續) {名詞} +には、におかれましては

意思1 **【話題】** 提出前項的人或事，問候其健康或經營狀況等表現方式。前接地位、身份比自己高的人或事，表示對該人或事的尊敬。語含最高的敬意。「におかれましては」是更鄭重的表現方法。前常接「先生、皆樣」等詞。中文意思是：「在…來說」。

(例文) 紅葉(こうよう)の季節(きせつ)となりました。皆様(みなさま)におかれましてはいかがお過(す)ごしでしょうか。

時序已入楓紅，各位是否別來無恙呢？

比較 にて、でもって

於…

(接續) {名詞} +にて、でもって

說明 「には」表示話題，前接地位、身份比自己高的人，或是對方所屬的組織、團體的尊稱，表示對該人的尊敬，後項後接為請求或詢問健康、近況、祝賀或經營狀況等的問候語。語含最高的敬意。「にて」表示時點，表示結束的時間；也表示手段、方法、原因或限度，後接所要做的事情或是突發事件。屬於客觀的說法，宣佈、告知的語氣強。

(例文) もう時間(じかん)なので本日(ほんじつ)はこれにて失礼(しつれい)いたします。

時間已經很晚了，所以我就此告辭了。

004 Track N1-055

たる（もの）

作為…的…、位居…、身為…

(接續) {名詞} +たる（者）

意思1 **【評價的觀點】**表示斷定或肯定的判斷。前接高評價的事物、高地位的人、國家或社會組織，表示照社會上的常識、認知來看，應該會有合乎這種身分的影響或做法，所以後常和表示義務的「べきだ、なければならない」等相呼應。「たる」給人有莊嚴、慎重、誇張的印象。演講及書面用語。中文意思是：「作為…的…、位居…、身為…」。

例文 経営者たる者は、まず危機管理能力がなければならない。
既然位居經營階層，首先非得具備危機管理能力不可。

比較 **なる**
變成…

接續 {名詞；形容動詞詞幹；形容詞く形} ＋なる

說明 「たるもの」表示評價的觀點，強調「價值跟資格」的概念。前接某身份、地位，後接符合其身份、地位，應有姿態、影響或做法。「なる」表示變化，強調「變化」的概念，表示人事物的狀態變成不同的狀態。是一種無意圖的變化。

例文 厳しかった父は、老いてすっかり穏やかになった。
嚴厲的父親，年老後變得平和豁達許多了。

005 **Track N1-056**

ともあろうものが

身為…卻…、堂堂…竟然…、名為…還…

接續 {名詞} ＋ともあろう者が

意思1 **【評價的觀點】**表示具有聲望、職責、能力的人或機構，其所作所為，就常識而言是與身份不符的。「ともあろう者が」後項常接「とは／なんて、～」，帶有驚訝、憤怒、不信及批評的語氣，但因為只用「ともあろう者が」便可傳達說話人的心情，因此也可能省略後項驚訝等的語氣表現。前接表示社會地位、身份、職責、團體等名詞，後接表示人、團體等名詞，如「者、人、機関」。中文意思是：「身為…卻…、堂堂…竟然…、名為…還…」。

例文 教育者ともあろう者が、一人の先生を仲間外れにするとは、呆れてものが言えない。

身為杏壇人士，居然刻意排擠某位教師，這種行徑簡直令人瞠目結舌。

注意1 〖ともあろうNが〗若前項並非人物時，「者」可用其它名詞代替。

例文 A新聞ともあろう新聞社が、週刊誌のような記事を載せて、がっかりだな。

鼎鼎大名的A報報社居然登出無異於週刊之流的低俗報導，太令人失望了。

注意2 〖ともあろうもの＋に〗「ともあろう者」後面常接「が」，但也可接其他助詞。

例文 差別発言を繰り返すとは、政治家ともあろうものにあってはならないことだ。

身為政治家，無論如何都不被容許一再做出歧視性發言。

比較 たる（もの）

作為…的…

接續 ｛名詞｝＋たる（者）

說明 「ともあろうものが」表示評價的觀點，強調「立場」的概念。前接表示具有社會地位、具有聲望、身份的人。後接所作所為與身份不符，帶有不信、驚訝及批評的語氣。「たるもの」也表評價的觀點，也強調「立場」的概念。前接高地位的人或某種責任的名詞，後接符合其地位、身份，應有的姿態的內容。書面或演講等正式場合的用語。

例文 彼はリーダーたる者に求められる素質を備えている。

他擁有身為領導者應當具備的特質。

006 Track N1-057

と（も）なると、と（も）なれば

要是…那就…、如果…那就…、一旦處於…就…、每逢…就…、既然…就…

接續 ｛名詞；動詞普通形｝＋と（も）なると、と（も）なれば

意思1 **【評價的觀點】**前接時間、職業、年齡、作用、事情等名詞或動詞，表示如果發展到某程度，用常理來推斷，就會理所當然導向某種結論、事態、狀況及判斷。後項多是與前項狀況變化相應的內容。中文意思是：「要是…那就…、如果…那就…、一旦處於…就…、每逢…就…、既然…就…」。

例文 この砂浜（すなはま）は週末（しゅうまつ）ともなると、カップルや家族連（かぞくづ）れで賑（にぎ）わう。
這片沙灘每逢週末總是擠滿了一雙雙情侶和攜家帶眷的遊客。

比較 とあれば

如果…那就…、假如…那就…

接續 {名詞；[名詞・形容詞・形容動詞・動詞]普通形；形容動詞詞幹}＋とあれば

說明 「ともなると」表示評價的觀點，強調「如果發展到某程度，當然就會出現某情況」的概念。含有強調前項，敘述果真到了前項的情況，就當然會出現後項的語意。可以陳述現實性狀況，也能陳述假定的狀況。「とあれば」，表示假定條件。強調「如果出現前項情況，就採取後項行動」的概念。表示如果是為了前項所提的事物，是可以接受的，並採取後項的行動。後句不能出現表示請求或勸誘的句子。

例文 デザートを食（た）べるためとあれば、食事（しょくじ）を我慢（がまん）しても構（かま）わない。
假如是為了吃甜點，不吃正餐我也能忍。

007 Track N1-058

なりに（の）

與…相適、從某人所處立場出發做…、那般…（的）、那樣…（的）、這套…（的）

接續 {名詞；形容動詞詞幹；[形容詞・動詞]普通形}＋なりに（の）

意思1 **【判斷的立場】**表示根據話題中人切身的經驗、個人的能力所及的範圍，含有承認前面的人事物有欠缺或不足的地方，在這基礎上，依然盡可能發揮或努力地做後項與之相符的行為。多有「幹得相當好、已經足夠了、能理解」的正面評價意思。用「なりの名詞」時，後面的名詞，是指與前面相符的事物。中文意思是：「與…相適、從某人所處立場出發做…、那般…（的）、那樣…（的）、這套…（的）」。

例文　外国人に道を聞かれて、英語ができないなりに頑張って案内した。
外國人向我問路，雖然我不會講英語，還是努力比手畫腳地為他指了路。

注意　〖私なりに〗要用種謙遜、禮貌的態度敘述某事時，多用「私なりに」等。

例文　私なりに精一杯やりました。負けても後悔はありません。
我已經竭盡自己的全力了。就算輸了也不後悔。

比較　**ならでは(の)**
正因為…才有(的)、只有…才有(的)

接續　{名詞}+ならでは(の)

說明　「なりに」表示判斷的立場，強調「與立場相符的行為等」的概念。表示根據話題中人，切身的經驗、個人的能力所及的範圍，含有承認話題中人有欠缺或不足的地方，在這基礎上，做後項與之相符的行為。多有正面的評價的意思。「ならではの」表示限定，強調「後項事物能成立的唯一條件」的概念。表示對「ならでは」前面的某人事物的讚嘆，正因為是這人事物才會這麼好。是一種高度評價的表現方式。

例文　決勝戦ならではの盛り上がりを見せている。
比賽呈現出決賽才會有的激烈氣氛。

008　　Track N1-059

(が)ごとし、ごとく、ごとき

如…一般(的)、同…一樣(的)

意思1　**【比喻】**{名詞の;動詞辭書形;動詞た形}+(が)如し、如く、如き。好像、宛如之意，表示事實雖然不是這樣，如果打個比方的話，看上去是這樣的，「ごとし」是「ようだ」的古語。中文意思是:「如…一般(的)、同…一樣(的)」。

例文　病室の母の寝顔は、微笑むがごとく穏やかなものだった。
當時躺在病房裡的母親睡顏，彷彿面帶微笑一般，十分安詳。

注意1　〖格言〗出現於中國格言中。

例文　過ぎたるは猶及ばざるが如し。
過猶不及。

注意2 〖Nごとき（に）〗{名詞}＋如き（に）。「ごとき（に）」前接名詞如果是別人時，表示輕視、否定的意思，相當於「なんか（に）」；如果是自己「私」時，則表示謙虛。

例文 この俺様（おれさま）が、お前（まえ）ごときに負（ま）けるものか。
本大爺豈有敗在你手下的道理！

注意3 〖位置〗「ごとし」只放在句尾；「ごとく」放在句中；「ごとき」可以用「ごとき＋名詞」的形式，形容「宛如…的…」。

比較 **らしい**
好像…、似乎…

接續 {名詞；形容動詞詞幹；[形容詞・動詞]普通形}＋らしい

說明 「ごとし」表示比喻，強調「說明某狀態」的概念。表示事實雖然不是這樣，如果打個比方的話，看上去是這樣的。「らしい」表示據所見推測，強調「觀察某狀況」的概念。表示從眼前可觀察的事物等狀況，來進行判斷；也表示樣子，表示充分反應出該事物的特徵或性質的意思。「有…風度」之意。

例文 王（オウ）さんがせきをしている。風邪（かぜ）を引（ひ）いているらしい。
王先生在咳嗽。他好像是感冒了。

009 **Track N1-060**

んばかり（だ／に／の）

簡直是…、幾乎要…（的）、差點就…（的）

接續 {動詞否定形（去ない）}＋んばかり（に／だ／の）

意思1 **【比喻】**表示事物幾乎要達到某狀態，或已經進入某狀態了。前接形容事物幾乎要到達的狀態、程度，含有程度很高、情況很嚴重的語意。「んばかりに」放句中。中文意思是：「簡直是…、幾乎要…（的）、差點就…（的）」。

例文 彼（かれ）は、あと1週間（しゅうかん）だけ待（ま）ってくれ、と泣（な）き出（だ）さんばかりに訴（うった）えた。
那時他幾乎快哭出來似地央求我再給他一個星期的時間。

注意1 〖句尾－んばかりだ〗「んばかりだ」放句尾。

(例 文) 空港は、彼女を一目見ようと押し寄せたファンで溢れんばかりだった。
機場湧入了只為見她一面的大批粉絲。

注意2 〖句中ーんばかりの〗「んばかりの」放句中，後接名詞。口語少用，屬於書面用語。

(例 文) 王選手がホームランを打つと、球場は割れんばかりの拍手に包まれた。
王姓運動員揮出一支全壘打，球場立刻響起了熱烈的掌聲。

比 較 (か)とおもいきや

原以為…、誰知道…

(接 續) {[名詞・形容詞・形容動詞・動詞]普通形；引用的句子或詞句}＋(か)と思いきや

說 明 「んばかり」表示比喻，強調「幾乎要達到的程度」的概念。表示事物幾乎要達到某狀態，或已經進入某狀態了。書面用語。「かとおもいきや」表示預料外，強調「結果跟預料不同」的概念。表示按照一般情況推測，應該是前項的結果，但是卻出乎意料地出現了後項相反的結果。含有說話人感到驚訝的語感。用在輕快的口語中。

(例 文) 素足かと思いきや、ストッキングを履いていた。
原本以為她打赤腳，沒想到是穿著絲襪。

010 Track N1-061

をもって

(1)至…為止；(2)以此…、用以…

(接 續) {名詞}＋をもって

意思1 **【界線】**表示限度或界線，接在「これ、以上、本日、今回」之後，用來宣布一直持續的事物，到那一期限結束了，常見於會議、演講等場合或正式的文件上。中文意思是：「至…為止」。

(例 文) 以上をもって本日の講演を終わります。
以上，今天的演講到此結束。

注 意 〖禮貌ーをもちまして〗較禮貌的說法用「をもちまして」的形式。

例文 これをもちまして、第40回卒業式を終了致します。
第四十屆畢業典禮到此結束。禮成。

意思2 **【手段】**表示行為的手段、方法、材料、中介物、根據、仲介、原因等，用這個做某事之意。一般不用來表示具體的道具。中文意思是：「以此…、用以…」。

例文 本日の面接の結果は、後日書面をもってお知らせします。
今日面談的結果將於日後以書面通知。

比較 **ともに**
和…一起

接續 {名詞；動詞辭書形}＋とともに

說明 「をもって」表示手段，表示在前項的手段下進行後項。前接名詞。「ともに」表示並列，表示前項跟後項一起進行某行為。前面也接名詞。

例文 バレンタインデーは彼女とともに過ごしたい。
情人節那天我想和女朋友一起度過。

011 Track N1-062

をもってすれば、をもってしても

(1)即使以…也…；(2)只要用…

接續 {名詞}＋をもってすれば、をもってしても

意思1 **【讓步】**「をもってしても」後為逆接，從「限度和界限」成為「即使以…也…」的意思，後接否定，強調使用的手段或人選。含有「這都沒辦法順利進行了，還能有什麼別的方法呢」之意。中文意思是：「即使以…也…」。

例文 最新の医学をもってしても、原因が不明の難病は少なくない。
即使擁有最先進的醫學技術，找不出病因的難治之症依然不在少數。

意思2 **【手段】**原本「をもって」表示行為的手段、工具或方法、原因和理由，亦或是限度和界限等意思。「をもってすれば」後為順接，從「行為的手段、工具或方法」衍生為「只要用…」的意思。中文意思是：「只要用…」。

例文 現代の科学技術をもってすれば、生命誕生の神秘に迫ることも夢ではない。

只要透過現代的科學技術，探究出生命誕生的奧秘將不再是夢。

比較 からといって

（不能）僅因…就…、即使…，也不能…

接續 {[名詞・形容動詞詞幹]だ；[形容詞・動詞]普通形} ＋からといって

說明 「をもってすれば」表示手段，強調「只要是（有／用）…的話就…」，屬於順接。前接行為的手段、工具或方法，表示只要用前項，後項就有機會成立，常接正面積極的句子。「からといって」表示原因，強調「不能僅因為…就…」的概念。屬於逆接。表示不能僅僅因為前面這一點理由，就做後面的動作，後面常接否定的說法。

例文 勉強ができるからといって偉いわけではありません。

即使會讀書，不代表就很了不起。

Chapter

7 限定、無限度、極限

限定、無限度、極限

001

Track N1-063

をおいて(～ない)

(1)以…為優先;(2)除了…之外(沒有)

接續 {名詞}+をおいて(～ない)

意思1 **【優先】**用「何をおいても」表示比任何事情都要優先。中文意思是:「以…為優先」。

例文 あなたにもしものことがあったら、私(わたし)は何(なに)をおいても駆(か)けつけますよ。
要是你有個萬一,我會放下一切立刻趕過去的!

意思2 **【限定】**限定除了前項之外,沒有能替代的,這是唯一的,也就是在某範圍內,這是最積極的選項。多用於給予很高評價的場合。中文意思是:「除了…之外(沒有)」。

例文 これほど精巧(せいこう)な仕掛(しか)けが作(つく)れるのは、あの男(おとこ)をおいてない。
能夠做出如此精巧的機關,除了那個男人別無他人。

比較 **をもって**
至…為止

接續 {名詞}+をもって

說明 「をおいて」表示限定，強調「除了某事物，沒有合適的」之概念。表示從某範圍中，挑選出第一優先的選項，說明這是唯一的，沒有其他能替代的。多用於高度評價的場合。「をもって」表示界線，強調「以某時間點為期限」的概念。接在「以上、本日、今回」之後，用來宣布一直持續的事物，到那一期限結束了。

例文 以上(いじょう)をもって、わたくしの挨拶(あいさつ)とさせていただきます。
以上是我個人的致詞。

002 Track N1-064

をかぎりに

(1)盡量；(2)從…起…、從…之後就不(沒)…、以…為分界

接續 {名詞} +を限りに

意思1 **【限度】**表示達到極限，也就是在達到某個限度之前做某事。中文意思是：「盡量」。

例文 彼(かれ)らは、波間(なみま)に見(み)えた船(ふね)に向(む)かって、声(こえ)を限(かぎ)りに叫(さけ)んだ。
他們朝著那艘在海浪間忽隱忽現的船隻聲嘶力竭地大叫。

意思2 **【限定】**前接某時間點，表示在此之前一直持續的事，從此以後不再繼續下去。多含有從說話的時候開始算起，結束某行為之意。表示結束的詞常有「やめる、別れる、引退する」等。正、負面的評價皆可使用。中文意思是：「從…起…、從…之後就不(沒)…、以…為分界」。

例文 今日(きょう)を限(かぎ)りに禁煙(きんえん)します。
我從今天起戒菸。

比較 **をかわきりに(して)、をかわきりとして**
以…為開端開始…、從…開始

接續 {名詞} +を皮切りに(して)、を皮切りとして

說明 「をかぎりに」表示限定，強調「結尾」的概念。前接以某時間點、某契機，做為結束後項的分界點，後接從今以後不再持續的事物。正負面評價皆可使用。「をかわきりに」表示起點，強調「起點」的概念，以前接的時間點為開端，發展後面一連串同類的狀態或興盛發展的事物。後面常接「地點+を回る」。

例文 沖縄を皮切りに、各地が梅雨入りしている。
從沖繩開始，各地陸續進入梅雨季。

003 Track N1-065

ただ～のみ

只有…才…、只…、唯…、僅僅、是

接續 ただ＋{名詞（である）；形容詞辭書形；形容動詞詞幹である；動詞辭書形}＋のみ

意思1 **【限定】**表示限定除此之外，沒有其他。「ただ」跟後面的「のみ」相呼應，有加強語氣的作用，強調「沒有其他」集中一點的狀態。「のみ」是嚴格地限定範圍、程度，是規定性的、具體的。「のみ」是書面用語，意思跟「だけ」相同。中文意思是：「只有…才…、只…、唯…、僅僅、是」。

例文 彼女を動かしているのは、ただ医者としての責任感のみだ。
是醫師的使命感驅使她，才一直堅守在這個崗位上。

比較 ならでは（の）

正因為…才有（的）、只有…才有（的）

接續 {名詞}＋ならでは（の）

說明 「ただ～のみ」表示限定，強調「限定具體範圍」的概念。表示除此範圍之外，都不列入考量。正、負面的內容都可以接。「ならではの」也表限定，但強調「只有某獨特才能等才能做得到」的概念。表示對「ならではの」前面的某人事物的讚嘆，正因為是這人事物才會這麼好。多表示積極的含意。

例文 この作品は若い監督ならではの、瑞々しい感性が評価された。
這部作品正是因為具備年輕導演才能詮釋的清新感，而備受好評。

ならでは（の）

正因為…才有（的）、只有…才有（的）；若不是…是不…（的）

接續 ｛名詞｝＋ならでは（の）

意思1 **【限定】**表示對「ならでは（の）」前面的某人事物的讚嘆，含有如果不是前項，就沒有後項，正因為是這人事物才會這麼好。是一種高度評價的表現方式，所以在商店的廣告詞上，有時可以看到。置於句尾的「ならではだ」，表示肯定之意。中文意思是：「正因為…才有（的）、只有…才有（的）」。

例文 この店（みせ）のケーキのおいしさは手作（てづく）りならではだ。
這家店的蛋糕如此美妙的滋味只有手工烘焙才做得出來。

注意 〘ならでは～ない〙「ならでは～ない」的形式，強調「如果不是…則是不可能的」的意思。中文意思是：「若不是…是不…（的）」。

例文 街中（まちなか）を大勢（おおぜい）のマスクをした人（ひと）が行（い）き交（か）うのは、東京（とうきょう）ならでは見（み）られない光景（こうけい）だ。
街上有非常多戴著口罩的人來來往往，這是在東京才能看見的景象。

比較 ながら（に／の）

保持…的狀態

接續 ｛名詞；動詞ます形｝＋ながら（に／の）

說明 「ならではの」表示限定，強調「只有…才有的」的概念。表示感慨正因為前項這一唯一條件，才會有後項這高評價的內容。是一種高度的評價。「の」是代替「できない、見られない」等動詞的。「ながらの」表示樣態，強調「保持原有的狀態」的概念。表示原來的樣子原封不動，沒有發生變化的持續狀態。是一種固定的表達方式。「の」後面要接名詞。

例文 ここでは、昔（むかし）ながらの製法（せいほう）で、みそを作（つく）っている。
在這裡，我們是用傳統以來的製造方式來做味噌的。

005 Track N1-067

にとどまらず（～も）

不僅…還…、不限於…、不僅僅…

（接續） {名詞（である）；動詞辭書形} ＋にとどまらず（～も）

意思1 **【非限定】**表示不僅限於前面的範圍，更有後面廣大的範圍。前接一窄狹的範圍，後接一廣大的範圍。有時候「にとどまらず」前面會接格助詞「だけ、のみ」來表示強調，後面也常和「も、まで、さえ」等相呼應。中文意思是：「不僅…還…、不限於…、不僅僅…」。

（例文） 大気汚染による健康被害は国内にとどまらず、近隣諸国にも広がっているそうだ。

據說空氣汙染導致的健康危害不僅僅是國內受害，還殃及臨近各國。

比較 はおろか

不用說…、就連…

（接續） {名詞} ＋はおろか

說明 「にとどまらず」表示非限定，強調「後項範圍進一步擴大」的概念。表示某事已超過了前接的某一窄狹範圍，事情已經涉及到後接的這一廣大範圍了。後面和「も、まで、さえ」相呼應。「はおろか」表示附加，強調「後項程度更高」的概念。表示前項的一般情況沒有說明的必要，以此來強調後項較極端的事態也不例外。含有說話人吃驚、不滿的情緒，是一種負面評價。後面多接否定詞。

（例文） 後悔はおろか、反省もしていない。

別說是後悔了，就連反省都沒有。

006 Track N1-068

にかぎったことではない

不僅僅…、不光是…、不只有…

（接續） {名詞} ＋に限ったことではない

意思1 **【非限定】**表示事物、問題、狀態並不是只有前項這樣，其他場合也有同樣的問題等。經常用於表示負面的情況。中文意思是：「不僅僅…、不光是…、不只有…」。

例文　あの家から怒鳴り声が聞こえてくるのは今日に限ったことじゃないんです。
今天並非第一次聽見那戶人家傳出的怒斥聲。

比較　**にかぎらず**
不只…

接續　{名詞} +に限らず

說明　「にかぎったことではない」表示非限定，表示不僅限於前項，還有範圍不受限定的後項。「にかぎらず」也表非限定，表示不僅止是前項，還有範圍更廣的後項。

例文　この店は、週末に限らずいつも混んでいます。
這家店不分週末或平日，總是客滿。

007　Track N1-069

ただ～のみならず

不僅…而且、不只是…也

接續　ただ+ {名詞（である）;形容詞辭書形;形容動詞詞幹である;動詞辭書形} +のみならず

意思1　**【非限定】**表示不僅只前項這樣，後接的涉及範圍還要更大、還要更廣，前項和後項的內容大多是互相對照、類似或並立的。後常和「も」相呼應，比「のみならず」語氣更強。是書面用語。中文意思是：「不僅…而且、不只是…也」。

例文　男はただ酔って騒いだのみならず、店員を殴って逃走した。
那個男人非但酒後鬧事，還在毆打店員之後逃離現場了。

比較　**はいうにおよばず、はいうまでもなく**
不用說…（連）也、不必說…就連…

接續　{名詞} +は言うに及ばず、は言うまでもなく；{[名詞・形容動詞詞幹]な；[形容詞・動詞]普通形} +は言うに及ばず、のは言うまでもなく

說明 「ただ～のみならず」表示非限定，強調「非限定具體範圍」的概念。表示不僅只是前項，還涉及範圍還更大，前項和後項一般是類似或互為對照、並立的內容。後面常和「も」相呼應。是書面用語。「はいうまでもなく」表示不必要，強調「沒有說明前項的必要」的概念。表示前項很明顯沒有說明的必要，後項較極端的事例也不例外。是一種遞進、累加的表現。常和「も、さえも、まで」等相呼應。

例文 社長は言うに及ばず、重役も皆、金もうけのことしか考えていない。
社長就不用說了，包括所有的董事，腦子裡也只想著賺錢這一件事。

008 Track N1-070

たらきりがない、ときりがない、ばきりがない、てもきりがない

沒完沒了

接續 {動詞た形}＋たらきりがない；{動詞て形}＋てもきりがない；{動詞辭書形}＋ときりがない；{動詞假定形}＋ばきりがない

意思1 **【無限度】** 前接動詞，表示是如果做前項的動作，會永無止盡，沒有限度、沒有結束的時候。中文意思是：「沒完沒了」。

例文 細かいことを言うときりがないから、全員1万円ずつにしよう。
逐一分項計價實在太麻煩了，乾脆每個人都算一萬圓吧！

比較 **にあって（は／も）**

在…之下、處於…情況下

接續 {名詞}＋にあって（は／も）

說明 「たらきりがない」表示無限度，前接動詞，表示如果觸及了前項的動作，會永無止境、沒有限度、沒有終結。「にあっては」表示時點，前接時間、地點及狀況等詞，表示處於前面這一特別的事態、狀況之中，所以有後面的事情。這時是順接。屬於主觀的說法。

例文 この上ない緊張状態にあって、手足が小刻みに震えている。
在這前所未有的緊張感之下，手腳不停地顫抖。

かぎりだ

(1)只限…、以…為限；(2)真是太…、…得不能再…了、極其…

接續　{名詞；形容詞辭書形；形容動詞詞幹な} ＋限りだ

意思1　**【限定】**如果前接名詞時，則表示限定，這時大多接日期、數量相關詞。中文意思是：「只限…、以…為限」。

例文　父は今年限りで定年退職です。
家父將於今年屆齡退休。

意思2　**【極限】**表示喜怒哀樂等感情的極限。這是說話人自己在當時，有一種非常強烈的感覺，這個感覺別人是不能從外表客觀地看到的。由於是表達說話人的心理狀態，一般不用在第三人稱的句子裡。中文意思是:「真是太…、…得不能再…了、極其…」。

例文　この公園を潰して、マンションを建てるそうだ。残念な限りだ。
據說這座公園將被夷為平地，於原址建起一棟大廈。實在太令人遺憾了。

比較　のいたり（だ）

真是…到了極點、真是…、極其…、無比…

接續　{名詞} ＋の至り（だ）

說明　「かぎりだ」表示極限，表示說話人喜怒哀樂等心理感情的極限。用在表達說話人心情的，不用在第三人稱上。前面可以接名詞、形容詞及形容動詞，常接「うれしい、羨ましい、残念な」等詞。「のいたりだ」也表極限，表示說話人要表達一種程度到了極限的強烈感情。前面接名詞，常接「光栄、感激、赤面」等詞。

例文　創刊50周年を迎えることができ、慶賀の至りです。
能夠迎接創刊五十週年，真是值得慶祝。

010 Track N1-072

きわまる

極其…、非常…、…極了

意思1 【極限】{形容動詞詞幹}＋きわまる。形容某事物達到了極限，再也沒有比這個更為極致了。這是說話人帶有個人感情色彩的說法。是書面用語。中文意思是：「極其…、非常…、…極了」。

例文 部長(ぶちょう)の女性社員(じょせいしゃいん)に対(たい)する態度(たいど)は失礼極(しつれいきわ)まる。

經理對待女性職員的態度極度無禮。

注意1 〘N(が)きわまって〙{名詞(が)}＋きわまって。前接名詞。

例文 多忙(たぼう)が極(きわ)まって、体(からだ)を壊(こわ)した。

由於忙得不可開交，結果弄壞了身體。

注意2 〘前接負面意義〙常接「勝手、大胆、失礼、危険、残念、贅沢、卑劣、不愉快」等，表示負面意義的形容動詞詞幹之後。

比較 ならでは(の)

正因為…才有(的)、只有…才有(的)

接續 {名詞}＋ならでは(の)

說明 「きわまる」表示極限，形容某事物達到了極限，再也沒有比這個程度還要高了。帶有說話人個人主觀的感情色彩。是古老的表達方式。「ならではの」表示限定，表示對「ならではの」前面的某人事物的讚嘆，正因為是這人事物才會這麼好。是一種高度評價的表現方式，所以在公司或商店的廣告詞上，常可以看到。

例文 お正月(しょうがつ)ならではの雰囲気(ふんいき)が漂(ただよ)っている。

到處充滿一股過年特有的氣氛。

011 Track N1-073

きわまりない

極其…、非常…

接續 {形容詞辭書形こと；形容動詞詞幹(なこと)}＋きわまりない

意思1 **【極限】**「きわまりない」是「きわまる」的否定形，雖然是否定形，但沒有否定意味，意思跟「きわまる」一樣。「きわまりない」是形容某事物達到了極限，再也沒有比這個更為極致了，這是說話人帶有個人感情色彩的說法，跟「きわまる」一樣。中文意思是：「極其…、非常…」。

例文 いきなり電話(でんわ)を切(き)られ、不愉快極(ふゆかいきわ)まりなかった。

冷不防被掛了電話，令人不悅到了極點。

注意 **〖前接負面意義〗**前面常接「残念、残酷、失礼、不愉快、不親切、不可解、非常識」等負面意義的漢語。另外，「きわまりない」還可以接在「形容詞、形容動詞＋こと」的後面。

比較 **のきわみ（だ）**

真是…極了、十分地…、極其…

接續 {名詞}＋の極み（だ）

說明 「きわまりない」表示極限，強調「前項程度達到極限」的概念。形容某事物達到了極限，再也沒有比這個更為極致了。「Aきわまりない」表示非常的A，強調A的表現。這是說話人帶有個人感情色彩的說法。「のきわみ」也表極限，強調「前項程度高到極點」的概念。「Aのきわみ」表示A的程度高到極點，再沒有比A更高的了。

例文 大(だい)の大人(おとな)がこんなこともできないなんて、無能(むのう)の極(きわ)みだ。

堂堂的一個大人連這種事都做不好，真是太沒用了。

012 Track N1-074

にいたるまで

…至…、直到…

接續 {名詞}＋に至るまで

意思1 **【極限】**表示事物的範圍已經達到了極端程度，對象範圍涉及很廣。由於強調的是上限，所以接在表示極端之意的詞後面。前面常和「から」相呼應使用，表示從這裡到那裡，此範圍都是如此的意思。中文意思是：「…至…、直到…」。

例文 うちの会社では毎朝、若手社員から社長に至るまで全員でラジオ体操をします。

我們公司每天早上從新進職員到社長全員都要做國民健身操（廣播體操）。

比較 **から～にかけて**

從…到…

接續 {名詞} ＋から＋ {名詞} ＋にかけて

說明 「にいたるまで」表示極限，強調「事物已到某極端程度」的概念。前接從理所當然，到每個細節的事物，後接全部概括毫不例外。除了地點之外，還可以接人事物。常與「から」相呼應。「から～にかけて」表示範圍，強調「籠統地跨越兩個領域」的概念。籠統地表示，跨越兩個領域的時間或空間。不接時間或是空間以外的詞。

例文 この辺りからあの辺りにかけて、畑が多いです。

這頭到那頭，有很多田地。

013 Track N1-075

のきわみ（だ）

真是…極了、十分地…、極其…

接續 {名詞} ＋の極み（だ）

意思1 **【極限】**形容事物達到了極高的程度。強調這程度已經超越一般，到達頂點了。大多用來表達說話人激動時的那種心情。前面可接正面或負面、或是感情以外的詞。前接情緒的詞表示感情激動，接名詞則表示程度極致。「感激の極み（感激萬分）、痛恨の極み（極為遺憾）」是常用的形式。中文意思是：「真是…極了、十分地…、極其…」。

例文 このレストランのコース料理は贅沢のきわみと言えよう。

這家餐廳的套餐可說是極盡豪華之能事。

比較 **ことだ**

就得…、應當…、最好…

接續 {動詞辭書形；動詞否定形} ＋ことだ

說明「のきわみだ」表示極限，強調「事物達到極高程度」的概念。形容事物達到了極高的程度。強調這程度已到達頂點了。大多用來表達說話人激動時的那種心情。前面可接正面或負面的詞。「ことだ」表示忠告，強調「某行為是正確的」之概念。表示一種間接的忠告或命令。說話人忠告對方，某行為是正確的或應當的，或某情況下將更加理想。口語中多用在上司、長輩對部屬、晚輩。

例文 文句（もんく）があるなら、はっきり言（い）うことだ。
如果有什麼不滿，最好要說清楚。

MEMO

Chapter

8 列挙、反復、数量

列舉、反覆、數量

001 Track N1-076

だの～だの

又是…又是…、一下…一下…、…啦…啦

(接續) {[名詞・形容動詞詞幹]（だった）;[形容詞・動詞]普通形} ＋だの＋ {[名詞・形容動詞詞幹]（だった）;[形容詞・動詞]普通形} ＋だの

意思1 **【列舉】** 列舉用法，在眾多事物中選出幾個具有代表性的。多半帶有負面的語氣，常用在抱怨事物總是那麼囉唆嘮叨的叫人討厭。是口語用法。中文意思是：「又是…又是…、一下…一下…、…啦…啦」。

(例文) 郊外に家を買いたいが、交通が不便だの、買い物に不自由だの、妻は文句ばかり言う。

雖然想在郊區買了房子，可是太太抱怨連連，說是交通不便啦、買東西也不方便什麼的。

比較 **なり～なり**

或是…或是…、…也好…也好

(接續) {名詞；動詞辭書形} ＋なり＋ {名詞；動詞辭書形} ＋なり

說明 「だの～だの」表示列舉，表示在眾多事物中選出幾個具有代表性的，一般帶有抱怨、負面的語氣。「なり～なり」也表列舉，表示從列舉的同類或相反的事物中，選其中一個。暗示列舉之外，還有其他更好的選擇。後項大多是命令、建議等句子。一般不用在過去的事物。

(例文) うちの会社も、東京から千葉なり神奈川なりに移転しよう。

我們公司不如也從東京搬到千葉或神奈川吧？

002

Track N1-077

であれ～であれ

即使是…也…、無論…都、也…也…、無論是…或是…、不管是…還是…、也好…也好…、也是…也是…

接續 {名詞} ＋であれ＋ {名詞} ＋であれ

意思1 **【列舉】**表示不管哪一種人事物，後項都可以成立。先舉出幾個例子，再指出這些全部都適用之意。列舉的內容大多是互相對照、並立或類似的。中文意思是：「即使是…也…、無論…都、也…也…、無論是…或是…、不管是…還是…、也好…也好…、也是…也是…」。

例文 男（おとこ）であれ女（おんな）であれ、働（はたら）く以上（いじょう）、責任（せきにん）が伴（ともな）うのは同（おな）じだ。

不管是男人也好、女人也好，既然接下工作，就必須同樣肩負起責任。

比較 **にしても～にしても**

無論是…還是…

接續 {名詞；動詞普通形} ＋にしても＋ {名詞；動詞普通形} ＋にしても

說明 「であれ～であれ」表示列舉，舉出對照、並立或類似的例子，表示所有都適用的意思。後項是說話人主觀的判斷。「にしても～にしても」也表列舉，「AであれBであれ」句型中，A跟B都要用名詞。但如果是動詞，就要用「にしても～にしても」，這一句型舉出相對立或相反的兩項事物，表示無論哪種場合都適用，或兩項事物無一例外之意。

例文 勝（か）つにしても負（ま）けるにしても、自分（じぶん）のすべてを出（だ）し切（き）って戦（たたか）いたい。

不管是輸還是贏，都要將全身所有的本領使出來，全力迎戰。

003

Track N1-078

といい～といい

不論…還是、…也好…也好

接續 {名詞} ＋といい＋ {名詞} ＋といい

意思1 **【列舉】**表示列舉。為了做為例子而並列舉出具有代表性，且有強調作用的兩項，後項是對此做出的評價。含有不只是所舉的這兩個例子，還有其他也如此之意。用在批評和評價的場合，帶有吃驚、灰心、欽佩等語氣。與全體為焦點的「といわず～といわず（不論是…還是）」相比，

「といい～といい」的焦點聚集在所舉的兩個事物上。中文意思是：「不論…還是、…也好…也好」。

(例文) このワインは滑らかな舌触りといい、フルーツのような香りといい、女性に人気です。

這支紅酒從口感順喉乃至於散發果香，都是受到女性喜愛的特色。

比較 **だの～だの**

又是…又是…、一下…一下…、…啦…啦

(接續) {[名詞・形容動詞詞幹]（だった）；[形容詞・動詞]普通形}＋だの＋{[名詞・形容動詞詞幹]（だった）；[形容詞・動詞]普通形}＋だの

說明 「といい～といい」表示列舉，舉出同一事物的兩個不同側面，表示都很出色，後項是對此做出總體積極評價。帶有欽佩等語氣。「だの～だの」也表列舉，表示單純的列舉，是對具體事項一個個的列舉。內容多為負面的。

(例文) 毎年年末は、大掃除だのお歳暮選びだので忙しい。

每年年尾又是大掃除又是挑選年終禮品，十分忙碌。

004 Track N1-079

といいうか～というか

該說是…還是…

(接續) {名詞；形容詞辭書形；形容動詞詞幹}＋というか＋{名詞；形容詞辭書形；形容動詞詞幹}＋というか

意思1 **【列舉】**用在敘述人事物時，說話者想到什麼就說什麼，並非用一個詞彙去形容或表達，而是列舉一些印象、感想、判斷，變換各種說法來說明。後項大多是總結性的評價。更隨便一點的說法是「っていうか～っていうか」。中文意思是：「該說是…還是…」。

(例文) 船の旅は豪華というか贅沢というか、夢のような時間でした。

那趟輪船之旅該形容是豪華還是奢侈呢，總之是如作夢一般的美好時光。

比較 といい～といい
不論…還是、…也好…也好

接續 {名詞} ＋といい＋ {名詞} ＋といい

說明 「というか～というか」表示列舉，表示舉出來的兩個方面都有，或難以分辨是哪一方面，後項多是總結性的判斷。帶有說話人的感受或印象語氣。可以接名詞、形容詞跟動詞。「といい～といい」也表列舉，表示舉出同一對象的兩個不同的側面，後項是對此做出評價。只能接名詞。

例文 ドラマといい、ニュースといい、テレビは少（すこ）しも面白（おもしろ）くない。
不論是連續劇，還是新聞，電視節目一點都不覺得有趣。

005 Track N1-080

といった
…等的…、…這樣的…

接續 {名詞} ＋といった＋ {名詞}

意思1 **【列舉】**表示列舉。舉出兩項以上具體且相似的事物，表示所列舉的這些不是全部，還有其他。前接列舉的兩個以上的例子，後接總括前面的名詞。中文意思是：「…等的…、…這樣的…」。

例文 ここでは象（ぞう）やライオンといったアフリカの動物（どうぶつ）たちを見（み）ることができる。
在這裡可以看到包括大象和獅子之類的非洲動物。

比較 といって～ない、といった～ない
沒有特別的…、沒有值得一提的…

接續 {これ；疑問詞} ＋といって～ない；{これ；疑問詞} ＋といった＋ {名詞} ～ない

說明 「といった」表示列舉，前接兩個相同類型的事例，表示所列舉的兩個事例都屬於這範圍，暗示還有其他一樣的例子。「といって～ない」表示強調輕重，前接「これ」或疑問詞「なに、どこ」等，後面接否定，表示沒有特別值得一提的東西之意。

例文　私には特にこれといった趣味はありません。

我沒有任何嗜好。

006　　Track N1-081

といわず～といわず

無論是…還是…、…也好…也好…

接續　{名詞}＋といわず＋{名詞}＋といわず

意思1　**【列舉】**表示所舉的兩個相關或相對的事例都不例外，都沒有差別。也就是「といわず」前所舉的兩個事例，都不例外會是後項的情況，強調不僅是例舉的事例，而是「全部都…」的概念。後項大多是客觀存在的事實。中文意思是：「無論是…還是…、…也好…也好…」。

例文　久しぶりに運動したせいか、腕といわず脚といわず体中痛い。

大概是太久沒有運動了，不管是手臂也好還是腿腳也好，全身上下沒有一處不痠痛的。

比較　**といい～といい**

不論…還是、…也好…也好

接續　{名詞}＋といい＋{名詞}＋といい

說明　「といわず～といわず」表示列舉，列舉具代表性的兩個事物，表示「全部都…」的狀態。隱含不僅只所舉的，其他幾乎全部都是。「といい～といい」也表列舉，表示前項跟後項是從全體來看的一個側面「都很出色」。表示列舉的兩個事例都不例外，後項是對此做出評價。

例文　お父さんといい、お母さんといい、ちっとも私の気持ちを分かってくれない。

爸爸也好、媽媽也好，根本完全不懂我的心情。

007　　Track N1-082

なり～なり

或是…或是…、…也好…也好

接續　{名詞；動詞辭書形}＋なり＋{名詞；動詞辭書形}＋なり

意思1 **【列舉】**表示從列舉的同類、並列或相反的事物中，選擇其中一個。暗示在列舉之外，還可以其他更好的選擇，含有「你喜歡怎樣就怎樣」的語氣。後項大多是表示命令、建議等句子。一般不用在過去的事物。由於語氣較為隨便，不用在對長輩跟上司。中文意思是：「或是…或是…、…也好…也好」。

例文 ロンドンなりニューヨークなり、英語圏(えいごけん)の専門学校(せんもんがっこう)を探(さが)しています。
我正在尋找如倫敦或紐約等慣用英語的城市中，適合就讀的專科學校。

注意 **〖大なり小なり〗**「大なり小なり（或多或少）」不可以說成「小なり大なり」。

例文 人(ひと)は人生(じんせい)の中(なか)で、大(だい)なり小(しょう)なりピンチに立(た)たされることがある。
人在一生中，或多或少都可能身陷於危急局面中。

比較 うと～まいと

做…不做…都…、不管…不

接續 {動詞意向形} ＋うと＋ {動詞辭書形；動詞否定形（去ない）} ＋まいと

說明 「なり～なり」表示列舉，強調「舉出中的任何一個都可以」的概念。表示從列舉的互為對照、並列或同類等，可以想得出的事物中，選擇其中一個。後項常接命令、建議或希望的句子。不用在過去的事物上。說法隨便。「うと～まいと」表示無關，強調「不管前項如何，後項都會成立」的概念。表示逆接假定條件。表示無論前面的情況是不是這樣，後面都是會成立的，是不會受前面約束的。

例文 売(う)れようと売(う)れまいと、いいものを作(つく)りたい。
不論賣況好不好，我就是想做好東西。

008 Track N1-083

つ～つ

（表動作交替進行）一邊…一邊…、時而…時而…

接續 {動詞ます形} ＋つ＋ {動詞ます形} ＋つ

意思1 **【反覆】**表示同一主體，在進行前項動作時，交替進行後項對等的動作。用同一動詞的主動態跟被動態，如「抜く、抜かれる」這種重複的形式，表示兩方相互之間的動作。中文意思是：「（表動作交替進行）一邊…一邊…、時而…時而…」。

例文　お互い小さな会社ですから、持ちつ持たれつで協力し合っていきましょう。
我們彼此都是小公司，往後就互相幫襯、同心協力吧。

注意　〖**接兩對立動詞**〗可以用「行く（去）、戻る（回來）」兩個意思對立的動詞，表示兩種動作的交替進行。書面用語。多作為慣用句來使用。

例文　買おうかどうしようか決めかねて、店の前を行きつ戻りつしている。
在店門前走過來又走過去的，遲遲無法決定到底該不該買下來。

比較　なり〜なり

或是…或是…、…也好…也好

接續　{名詞；動詞辭書形}＋なり＋{名詞；動詞辭書形}＋なり

說明　「つ〜つ」表示反覆，強調「動作交替」的概念。用同一動詞的主動態跟被動態，表示兩個動作在交替進行。書面用語。多作為慣用句來使用。「なり〜なり」表示列舉，強調「列舉事物」的概念。表示從列舉的同類或相反的事物中，選其中一個。暗示列舉之外，還有其他更好的選擇。後項大多是命令、建議等句子。一般不用在過去的事物。

例文　落ち着いたら、電話なり手紙なりちょうだいね。
等安頓好以後，記得要撥通電話還是捎封信來喔。

009　　Track N1-084

からある、からする、からの

足有…之多…、值…、…以上、超過…

接續　{名詞（數量詞）}＋からある、からする、からの

意思1　**【數量多】**前面接表示數量的詞，強調數量之多。含有「目測大概這麼多，說不定還更多」的意思。前接的數量，多半是超乎常理的。前面接的數字必須為尾數是零的整數，一般數量、重量、長度跟大小用「からある」，價錢用「からする」。中文意思是：「足有…之多…、值…、…以上、超過…」。

例文　彼のしている腕時計は200万円からするよ。
他戴的手錶價值高達兩百萬圓喔！

注意 〖からのN〗後接名詞時，「からの」一般用在表示人數及費用時。

例文 野外（やがい）コンサートには1万人（まんにん）からの人々（ひとびと）が押（お）し寄（よ）せた。
戶外音樂會湧入了多達一萬名聽眾。

比較 だけのことはある、だけある

到底沒白白…、值得…、不愧是…、也難怪…

接續 {名詞；形容動詞詞幹な；[形容詞・動詞]普通形}＋だけのことはある、だけある

說明 「からある」表示數量多，前面接表示數量的詞，而且是超於常理的數量，強調數量之多。「だけのことはある」表示符合期待，表示名實相符，前接與其相稱的身份、地位、經歷等，後項接正面評價的句子。強調名不虛傳。

例文 簡単（かんたん）な曲（きょく）だけど、私（わたし）が弾（ひ）くのと全然違（ぜんぜんちが）う。プロだけのことはある。
雖然是簡單的曲子，但是由我彈起來卻完全不是同一回事。專家果然不同凡響！

Chapter

9 付加、付帯

附加、附帶

001　Track N1-085

と～(と)があいまって、が(は)～とあいまって

…加上…、與…相結合、與…相融合

接續 {名詞}＋と＋{名詞}＋(と)が相まって

意思1 **【附加】**表示某一事物，再加上前項這一特別的事物，產生了更加有力的效果或增強了某種傾向、特徵之意。書面用語，也用「が（は）～と相まって」的形式。此句型後項通常是好的結果。中文意思是:「…加上…、與…相結合、與…相融合」。

例文 この白いホテルは周囲の緑とあいまって、絵本の中のお城のように見える。

這棟白色的旅館在周圍的綠意掩映之下，宛如圖畫書中的一座城堡。

比較 **とともに**

隨著…

接續 {名詞；動詞辭書形}＋とともに

說明 「と～があいまって」表示附加，強調「兩個方面同時起作用」的概念。表示某事物，再加上前項這一特別的事物，產生了後項效果更加顯著的內容。前項是原因，後項是結果。「とともに」表示相關關係，強調「後項隨前項並行變化」的概念。前項發生變化，後項也隨著並行發生變化。

例文 電子メールの普及とともに、手紙を書く人は減ってきました。

隨著電子郵件的普及，寫信的人愈來愈少了。

002 Track N1-086

はおろか

不用說…、就連…

(接續) {名詞} +はおろか

意思1 **【附加】**後面多接否定詞。意思是別說程度較高的前項了，就連程度低的後項都沒有達到。表示前項的一般情況沒有說明的必要，以此來強調後項較極端的事例也不例外。中文意思是：「不用說…、就連…」。

(例文) 意識（いしき）が戻（もど）ったとき、事故（じこ）のことはおろか、自分（じぶん）の名前（なまえ）すら憶（おぼ）えていなかった。

等到恢復了意識以後，別說事故當下的經過，他連自己的名字都想不起來了。

注意 **〖はおろか～も等〗**後項常用「も、さえ、すら、まで」等強調助詞。含有說話人吃驚、不滿的情緒，是一種負面評價。不能用來指使對方做某事，所以不接命令、禁止、要求、勸誘等句子。

比較　をとわず、はとわず

無論…都…、不分…、不管…，都…

(接續) {名詞} +を問わず、は問わず

說明 「はおろか」表示附加，強調「後項程度更高」的概念。後面多接否定詞。表示不用說程度較輕的前項了，連程度較重的後項都這樣，沒有例外。常跟「も、さえ、すら」等相呼應。「をとわず」表示無關，強調「沒有把它當作問題」的概念。表示沒有把前接的詞當作問題、跟前接的詞沒有關係。多接在「男女、昼夜」這種正反意義詞的後面。

(例文) ワインは、洋食（ようしょく）和食（わしょく）を問（と）わず、よく合（あ）う。

無論是西餐或日式料理，葡萄酒都很適合。

003 Track N1-087

ひとり～だけで（は）なく

不只是…、不單是…、不僅僅…

(接續) ひとり+ {名詞} +だけで（は）なく

意思1 【附加】表示不只是前項，涉及的範圍更擴大到後項。後項內容是說話人所偏重、重視的。一般用在比較嚴肅的話題上。書面用語。口語用「ただ～だけでなく～」。中文意思是：「不只是…、不單是…、不僅僅…」。

例文 朝の清掃活動は、ひとり我が校だけでなく、この地区の全ての小学校に広めていきたい。

晨間清掃不僅僅是本校的活動，期盼能夠推廣至本地區的所有小學共同參與。

比較 **にかぎらず**

不只…

接續 {名詞} ＋に限らず

說明 「ひとり～だけでなく」表示附加，表示不只是前項的某事物、某範圍之內，涉及的範圍更擴大到後項。前後項的內容，可以是並立、類似或對照的。「にかぎらず」表示限定，表示不限於前項這某一範圍，後項也都適用。

例文 子供にかぎらず、大人でも虫歯の治療は嫌なものです。

不只是小孩，大人也很討厭蛀牙治療。

004 Track N1-088

ひとり～のみならず～（も）

不單是…、不僅是…、不僅僅…

接續 ひとり＋ {名詞} ＋のみならず～（も）

意思1 【附加】比「ひとり～だけでなく」更文言的說法。表示不只是前項，涉及的範圍更擴大到後項。後項內容是說話人所偏重、重視的。一般用在比較嚴肅的話題上。書面用語。口語用「ただ～だけでなく～」。中文意思是：「不單是…、不僅是…、不僅僅…」。

例文 被災地の復興作業はひとり地元住民のみならず、多くのボランティアによって進められた。

不單是當地的居民，還有許多志工同心協力推展災區的重建工程。

比較　だけでなく～も

不只是…也…、不光是…也…

接續　{名詞；形容動詞詞幹な；[形容詞・動詞]普通形}＋だけでなく～も

說明　「ひとり～のみならず～も」表示附加，表示不只是前項的某事物、某範圍之內，涉及的範圍更擴大到後項。後項內容是說話人所重視的。後句常跟「も、さえ、まで」相呼應。「だけでなく～も」也表附加，表示前項和後項兩者都是，或是兩者都要。後句常跟「も、だって」相呼應。

例文　頭がいいだけでなく、スポーツも得意だ。

不但頭腦聰明，也擅長運動。

005　Track N1-089

もさることながら～も

不用說…、…（不）更是…

接續　{名詞}＋もさることながら～も

意思1　**【附加】**前接基本的內容，後接強調的內容。含有雖然不能忽視前項，但是後項比之更進一步、更重要。一般用在積極的、正面的評價。跟直接、斷定的「よりも」相比，「もさることながら」比較間接、婉轉。中文意思是：「不用說…、…（不）更是…」。

例文　このお寺は歴史的な建物もさることながら、庭園の計算された美しさも見る人の感動を誘う。

這座寺院不僅是具有歷史價值的建築，巧奪天工的庭園之美更令觀者為之動容。

比較　はさておき、はさておいて

暫且不說…、姑且不提…

接續　{名詞}＋はさておき、はさておいて

說明　「もさることながら～も」表示附加，強調「前項雖不能忽視，但後項更為重要」的概念。含有雖然承認前項是好的，不容忽視的，但是後項比前項更為超出一般地突出。一般用在評價這件事是正面的事物。「はさておき」表示除外，強調「現在先不考慮前項，而先談論後項」的概念。

例文　僕のことはさておいて、お前の方こそ彼女と最近どうなんだ。
先不說我的事了，你呢？最近和女朋友過得如何？

006 　　Track N1-090

かたがた

順便…、兼…、一面…一面…、邊…邊…

接續　{名詞}＋かたがた

意思1　**【附帶】**表示在進行前面主要動作時，兼做（順便做、附帶做）後面的動作。也就是做一個行為，有兩個目的。前接動作性名詞，後接移動性動詞。前後的主語要一樣。大多用於書面文章。中文意思是：「順便…、兼…、一面…一面…、邊…邊…」。

例文　先日のお礼かたがた、明日御社へご挨拶に伺います。
為感謝日前的關照，藉此機會明日將拜訪貴公司。

比較　**いっぽう（で）**
在…的同時，還…、一方面…，一方面…、另一方面…

接續　{動詞辭書形}＋一方（で）

說明　「かたがた」表示附帶，強調「趁著做前項主要動作時，也順便做了後項次要動作」的概念。也就是做一個行為，有兩個目的。前接動作性名詞，後接移動性動詞。前後句的主詞要一樣。「いっぽう」表示同時，強調「做前項的同時，後項也並行發生」的概念。後句多敘述可以互相補充做另一件事。前後句的主詞可不同。

例文　景気がよくなる一方で、人々のやる気も出てきている。
在景氣好轉的同時，人們也更有幹勁了。

007 　　Track N1-091

かたわら

(1)在…旁邊；(2)一方面…一方面、一邊…一邊…、同時還…

接續　{名詞の；動詞辭書形}＋かたわら

意思1　**【身旁】**在身邊、身旁的意思。用於書面。中文意思是：「在…旁邊」。

例文　眠っている妹のかたわらで、彼は本を読み続けた。
他一直陪伴在睡著的妹妹身邊讀書。

意思2　**【附帶】**表示集中精力做前項主要活動、本職工作以外，在空餘時間之中還兼做（附帶做）別的活動、工作。前項為主，後項為輔，且前後項事情大多互不影響。跟「ながら」相比，「かたわら」通常用在持續時間較長的，以工作為例的話，就是在「副業」的概念事物上。中文意思是：「一方面…一方面、…一邊…一邊…、同時還…」。

例文　彼は工場に勤めるかたわら、休日は奥さんの喫茶店を手伝っている。
他平日在工廠上班，假日還到太太開設的咖啡廳幫忙。

比較　かたがた
順便…、兼…、一面…一面…、邊…邊…

接續　{名詞}＋かたがた

說明　「かたわら」表示附帶，強調「本職跟副業關係」的概念。表示從事本職的同時，還做其他副業。前項為主，後項為輔，且前後項事情大多互不影響。用在持續時間「較長」的事物上。「かたがた」也表附帶，強調「趁著做前項主要動作時，也順便做了後項次要動作」的概念。前項為主，後項為次。用在持續時間「較短」的事物上。

例文　帰省かたがた、市役所に行って手続きをする。
返鄉的同時，順便去市公所辦手續。

008　　Track N1-092

がてら

順便、順道、在…同時、借…之便

接續　{名詞；動詞ます形}＋がてら

意思1　**【附帶】**表示在做前面的動作的同時，借機順便（附帶）也做了後面的動作。大都用在做後項，結果也可以完成前項的場合，也就是做一個行為，有兩個目的，後面多接「行く、歩く」等移動性相關動詞。中文意思是：「順便、順道、在…同時、借…之便」。

例文　駅まではバスで５分だが、運動がてら歩くことにしている。
搭巴士到電車站的車程只要五分鐘，不過我還是步行前往順便運動一下。

比較 **ながら**

一邊…一邊…

接續 {動詞ます形} +ながら

說明 「がてら」表示附帶，強調同一主體「做前項的同時，順便也做了後項」的概念。一般多用在做前面的動作，其結果也可以完成後面動作的場合。前接動作性名詞，後面多接移動性相關動詞。「ながら」表示同時，強調同一主體「同時進行兩個動作」的概念，或者是「後項在前項的狀態下進行」。後項一般是主要的事情。

例文 トイレに入(はい)りながら新聞(しんぶん)を読(よ)みます。

一邊上廁所一邊看報紙。

009 Track N1-093

ことなしに、なしに

(1)不…而…；(2)不…就…、沒有…

接續 {動詞辭書形} +ことなしに；{名詞} +なしに

意思1 **【必要條件】**「ことなしに」表示沒有做前項的話，後面就沒辦法做到的意思，這時候，後多接有可能意味的否定表現，口語用「しないで～ない」。中文意思是：「不…而…」。

例文 誰(だれ)も人(ひと)の心(こころ)を傷(きず)つけることなしに生(い)きていくことはできない。

人生在世，誰都不敢說自己從來不曾讓任何人傷過心。

意思2 **【非附帶】**「なしに」接在表示動作的詞語後面，表示沒有做前項應該先做的事，就做後項，含有指責的語氣。意思跟「ないで、ず（に）」相近。書面用語，口語用「ないで」。中文意思是：「不…就…、沒有…」。

例文 何(なん)の相談(そうだん)もなしに、ただ辞(や)めたいと言(い)われても困(こま)るなあ。

事前連個商量都沒有，只說想要辭職，這讓公司如何因應才好呢？

比較 **ないで**

沒…就…

接續 {動詞否定形} +ないで

說 明 「ことなしに」表示非附帶，強調「後項動作無前項動作伴隨」的概念。接在表示動作的詞語後面，表示沒有做前項應該先做的事，就做後項。「ないで」也表非附帶，強調「行為主體的伴隨狀態」的概念。表示在沒有做前項的情況下，就做了後項的意思。書面語用「ずに」，不能用「なくて」。這個句型要接動詞否定形。

例 文 財布(さいふ)を持(も)たないで買(か)い物(もの)に行(い)きました。
沒帶錢包就去買東西了。

MEMO

Chapter

N1

10 無関係、関連、前後関係

無關、關連、前後關係

001　Track N1-094

いかんにかかわらず

無論…都…

接續　{名詞(の)} ＋いかんにかかわらず

意思1　【無關】表示不管前面的理由、狀況如何，都跟後面的規定、決心或觀點沒有關係。也就是後面的行為，不受前面條件的限制，強調前項的內容，對後項的成立沒有影響。中文意思是：「無論…都…」。

例文　経験（けいけん）のいかんにかかわらず、新規採用者（しんきさいようしゃ）には研修（けんしゅう）を受（う）けて頂（いただ）きます。

無論是否擁有相關資歷，新進職員均須參加研習課程。

注意　〖いかん＋にかかわらず〗這是「いかん」跟不受前面的某方面限制的「にかかわらず（不管…）」，兩個句型的結合。

比較　**にかかわらず**

無論…與否…、不管…都…、儘管…也…

接續　{名詞；[形容詞・動詞]辭書形；[形容詞・動詞]否定形} ＋にかかわらず

說明　「いかんにかかわらず」表示無關，表示後項成立與否，都跟前項無關。「にかかわらず」也表無關，前接兩個表示對立的事物，或種類、程度差異的名詞，表示後項的成立，都跟前項這些無關，都不是問題，不受影響。

例文　金額（きんがく）の多少（たしょう）にかかわらず、寄附（きふ）は大歓迎（だいかんげい）です。

不論金額多寡，非常歡迎踴躍捐贈。

002 Track N1-095

いかんによらず、によらず

不管…如何、無論…為何、不按…

(接續) {名詞(の)} +いかんによらず；{名詞} +によらず

意思1 **【無關】**表示不管前面的理由、狀況如何，都跟後面的規定、決心或觀點沒有關係。也就是後面的行為，不受前面條件的限制，強調前項的內容，對後項的成立沒有影響。中文意思是：「不管…如何、無論…為何、不按…」。

(例文) 理由(りゆう)のいかんによらず、暴力(ぼうりょく)は許(ゆる)されない。
無論基於任何理由，暴力行為永遠是零容忍。

注意 **〖いかん＋によらず〗**「如何によらず」是「いかん」跟不受某方面限制的「によらず（不管…）」，兩個句型的結合。

比較 **をよそに**

不管…、無視…

(接續) {名詞} +をよそに

說明 「いかんによらず」表示無關，表示不管前項如何，後項都可以成立。「をよそに」也表無關，表示無視前項的擔心、期待、反對等狀況，進行後項的行為。多含說話人責備的語氣。

(例文) 周囲(しゅうい)の喧騒(けんそう)をよそに、彼(かれ)は自分(じぶん)の世界(せかい)に浸(ひた)っている。
他無視於周圍的喧嘩，沉溺在自己的世界裡。

003 Track N1-096

うが、うと（も）

不管是…都…、即使…也…

(接續) {[名詞・形容動詞]だろ／であろ；形容詞詞幹かろ；動詞意向形} +うが、うと（も）

意思1 **【無關】**表示逆接假定。前常接疑問詞相呼應，表示不管前面的情況如何，後面的事情都不會改變，都沒有關係。後面是不受前面約束的，要接想完成的某事，或表示決心、要求、主張、推量、勸誘等的表達方式。中文意思是：「不管是…都…、即使…也…」。

例文 今どんなに辛かろうと、若いときの苦労はいつか必ず役に立つよ。
不管現在有多麼艱辛，年輕時吃過的苦頭必將對未來的人生有所裨益。

注意 **〔評價〕**後項大多接「関係ない、勝手だ、影響されない、自由だ、平気だ」等表示「隨你便、不干我事」的評價形式。

例文 あの人がどうなろうと、私には関係ありません。
不論那個人會發生什麼事，都和我沒有絲毫瓜葛。

比較 **ものなら**
如果能…的話

接續 {動詞可能形}＋ものなら

說明 「うと」表示無關，強調「後項不受前項約束而成立」的概念。表示逆接假定。用言前接疑問詞「なんと」，表示不管前面的情況如何，後面的事情都不會改變。後面是不受前面約束的，接表示決心的表達方式。「ものなら」表示假定條件，強調「可能情況的假定」的概念。提示一個實現可能性很小的事物，後面大多和表示願望或期待相呼應。

例文 南極かあ。行けるものなら、行ってみたいなあ。
南極喔……。如果能去的話，真想去一趟耶。

004 Track N1-097

うが～うが、うと～うと

不管…、…也好…也好、無論是…還是…

接續 {[名詞・形容動詞]だろ／であろ；形容詞詞幹かろ；動詞意向形}＋うが、うと＋{[名詞・形容動詞]だろ／であろ；形容詞詞幹かろ；動詞意向形}＋うが、うと

意思1 **【無關】**舉出兩個或兩個以上相反的狀態、近似的事物，表示不管前項如何，後項都會成立，都沒有關係，或是後項都是勢在必行的。中文意思是：「不管…、…也好…也好、無論是…還是…」。

例文 ビールだろうがワインだろうが、お酒(さけ)は一切(いっさい)ダメですよ。
啤酒也好、紅酒也好，所有酒類一律禁止飲用喔！

比較 **につけ～につけ**
不管…或是…

接續 {[名詞;形容詞・動詞]辭書形}＋につけ＋{[名詞;形容詞・動詞]辭書形}＋につけ

說明 「うが～うが」表示無關，舉出兩個相對或相反的狀態、近似的事物，表示不管前項是什麼狀況，後項都會不受約束而成立。「につけ～につけ」也表無關，接在兩個具有對立或並列意義的詞語後面，表示無論在其中任何一種情況下，都會出現後項。使用範圍較小。

例文 テレビで見(み)るにつけ、本(ほん)で読(よ)むにつけ、宇宙(うちゅう)に行(い)きたいなあと思(おも)う。
不管是看到電視也好，或是讀到書裡的段落也好，總會讓我想上太空。

005 Track N1-098

うが～まいが

不管是…不是…、不管…不…

接續 {動詞意向形}＋うが＋{動詞辭書形；動詞否定形（去ない）}＋まいが

意思1 **【無關】**表示逆接假定條件。這句型利用了同一動詞的肯定跟否定的意向形，表示無論前面的情況是不是這樣，後面都是會成立的，是不會受前面約束的。中文意思是：「不管是…不是…、不管…不…」。

例文 君(きみ)が納得(なっとく)しようがしまいが、これはこの学校(がっこう)の規則(きそく)だからね。
無論你是否能夠認同，因為這就是這所學校的校規。

注意 〘冷言冷語〙表示對他人冷言冷語的說法。

例文 商品(しょうひん)が売(う)れようが売(う)れまいが、アルバイトの私(わたし)にはどうでもいいことだ。
不管商品是暢銷還是滯銷，我這個領鐘點費的一點都不關心。

比較 **かどうか**
是否…、…與否

接續 {名詞；形容動詞詞幹；[形容詞・動詞]普通形} +かどうか

說明 「うが～まいが」表示無關，強調「不管前項如何，後項都會成立」的概念。表示逆接假定條件。前面接不會影響後面發展的事項，後接不受前句約束的內容。「かどうか」表示不確定，強調「從相反的兩種事物之中，選擇其一」的概念。「かどうか」前面接的是不知是否屬實的內容。

例文 これでいいかどうか、教(おし)えてください。
請告訴我這樣是否可行。

006 Track N1-099

うと～まいと

做…不做…都…、不管…不

接續 {動詞意向形} +うと+ {動詞辭書形；動詞否定形（去ない）} +まいと

意思1 【無關】跟「うが～まいが」一樣，表示逆接假定條件。這句型利用了同一動詞的肯定跟否定的意向形，表示無論前面的情況是不是這樣，後面都是會成立的，是不會受前面約束的。中文意思是：「做…不做…都…、不管…不」。

例文 あなたの病気(びょうき)が治(なお)ろうと治(なお)るまいと、私(わたし)は一生(いっしょう)あなたのそばにいますよ。
不論你的病能不能痊癒，我都會一輩子陪在你身旁。

注意 〖冷言冷語〗表示對他人冷言冷語的說法。

例文 休日(きゅうじつ)に出(で)かけようと出(で)かけまいと、私(わたし)の勝手(かって)でしょう。
休息日要出門或者不出門，那是我的自由吧？

比較 にしても～にしても

無論是…還是…

接續 {名詞；動詞普通形} +にしても+ {名詞；動詞普通形} +にしても

說明 「うと～まいと」表示無關，表示無論前面的情況是否如此，後面都會成立的。是逆接假定條件的表現方式。「にしても～にしても」表示列舉，舉出兩個對立的事物，表示是無論哪種場合都一樣，無一例外之意。

例文 男にしても女にしても、子供を育てるのは大変だ。

無論是男孩還是女孩，養小孩真的很辛苦。

007 Track N1-100

かれ～かれ

或…或…、是…是…

接續 {形容詞詞幹} ＋かれ＋ {形容詞詞幹} ＋かれ

意思1 **【無關】**接在意思相反的形容詞詞幹後面，舉出這兩個相反的狀態，表示不管是哪個狀態、哪個場合都如此、都無關的意思。原為古語用法，但「遅かれ早かれ（遲早）、多かれ少なかれ（或多或少）、善かれ悪しかれ（不論好壞）」已成現代日語中的慣用句用法。中文意思是：「或…或…、是…是…」。

例文 誰にでも多かれ少なかれ、人に言えない秘密があるものだ。

任誰都多多少少有一些不想讓別人知道的秘密嘛。

注意 **〖よかれ、あしかれ〗**要注意「善（い）かれ」古語形容詞不是「いかれ」而是「善（よ）かれ」,「悪（わる）い」不是「悪（わる）かれ」，而是「悪（あ）しかれ」。

例文 現代人は善かれ悪しかれ、情報化社会を生きている。

無論好壞，現代人生活在一個充斥著各種資訊的社會當中。

比較 だろうが～だろうが

不管是…還是…

接續 {名詞；形容動詞詞幹} ＋だろうが＋ {名詞；形容動詞詞幹} ＋だろうが

說明 「かれ～かれ」表示無關，接在意思相反的形容詞詞幹後面，表示不管是哪個狀態、場合都如此、都一樣無關之意。「だろうが～だろうが」也表無關，接在名詞後面，表示不管是前項還是後項，任何人事物都一樣的意思。

例文 子供だろうが、大人だろうが、自信が持てなければ成長はない。

不管是小孩還是大人，沒有自信都無法成長。

008 Track N1-101

であれ、であろうと

即使是…也…、無論…都…、不管…都…

接續 {名詞} ＋であれ、であろうと

意思1 **【無關】**逆接條件表現。表示不管前項是什麼情況，後項的事態都還是一樣。後項多為說話人主觀的判斷或推測的內容。前面有時接「たとえ、どんな、何（なに／なん）」。中文意思是：「即使是…也…、無論…都…、不管…都…」。

例文 たとえ世間（せけん）の評判（ひょうばん）がどうであろうと、私（わたし）にとっては大切（たいせつ）な夫（おっと）です。
即使社會對他加以抨擊撻伐，對我而言，他畢竟是我最珍愛的丈夫。

注意 **〖極端例子〗**也可以在前項舉出一個極端例子，表達即使再極端的例子，後項的原則也不會因此而改變。

比較 **にして**
在…（階段）時才…

接續 {名詞} ＋にして

說明 「であれ」表示無關，強調「即使是極端的前項，後項的評價還是成立」的概念。表示不管前項是什麼情況，後項的事態都還是一樣。後項多為說話人主觀的判斷或推測的內容。前面有時接「たとえ」。「にして」表示時點，強調「階段」的概念。表示到了前項那一個階段，才產生後項。後面常接難得可貴的事項。又表示兼具兩種性質和屬性。可以是並列，也可以是逆接。

例文 60歳（さい）にして英語（えいご）を学（まな）び始（はじ）めた。
到了六十歲，才開始學英語。

009 Track N1-102

によらず

不論…、不分…、不按照…

接續 {名詞} ＋によらず

意思1 **【無關】**表示該人事物和前項沒有關聯、不對應，不受前項限制，或是「在任何情況下」之意。中文意思是：「不論…、不分…、不按照…」。

例文 年齢(ねんれい)や性別(せいべつ)によらず、各人(かくじん)の適性(てきせい)をみて採用(さいよう)します。
年齡、性別不拘，而看每個人的適應性，可勝任工作者即獲錄取。

比較 にかかわらず

無論…與否…、不管…都…、儘管…也…

接續 {名詞；[形容詞・動詞]辭書形；[形容詞・動詞]否定形}＋にかかわらず

說明 「によらず」表示無關，強調「不受前接事物的限制，與其無關」的概念。表示不管前項一般認為的常理或條件如何，都跟後面的規定沒有關係。也就是後面的行為，不受前面條件的限制。後項一般接不受前項規範，且常是較寬裕、較積極的內容。「にかかわらず」也表無關，強調「不受前接事物的影響，與其無關」的概念。表示不拘泥於某事物。接兩個表示對立的事物，表示跟這些無關，都不是問題。前接的詞多為意義相反的二字熟語，或同一用言的肯定與否定形式。

例文 このアイスは、季節(きせつ)の寒暑(かんしょ)にかかわらず、よく売(う)れている。
這種冰淇淋不管季節是寒是暑都賣得很好。

010 Track N1-103

をものともせず（に）

不當…一回事、把…不放在眼裡、不顧…

接續 {名詞}＋をものともせず（に）

意思1 **【無關】**表示面對嚴峻的條件，仍然毫不畏懼，含有不畏懼前項的困難或傷痛，仍勇敢地做後項。後項大多接正面評價的句子。不用在說話者自己。跟含有譴責意味的「をよそに」比較，「をものともせず（に）」含有讚歎的意味。中文意思是：「不當…一回事、把…不放在眼裡、不顧…」。

例文 隊員(たいいん)たちは険(けわ)しい山道(やまみち)をものともせず、行方不明者(ゆくえふめいしゃ)の捜索(そうさく)を続(つづ)けた。
那時隊員們不顧山徑險惡，持續搜索失蹤人士。

比較 **いかんによらず**

不管…如何、無論…為何、不按…

接續 {名詞(の)} +いかんによらず

說明 「をものともせず」表示無關，強調「不管前項如何困難，後項都勇敢面對」的概念。後項大多接不畏懼前項的困難，改變現況、解決問題的正面積極評價的句子。「いかんによらず」也表無關，強調「不管前項如何，後項都可以成立」的概念。表示不管前面的理由、狀況如何，都跟後面的規定、決心或觀點沒有關係。也就是後面的行為，不受前面條件的限制。

例文 役職(やくしょく)のいかんによらず、配当(はいとう)は平等(びょうどう)に分配(ぶんぱい)される。

不管職位的高低，紅利都平等分配。

011 Track N1-104

をよそに

不管…、無視…

接續 {名詞} +をよそに

意思1 **【無關】**表示無視前面的狀況，進行後項的行為。意含把原本跟自己有關的事情，當作跟自己無關，多含責備的語氣。前多接負面的內容，後接無視前面狀況的結果或行為。相當於「を無視にして」、「をひとごとのように」。中文意思是：「不管…、無視…」。

例文 世間(せけん)の健康志向(けんこうしこう)をよそに、この店(みせ)では大盛(おおも)りラーメンが大人気(だいにんき)だ。

這家店的特大號拉麵狂銷熱賣，恰恰與社會這股健康養生的風潮背道而馳。

比較 **によらず**

不管…如何、無論…為何、不按…

接續 {名詞} +によらず

說明 「をよそに」表示無關，強調「無視前項，而進行後項」的概念。表示無視前面的狀況或不顧別人的想法，進行後項的行為。多用在責備的意思上。「によらず」也表無關，強調「不受前項限制，而進行後項」的概念。表示不管前面的理由、狀況如何，都跟後面的規定、決心或觀點沒有關係。也就是後面的行為，不受前面條件的限制。後項一般是較積極的內容。

(例 文) この政治家は、年齢や性別によらず、幅広い層から支持されている。
這位政治家在不分年齡與性別的廣大族群中普遍得到支持。

012 Track N1-105

いかんだ

(1)…將會如何；(2)…如何，要看…、能否…要看…、取決於…、(關鍵)在於…如何

(接 續) {名詞(の)}+いかんだ

意思1 **【疑問】**句尾用「いかん／いかに」表示疑問，「前項將會如何」之意。接續用法多以「名詞+や+いかん／いかに」的形式。中文意思是：「…將會如何」。

(例 文) さて、智の運命やいかん。続きはまた来週。
至於小智的命運將會如何？請待下週分曉。

意思2 **【關連】**表示前面能不能實現，那就要根據後面的狀況而定了。前項的事物是關連性的決定因素，決定後項的實現、判斷、意志、評價、看法、感覺。「いかん」是「如何」之意。中文意思是：「…如何，要看…、能否…要看…、取決於…、(關鍵)在於…如何」。

(例 文) どれだけ売れるかは、宣伝のいかんだ。
銷售量多寡的關鍵在於行銷是否成功。

比 較 いかんで(は)

要看…如何、取決於…

(接 續) {名詞(の)}+いかんで(は)

說 明 「いかんだ」表示關連，表示能不能實現，那就要根據「いかんだ」前面的名詞的狀況、努力等程度而定了。「いかんで」表示對應，表示後項是否會有變化，要取決於前項。後項大多是某個決定。

(例 文) 展示方法いかんで、売り上げは大きく変わる。
隨著展示方式的不同，營業額也大有變化。

013 Track N1-106

てからというもの（は）

自從…以後一直、自從…以來

接續 {動詞て形} ＋てからというもの（は）

意思1 **【前後關係】**表示以前項行為或事件為契機，從此以後某事物的狀態、某種行動、思維方式有了很大的變化。說話人敘述時含有感嘆及吃驚之意。用法、意義跟「てから」大致相同。書面用語。中文意思是：「自從…以後一直、自從…以來」。

例文 木村(きむら)さん、結婚(けっこん)してからというもの、どんどん太(ふと)るね。
木村小姐自從結婚以後就像吹氣球似地愈來愈胖呢。

比較 てからでないと、てからでなければ

不…就不能…、不…之後，不能…、…之前，不…

接續 {動詞て形} ＋からでないと、からでなければ

說明 「てからというもの」表示前後關係，強調「以某事物為契機，使後項變化很大」的概念。表示以某行為或事件為轉折點，從此以後某行動、想法、狀態發生了很大的變化。含有說話人自己對變化感到驚訝或感慨的語感。「てからでないと」表示條件關係，強調「如果不先做前項，就不能做後項」的概念。後項多是不可能、不容易相關句子。

例文 準備体操(じゅんびたいそう)をしてからでないと、プールに入(はい)ってはいけません。
不先做暖身運動，就不能進游泳池。

Chapter

条件、基準、依拠、逆説、比較、対比

條件、基準、依據、逆接、比較、對比

001 Track N1-107

うものなら

如果要…的話，就…、只（要）…就…

（接 續） {動詞意向形} ＋うものなら

意思1 **【條件】**假定條件表現。表示假設萬一發生那樣的事情的話，事態將會十分嚴重。後項一般是嚴重、不好的事態。是一種比較誇張的表現。中文意思是：「如果要…的話，就…、只（要）…就…」。

（例 文） この企画が失敗しようものなら、我が社は倒産だ。
萬一這項企劃案功敗垂成，本公司就得關門大吉了。

比 較　ものだから

就是因為…，所以…

（接 續） {[名詞・形容動詞詞幹]な；[形容詞・動詞]普通形} ＋ものだから

說 明 「うものなら」表示條件，強調「可能情況的提示性假定」的概念。表示萬一發生前項那樣的事情的話，後項的事態將會十分嚴重。後項一般是嚴重、不好的事態。注意前接動詞意向形。「ものだから」表示理由，強調「個人對理由的辯解、說明」的概念。常用在因為前項的事態的程度很厲害，因此做了後項的某事。含有對事出意料之外、不是自己願意…等的理由，進行辯白。結果是消極的。

（例 文） パソコンが壊れたものだから、レポートが書けなかった。
由於電腦壞掉了，所以沒辦法寫報告。

002 Track N1-108

がさいご、たらさいご

（一旦）…就完了、（一旦…）就必須…、（一…）就非得…

接續 {動詞た形} ＋が最後、たら最後

意思1 【條件】假定條件表現。表示一旦做了某事，就一定會產生後面的情況，或是無論如何都必須採取後面的行動。後面接說話人的意志或必然發生的狀況，且後面多是消極的結果或行為。中文意思是：「（一旦）…就完了、（一旦…）就必須…、（一…）就非得…」。

例文 うちの奥さんは、一度怒ったら最後、三日は機嫌が治らない。
我老婆一旦發飆，就會氣上整整三天三夜。

注意 〖たら最後～可能否定〗「たら最後」的接續是「動詞た形＋ら＋最後」而來的，是更口語的說法，句尾常用可能形的否定。

例文 この薬は効果はあるが、一度使ったら最後、なかなか止められない。
這種藥雖然有效，但只要服用過一次，恐怕就得長期服用了。

比較 たところで～ない

即使…也不…、雖然…但不、儘管…也不…

接續 {動詞た形} ＋たところで～ない

說明 「がさいご」表示條件，表示一旦做了前項，就完了，就再也無法回到原狀了。後接說話人的意志或必然發生的狀況。接在動詞過去形之後，後面多是消極的結果或行為。「たところで～ない」表示期待，表示即使前項成立，後項的結果也是與預期相反，沒有作用的，或只能達到程度較低的結果。後項多為說話人主觀的判斷。也接在動詞過去形之後，句尾接否定的「ない」。

例文 たとえ応募したところで、採用されるとは限らない。
假設即使去應徵了，也不保證一定會被錄用。

003 Track N1-109

とあれば

如果…那就…、假如…那就…、如果是…就一定

（接續） {名詞；[名詞・形容詞・形容動詞・動詞] 普通形；形容動詞詞幹} ＋とあれば

意思 1 **【條件】** 是假定條件的說法。表示如果是為了前項所提的事物，是可以接受的，並將取後項的行動。前面常跟表示目的的「ため」一起使用，表示為了假設情形的前項，會採取後項。後句不能出現表示請求或勸誘的句子。中文意思是：「如果…那就…、假如…那就…、如果是…就一定」。

（例文） 必要(ひつよう)とあれば、こちらから御社(おんしゃ)へご説明(せつめい)に伺(うかが)います。
如有需要，我方可前往貴公司說明。

比較 **とあって**

由於…（的關係）、因為…（的關係）

（接續） {名詞；[名詞・形容詞・形容動詞・動詞] 普通形；形容動詞詞幹} ＋とあって

說明 「とあれば」表示條件，表示假定條件。強調「如果出現前項情況，就採取後項行動」的概念。表示如果是為了前項所提的事物，那就採取後項的行動。後句不能出現表示請求或勸誘的句子。「とあって」表示原因，強調「有前項才有後項」的概念，表示原因和理由承接的因果關係。由於前項特殊的原因，當然就會出現後項特殊的情況，或應該採取的行動。

（例文） 年頃(としごろ)とあって、最近娘(さいきんむすめ)はお洒落(しゃれ)に気(き)を使(つか)っている。
因為正值妙齡，女兒最近很注重打扮。

004 Track N1-110

なくして（は）～ない

如果沒有…就不…、沒有…就沒有…

（接續） {名詞；動詞辭書形} ＋（こと）なくして（は）～ない

意思 1 **【條件】**表示假定的條件。表示如果沒有不可或缺的前項，後項的事情會很難實現或不會實現。「なくして」前接一個備受盼望的名詞，後項使用否定意義的句子（消極的結果）。「は」表示強調。書面用語，口語用「なかったら」。中文意思是：「如果沒有…就不…、沒有…就沒有…」。

例 文 日頃（ひごろ）しっかり訓練（くんれん）することなくしては、緊急時（きんきゅうじ）の避難行動（ひなんこうどう）はできません。

倘若平時沒有紮實的訓練，遇到緊急時刻就無法順利避難。

比 較 ないまでも

沒有…至少也…、就是…也該…、即使不…也…

接 續 {名詞で（は）；[形容詞・形容動詞・動詞]否定形} ＋ないまでも

說 明 「なくして～ない」表示條件，表示假定的條件。強調「如果沒有前項，後項將難以實現」的概念。「なくして」前接一個備受盼望的名詞，後項使用否定意義的句子（消極的結果）。「ないまでも」表示程度，強調「雖沒達到前項的程度，但可以達到後項的程度」的概念。前接程度高的，後接程度低的事物。表示雖然達不到前項，但可以達到程度較低的後項。

例 文 毎日（まいにち）ではないまでも、週（しゅう）に１回（かい）12時（じ）までの残業（ざんぎょう）がある。

雖說不是每天，有時還是一週會有一天得加班到12點。

005 Track N1-111

としたところで、としたって

(1)就算…也…；(2)即使…是事實，也…

意思 1 **【判斷的立場】**{名詞}＋としたところで、としたって、にしたところで、にしたって。從前項的立場、想法及情況來看後項也會成立，後面通常會接否定表現。中文意思是：「就算…也…」。

例 文 無理（むり）に覚（おぼ）えようとしたって、効率（こうりつ）が悪（わる）いだけだ。

就算勉強死背硬記，也只會讓效率變得愈差而已。

意思 2 **【假定條件】**{[名詞・形容詞・形容動詞・動詞]普通形}＋としたところで、としたって。為假定的逆接表現。表示即使假定事態為前項，但結果為後項。中文意思是：「即使…是事實，也…」。

例文　君が彼の邪魔をしようとしたところで、彼が今以上に強くなるだけだと思うよ。

即使你試圖阻撓，我認為只會激發他發揮比現在更強大的潛力。

比較　**としても**

即使…，也…、就算…，也…

接續　{名詞だ；形容動詞詞幹だ；[形容詞・動詞]普通形}＋としても

說明　「としたところで」表示假定條件，表示即使以前項為前提來進行，但結果還是後項的情況。「としても」也表假定條件，表示前項是假定或既定的讓步條件，後項是跟前項相反的內容。

例文　これが本物の宝石だとしても、私は買いません。

即使這是真的寶石，我也不會買的。

006　　Track N1-112

にそくして、にそくした

依據…（的）、根據…（的）、依照…（的）、基於…（的）

接續　{名詞}＋に即して、に即した

意思1　**【基準】**「即す」是「完全符合，不脫離」之意，所以「に即して」接在事實、規範等意思的名詞後面，表示「以那件事為基準」，來進行後項。中文意思是：「依據…（的）、根據…（的）、依照…（的）、基於…（的）」。

例文　式はプログラムに即して進行します。

儀式將按照預定的時程進行。

注意　**〖に即した（Ａ）N〗**常接「時代、実験、実態、事実、現実、自然、流れ」等名詞後面，表示按照前項，來進行後項。如果後面出現名詞，一般用「に即した＋（形容詞・形容動詞）名詞」的形式。

例文　会社の現状に即した経営計画が必要だ。

必須提出一個符合公司現況的營運計畫。

比較　**をふまえて**

根據…、以…為基礎

接續 {名詞}+を踏まえて

說明 「にそくして」表示基準，強調「以某規定等為基準」的概念。表示以某規定、事實或經驗為基準，來進行後項。也就是根據現狀，把現狀也考量進去，來進行後項的擬訂計畫。助詞用「に」。「をふまえて」表示依據，強調「以某事為判斷的依據」的概念。表示將某事作為判斷的根據、加入考量，或作為前提，來進行後項。後面常跟「～(考え直す)必要がある」相呼應。注意助詞用「を」。

例文 自分(じぶん)の経験(けいけん)を踏(ふ)まえて話(はな)したいと思(おも)います。
我想根據自己的經驗來談談。

007 Track N1-113

いかんによって(は)

根據…、要看…如何、取決於…

接續 {名詞(の)}+いかんによって(は)

意思1 **【依據】** 表示依據。根據前面的狀況，來判斷後面發生的可能性。前面是在各種狀況中，選其中的一種，而在這一狀況下，讓後面的內容得以成立。中文意思是:「根據…、要看…如何、取決於…」。

例文 治療方法(ちりょうほうほう)のいかんによって、再発率(さいはつりつ)も異(こと)なります。
採用不同的治療方法，使得該病的復發率也有所不同。

比較 しだいだ、しだいで(は)

全憑…、要看…而定、決定於…

接續 {名詞}+次第だ、次第で(は)

說明 「いかんによって」表示依據，強調「結果根據的條件」的概念。表示根據前項的條件，決定後項的結果。前接名詞時，要加「の」。「しだいで」表示關連，強調「行為實現的根據」的概念。表示事情能否實現，是根據「次第」前面的情況如何而定的，是被它所左右的。前面接名詞時，不需加「の」，後面也不接「によって」。

例文 合(あ)わせる小物次第(こものしだい)でオフィスにもデートにも着回(きまわ)せる便利(べんり)な1着(ちゃく)です。
依照搭襯不同的配飾，這件衣服可以穿去上班，也可以穿去約會，相當實穿。

008 Track N1-114

をふまえて

根據…、以…為基礎

接續 {名詞} ＋を踏まえて

意思1 **【依據】**表示以前項為前提、依據或參考，進行後面的動作。後面的動作通常是「討論する（辯論）、話す（說）、検討する（討論）、抗議する（抗議）、論じる（論述）、議論する（爭辯）」等和表達有關的動詞。多用於正式場合，語氣生硬。中文意思是：「根據…、以…為基礎」。

例文 では以上の発表を踏まえて、各々グループで話し合いを始めてください。
那麼請各組以上述報告內容為基礎，開始進行討論。

比較 **をもとに（して／した）**
以…為根據、以…為參考、在…基礎上

接續 {名詞} ＋をもとに（して／した）

說明 「をふまえて」表示依據，表示以前項為依據或參考等，在此基礎上發展後項的想法或行為等。「をもとにして」也表依據，表示以前項為根據或素材等，來進行後項的改編、改寫或變形等。

例文 集めたデータをもとにして、今後を予測した。
根據蒐集而來的資料預測了往後的走向。

009 Track N1-115

こそあれ、こそあるが

(1)只是（能）…、只有…；(2)雖然…、但是…

接續 {名詞；形容動詞て形} ＋こそあれ、こそあるが

意思1 **【強調】**有強調「是前項，不是後項」的作用，比起「こそあるが」，更常使用「こそあれ」。此句型後面常與動詞否定形相呼應使用。中文意思是：「只是（能）…、只有…」。

例文 厳しい方でしたが、先生には感謝こそあれ、恨みなど一切ありません。
老師的教導方式雖然嚴厲，但我對他只有衷心的感謝，沒有一丁點的恨意。

意思2 **【逆接】** 為逆接用法。表示即使認定前項為事實，但說話人認為後項才是重點。「こそあれ」是古語的表現方式，現在較常使用在正式場合或書面用語上。中文意思是：「雖然…、但是…」。

例文 今は無名でこそあるが、彼女は才能溢れる芸術家だ。
雖然目前仍是默默無聞，但她確實是個才華洋溢的藝術家！

比較 **とはいえ**
雖然…但是…

接續 {名詞（だ）；形容動詞詞幹（だ）；[形容詞・動詞]普通形}＋とはいえ

說明 「こそあれ」表示逆接，表示雖然認定前項為事實，但說話人認為後項的不同或相反，才是重點。是古老的表達方式。「とはいえ」表示逆接轉折。表示雖然先肯定前項，但是實際上卻是後項仍然有不足之處的結果。書面用語。

例文 マイホームとはいえ、20年のローンがある。
雖說是自己的房子，但還有二十年的貸款要付。

010 Track N1-116

くらいなら、ぐらいなら

與其…不如…（比較好）、與其忍受…還不如…

接續 {動詞辭書形}＋くらいなら、ぐらいなら

意思1 **【比較】** 表示與其選擇情況最壞的前者，不如選擇後者。說話人對前者感到非常厭惡，認為與其選叫人厭惡的前者，不如後項的狀態好。中文意思是：「與其…不如…（比較好）、與其忍受…還不如…」。

例文 満員電車に乗るくらいなら、1時間歩いて行くよ。
與其擠進像沙丁魚罐頭似的電車車廂，倒不如走一個鐘頭的路過去。

注意 **〖～方がましだ等〗** 常用「くらいなら～ほうがましだ、くらいなら～ほうがいい」的形式，為了表示強調，後也常和「むしろ（寧可）」相呼應。「ましだ」表示雖然兩者都不理想，但比較起來還是這一方好一些。

比 較 **というより**

與其說…，還不如說…

(接 續) {名詞；形容動詞詞幹；[名詞・形容詞・形容動詞・動詞] 普通形} ＋というより

說 明 「くらいなら」表示比較，強調「與其忍受前項，還不如後項的狀態好」的概念。指出最壞情況，表示雖然兩者都不理想，但與其選擇前者，不如選擇後者。表示說話人不喜歡前者的行為。後項多接「ほうがいい、ほうがましだ、なさい」等句型。「というより」也表比較，強調「與其說前項，還不如說後項更適合」的概念。表示在判斷或表現某事物，在比較過後，後項的說法比前項更恰當。後項是對前項的修正、補充或否定。常和「むしろ」相呼應。

(例 文) 好(す)きじゃないというより、嫌(きら)いなんです。

與其說不喜歡，不如說討厭。

011 **Track N1-117**

なみ

相當於…、和…同等程度、與…差不多

(接 續) {名詞} ＋並み

意思1 **【比較】**表示該人事物的程度幾乎和前項一樣。「並み」含有「普通的、平均的、一般的、並列的、相同程度的」之意。像是「男並み（和男人一樣的）、人並み（一般）、月並み（每個月、平庸）」等都是常見的表現。中文意思是：「相當於…、和…同等程度、與…差不多」。

(例 文) もう３月(がつ)なのに今日(きょう)は真冬(まふゆ)並(な)みの寒(さむ)さだ。

都已經三月了，今天卻還冷得跟寒冬一樣。

注 意 〘**並列**〙有時也有「把和前項許多相同的事物排列出來」的意思，像是「街並み（街上房屋成排成列的樣子）、軒並み（家家戶戶）」。

(例 文) 来月(らいげつ)から食料品(しょくりょうひん)は軒並(のきな)み値上(ねあ)がりするそうだ。

聽說從下個月起，食品價格將會全面上漲。

比較 **わりに（は）**

（比較起來）雖然…但是…、但是相對之下還算…、可是…

接續 ｛名詞の；形容動詞詞幹な；[形容詞・動詞]普通形｝＋わりに（は）

說明 「なみ」表示比較，表示該人事物的程度幾乎和前項一樣。「わりには」也表比較，表示結果跟前項條件不成比例、有出入或不相稱。表示比較的基準。

例文 この国（くに）は、熱帯（ねったい）のわりには過（す）ごしやすい。

這個國家雖處熱帶，但住起來算是舒適的。

012 Track N1-118

にひきかえ～は

與…相反、和…比起來、相較起…、反而…、然而…

接續 ｛名詞（な）；形容動詞詞幹な；[形容詞・動詞]普通形｝＋（の）にひきかえ～は

意思1 **【對比】**比較兩個相反或差異性很大的事物。含有說話人個人主觀的看法。書面用語。跟站在客觀的立場，冷靜地將前後兩個對比的事物進行比較「に対して」比起來，「にひきかえ」是站在主觀的立場。中文意思是：「與…相反、和…比起來、相較起…、反而…、然而…」。

例文 姉（あね）は本（ほん）が好（す）きなのにひきかえ、妹（いもうと）はいつも外（そと）を走（はし）り回（まわ）っている。

姊姊喜歡待在家裡看書，然而妹妹卻成天在外趴趴走。

比較 **にもまして**

更加地…、加倍的…、比…更…、比…勝過…

接續 ｛名詞｝＋にもまして

說明 「にひきかえ」表示對比，強調「前後事實，正好相反或差別很大」的概念。把兩個對照性的事物做對比，表示反差很大。含有說話人個人主觀的看法。積極或消極的內容都可以接。「にもまして」表示強調程度，強調「在此之上，程度更深一層」的概念。表示兩個事物相比較。比起前項，後項的數量或程度更深一層，更勝一籌。

例文 高校（こうこう）3年生（ねんせい）になってから、彼（かれ）は以前（いぜん）にもまして真面目（まじめ）に勉強（べんきょう）している。

上了高三，他比以往更加用功。

Chapter

12 感情、心情、期待、允許

感情、心情、期待、允許

001 Track N1-119

ずにはおかない、ないではおかない

(1)必須…、一定要…、勢必…；(2)不能不…、不由得…

接續 {動詞否定形(去ない)}＋ずにはおかない、ないではおかない

意思1 **【強制】**當前面接的是表示動作的動詞時，則有主動、積極的「不做到某事絕不罷休、後項必定成立」語感，語含個人的決心、意志，具有強制性地，使對方陷入某狀態的語感。中文意思是：「必須…、一定要…、勢必…」。

例文 部長(ぶちょう)に告(つ)げ口(ぐち)したのは誰(だれ)だ。白状(はくじょう)させずにはおかないぞ。
到底是誰向經理告密的？我非讓你招認不可！

意思2 **【感情】**前接心理、感情等動詞，表示由於外部的強力，使得某種行為，沒辦法靠自己的意志控制，自然而然地就發生了，所以前面常接使役形的表現。請注意前接サ行變格動詞時，要用「せずにはおかない」。中文意思是：「不能不…、不由得…」。

例文 この映画(えいが)は、見(み)る人(ひと)の心(こころ)に衝撃(しょうげき)を与(あた)えずにはおかない問題作(もんだいさく)だ。
這部充滿爭議性的電影，不由得讓每一位觀眾的心靈受到衝擊。

比較 **ずにはいられない**

不得不…、不由得…、禁不住…

接續 {動詞否定形(去ない)}＋ずにはいられない

說明 「ずにはおかない」表示感情，強調「一種強烈的情緒、慾望」的概念。主語可以是「人或物」，由於外部的強力，使得某種行為，沒辦法靠自己的意志控制，自然而然地就發生了。有主動、積極的語感。「ずにはいられない」表示強制，強調「自己情不自禁做某事」的概念。主詞是「人」，表示自己的意志無法克制，情不自禁地做某事。

例文 すばらしい風景(ふうけい)を見(み)ると、写真(しゃしん)を撮(と)らずにはいられません。

一看到美麗的風景，就禁不住想拍照。

002 Track N1-120

(さ)せられる

不禁…、不由得…

接續 {動詞使役被動形} ＋(さ)せられる

意思1 **【強調感情】**表示說話者受到了外在的刺激，自然地有了某種感觸。中文意思是：「不禁…、不由得…」。

例文 彼女(かのじょ)の細(こま)かい心(こころ)くばりに感心(かんしん)させられた。

她無微不至的照應不由得讓人感到佩服。

比較 **てやまない**

…不已、一直…

接續 {動詞て形} ＋てやまない

說明 「させられる」表示強調感情，強調「受刺激而發出某感觸」的概念。表示說話者受到了外在的刺激，自然地有了某種感觸。「てやまない」也表強調感情，強調「某強烈感情一直在」的概念。接在感情動詞後面，表示發自內心的某種強烈的感情，且那種感情一直持續著。

例文 努力(どりょく)すれば報(むく)われると信(しん)じてやまない。

對於努力就有回報的這份信念深信不疑。

てやまない

…不已、一直…

接續 {動詞て形} ＋てやまない

意思1 **【強調感情】**接在感情動詞後面，表示發自內心關懷對方的心情、想法極為強烈，且那種感情一直持續著。由於是表示說話人的心情，因此一般不用在第三人稱上。這個句型由古漢語「…不已」的訓讀發展而來。常見於小說或文章當中，會話中較少用。中文意思是：「…不已、一直…」。

例文 お二人（ふたり）の幸（しあわ）せを願（ねが）ってやみません。
由衷祝福二位永遠幸福。

注意 **〔現象或事態持續〕**表示現象或事態的持續。

例文 どの時代（じだい）においても人民（じんみん）は平和（へいわ）を求（もと）めてやまないものだ。
無論在任何時代，人民永遠追求和平。

比較 て（で）たまらない

非常…、…得受不了

接續 {[形容詞・動詞] て形} ＋てたまらない；{形容動詞詞幹} ＋でたまらない

說明 「てやまない」表示強調感情，強調「發自內心的感情」的概念。接在感情動詞的連用形後面，表示發自內心的感情，且那種感情一直持續著。常見於小說或文章當中，會話中較少用。「てたまらない」表示感情，強調「程度嚴重，無法忍受」的概念。表示程度嚴重到使說話人無法忍受。是說話人強烈的感覺、感情及希求。一般前接感情、感覺、希求之類的詞。

例文 低血圧（ていけつあつ）で、朝起（あさお）きるのが辛（つら）くてたまらない。
因為患有低血壓，所以早上起床時非常難受。

004　Track N1-122

のいたり（だ）

(1)都怪…、因為…；(2)真是…到了極點、真是…、極其…、無比…

接 續　{名詞}＋の至り（だ）

意思1　**【原因】**表示由於前項的某種原因，而造成後項的結果。中文意思是：「都怪…、因為…」。

例 文　あの頃（ころ）は若気（わかげ）の至（いた）りで、いろいろな悪（わる）さをしたものだ。
都怪當時年輕氣盛，做了不少錯事。

意思2　**【強調感情】**前接「光栄、感激」等特定的名詞，表示一種強烈的情感，達到最高的狀態，多用在講客套話的時候，通常用在好的一面。中文意思是：「真是…到了極點、真是…、極其…、無比…」。

例 文　本日（ほんじつ）は大勢（おおぜい）の方（かた）にご来場（らいじょう）いただきまして、感謝（かんしゃ）の至（いた）りです。
今日承蒙各方賢達蒞臨，十二萬分感激。

比 較　**のきわみ（だ）**
真是…極了、十分地…、極其…

接 續　{名詞}＋の極み（だ）

說 明　「のいたりだ」表示強調感情，強調「情感達到極高狀態」的概念。前接某一特定的名詞，表示一種強烈的情感，達到最高的狀態。多用在講客套話的時候。通常用在好的一面。「のきわみだ」表示極限，強調「事物達到極高程度」的概念。形容事物達到了極高的程度。強調這程度已經超越一般，到達頂點了。大多用來表達說話人激動時的那種心情。前面可接正面或負面、或是感情以外的詞。

例 文　連日（れんじつ）の残業（ざんぎょう）で、疲労（ひろう）の極（きわ）みに達（たっ）している。
連日來的加班已經疲憊不堪了。

005　Track N1-123

をきんじえない

不禁…、禁不住就…、忍不住…

接 續　{名詞}＋を禁じえない

意思 1 **【強調感情】** 前接帶有情感意義的名詞，表示面對某種情景，心中自然而然產生的，難以抑制的心情。這感情是越抑制感情越不可收拾的。屬於書面用語，正、反面的情感都適用。口語中不用。中文意思是：「不禁…、禁不住就…、忍不住…」。

例文 金儲(かねもう)けのために犬(いぬ)や猫(ねこ)の命(いのち)を粗末(そまつ)にする業者(ぎょうしゃ)には、怒(いか)りを禁(きん)じ得(え)ない。

那些只顧賺錢而視貓狗性命如敝屣的業者，不禁激起人們的憤慨。

比較 **をよぎなくされる**

只得…、只好…、沒辦法就只能…

接續 {名詞} ＋を余儀なくされる

說明 「をきんじえない」表示強調感情，強調「產生某感情，無法抑制」的概念。前接帶有情感意義的名詞，表示面對某情景，心中自然而然產生、難以抑制的心情。這感情是越抑制感情越不可收拾的。「をよぎなくされる」表示強制，強調「不得已做出的行為」的概念。因為大自然或環境等，個人能力所不能及的強大力量，迫使其不得不採取某動作。而且此行動，往往不是自己願意的。表示情況已經到了沒有選擇的餘地，必須那麼做的地步。

例文 機体(きたい)に異常(いじょう)が発生(はっせい)したため、緊急着陸(きんきゅうちゃくりく)を余儀(よぎ)なくされた。

因為飛機機身發生了異常，逼不得已只能緊急迫降了。

006 Track N1-124

てはかなわない、てはたまらない

…得受不了、…得要命、…得吃不消

接續 {形容詞て形；動詞て形} ＋てはかなわない、てはたまらない

意思 1 **【強調心情】** 表示負擔過重，無法應付。如果按照這樣的狀況下去不堪忍耐、不能忍受。是一種動作主體主觀上無法忍受的表現方法。用「かなわない」有讓人很苦惱的意思。常跟「こう、こんなに」一起使用。口語用「ちゃかなわない、ちゃたまらない」。中文意思是：「…得受不了、…得要命、…得吃不消」。

例文 東京(とうきょう)の夏(なつ)もこう蒸(む)し暑(あつ)くてはたまらないな。

東京夏天這麼悶熱，實在讓人受不了。

比較 **て（で）たまらない**

非常…、…得受不了

接續 {[形容詞・動詞]て形} ＋てたまらない；{形容動詞詞幹} ＋でたまらない

說明 「てはかなわない」表示強調心情，強調「負擔過重，無法應付」的概念。是一種動作主體主觀上無法忍受的表現方法。「てたまらない」也表強調心情，強調「程度嚴重，無法忍受」的概念。表示照此狀態下去不堪忍耐，不能忍受。

例文 最新（さいしん）のコンピューターが欲（ほ）しくてたまらない。

想要新型的電腦，想要得不得了。

007 Track N1-125

てはばからない

不怕…、毫無顧忌…

接續 {動詞て形} ＋てはばからない

意思1 **【強調心情】** 前常接跟說話相關的動詞，如「言う、断言する、公言する」的て形。表示毫無顧忌地進行前項的意思。一般用來描述他人的言論。「憚（はばか）らない」是「憚（はばか）る」的否定形式，意思是「毫無顧忌、毫不忌憚」。中文意思是：「不怕…、毫無顧忌…」。

例文 彼（かれ）は自分（じぶん）は天才（てんさい）だと言（い）ってはばからない。

他毫不隱晦地直言自己是天才。

比較 **てもかまわない**

即使…也沒關係、…也行

接續 {[動詞・形容詞]て形} ＋てもかまわない；{形容動詞詞幹；名詞} ＋でもかまわない

說明 「てはばからない」表示強調心情，強調「毫無顧忌進行」的概念。表示毫無顧忌地進行前項的意思。「てもかまわない」表示許可，強調「這樣做也行」的概念。表示即使是這樣的情況也可以的意思。

例文 部屋（へや）さえよければ、多少（たしょう）高（たか）くてもかまいません。

只要（旅館）房間好，貴一點也沒關係。

008 Track N1-126

といったらない、といったら

(1)…極了、…到不行；(2)說起…

意思 1 **【強調心情】**｛名詞;形容詞辭書形;形容動詞詞幹｝＋(とい)ったらない。「といったらない」是先提出一個討論的對象，強調某事物的程度是極端到無法形容的，後接對此產生的感嘆、吃驚、失望等感情表現，正負評價都可使用。中文意思是：「…極了、…到不行」。

例 文 一瞬(いっしゅん)の隙(すき)を突(つ)かれて逆転(ぎゃくてん)負(ま)けした。この悔(くや)しさといったらない。
只是一個不留神竟被對手乘虛而入逆轉了賽局，而吃敗仗，令人懊悔到了極點。

意思 2 **【強調主題】**｛名詞；形容詞辭書形；形容動詞詞幹｝＋(とい)ったら。表示把提到的事物做為主題，後項是對這一主題的敘述。是說話人帶有感嘆、感動、驚訝、失望的表現方式。有強調主題的作用。中文意思是：「說起…」。

例 文 今年(ことし)の暑(あつ)さといったら半端(はんぱ)ではなかった。
提起今年的酷熱勁兒，真夠誇張！

比 較 **という**
叫做…

接 續 {名詞；普通形} ＋という

說 明 「といったらない」表示強調主題，表示把提到的事物做為主題進行敘述。有強調主題的作用。含有說話人驚訝、感動的心情。「という」表示介紹名稱，前後接名詞，介紹某人事物的名字。用在跟不熟悉的一方介紹時。

例 文 娘(むすめ)は「臆病(おくびょう)なライオン」という絵本(えほん)がお気(き)に入(い)りです。
女兒喜歡一本叫「怯懦的獅子」的繪本。

009 Track N1-127

といったらありはしない

…之極、極其…、沒有比…更…的了

接 續 {名詞；形容詞辭書形；形容動詞詞幹} ＋(とい) ったらありはしない

意思 1 **【強調心情】** 強調某事物的程度是極端的，極端到無法形容、無法描寫。跟「といったらない」相比，「といったらない」、「ったらない」能用於正面或負面的評價，但「といったらありはしない」、「ったらありはしない」、「といったらありゃしない」、「ったらありゃしない」大多用於負面評價。中文意思是：「…之極、極其…、沒有比…更…的了」。

例文 まだ目の開かない子猫の可愛らしさといったらありはしない。
還沒睜開眼睛的小貓咪可愛得不得了。

注意 **〖口語ーったらない〗**「ったらない」是比較通俗的口語說法。

例文 夜中の間違い電話は迷惑ったらない。
三更半夜打錯電話根本是擾人清夢！

比較 **ということだ**
聽說…、據說…

接續 {簡體句}＋ということだ

說明 「といったらありはしない」表示強調心情，強調「給予極端評價」的概念。正面時表欽佩，負面時表埋怨的語意。書面用語。「ということだ」表示傳聞，強調「從外界獲取傳聞」的概念。從某特定的人或外界獲取的傳聞。比起「そうだ」來，有很強的直接引用某特定人物的話之語感。又有明確地表示自己的意見、想法之意。

例文 田中さんによると、部長は来年帰国するということだ。
聽田中先生說部長明年會回國。

010 Track N1-128

たところが

…可是…、結果…

接續 {動詞た形}＋たところが

意思 1 **【期待ー逆接】** 表示逆接，後項往往是出乎意料、與期待相反的客觀事實。因為是用來敘述已發生的事實，所以後面要接動詞た形的表現，「然而卻…」的意思。中文意思是：「…可是…、結果…」。

例文 仕事を終えて急いで行ったところが、飲み会はもう終わっていた。
趕完工作後連忙過去會合，結果酒局已經散了。

注意 〘順接〙表示順接。

例文 本社に問い合わせたところ（が）、すぐに代わりの品を送って来た。
洽詢總公司之後，很快就送來了替代品。

比較 ところ（を）

正…之時、…之時、…之中

接續 {名詞の；動詞普通形} ＋ところ（を）

說明 「たところが」表示期待，強調「一做了某事，就變成這樣的結果」的概念。表示順態或逆態接續。前項先舉出一個事物，後項往往是出乎意料的客觀事實。「ところを」表示時點，強調「正當A的時候，發生了B的狀況」的概念。後項的B所發生的事，是對前項A的狀況有直接的影響或作用的行為。後面的動詞，常接跟視覺或是發現有關的「見る、見つける」等，或是跟逮捕、攻擊、救助有關的「捕まる、襲う」等詞。這個句型要接「名詞の；動詞普通形」。

例文 ゲームしているところを、親父に見つかってしまった。
我正在玩電玩時，竟然被老爸發現了。

011 Track N1-129

たところで（～ない）

即使…也（不）…、雖然…但（不）、儘管…也（不）…

接續 {動詞た形} ＋たところで（～ない）

意思1 **【期待】**接在動詞た形之後，表示就算做了前項，後項的結果也是與預期相反，是無益的、沒有作用的，或只能達到程度較低的結果，所以句尾也常跟「無駄、無理」等否定意味的詞相呼應。句首也常與「どんなに、何回、いくら、たとえ」相呼應表示強調。後項多為說話人主觀的判斷，不用表示意志或既成事實的句型。中文意思是：「即使…也（不…）、雖然…但（不）、儘管…也（不…）」。

例文 どんなに後悔したところで、もう遅い。
任憑你再怎麼懊悔，都為時已晚了。

比較 **がさいご、たらさいご**
(一旦…)就必須…、(一…)就非得…

接續 {動詞た形} +が最後、たら最後

說明 「たところで～ない」表示期待，強調「即使進行前項，結果也是無用」的概念。表示即使前項成立，後項的結果也是與預期相反，無益的、沒有作用的，或只能達到程度較低的結果。後項多為說話人主觀的判斷。也接在動詞過去形之後，句尾接否定的「ない」。「がさいご」表示條件，強調「一旦發生前項，就完了」的概念。表示一旦做了某事，就一定會產生後面的情況，或是無論如何都必須採取後面的行動。後面接說話人的意志或必然發生的狀況。後面多是消極的結果或行為。

例文 横領（おうりょう）がばれたが最後（さいご）、会社（かいしゃ）を首（くび）になった上（うえ）に妻（つま）は出（で）て行（い）った。
盜用公款一事遭到了揭發之後，不但被公司革職，到最後甚至連妻子也離家出走了。

012 Track N1-130

てもさしつかえない、でもさしつかえない
…也無妨、即使…也沒關係、…也可以、可以

接續 {形容詞て形；動詞て形} +ても差し支えない；{名詞；形容動詞詞幹} +でも差し支えない

意思1 **【允許】**為讓步或允許的表現。表示前項也是可行的。含有「不在意、沒有不滿、沒有異議」的強烈語感。「差しえない」的意思是「沒有影響、不妨礙」。中文意思是：「…也無妨、即使…也沒關係、…也可以、可以」。

例文 では、こちらにサインを頂（いただ）いてもさしつかえないでしょうか。
那麼，可否麻煩您在這裡簽名呢？

比較 **てもかまわない**
即使…也沒關係、…也行

接續 {[動詞・形容詞]て形} +てもかまわない；{形容動詞詞幹；名詞} +でもかまわない

說明 「てもさしつかえない」表示允許，表示在前項的情況下，也沒有影響。前面接「動詞て形」。「てもかまわない」表示讓步，表示雖然不是最好的，但這樣也已經可以了。前面也接「動詞て形」。

例文 狭（せま）くてもかまわないから、安（やす）いアパートがいいです。
就算小一點也沒關係，我想找便宜的公寓。

MEMO

13 主張、建議、不必要、排除、除外

主張、建議、不必要、排除、除外

001　Track N1-131

じゃあるまいし、ではあるまいし

又不是…

接續　{名詞；[動詞辭書形・動詞た形]わけ}＋じゃあるまいし、ではあるまいし

意思1　**【主張】**表示由於並非前項，所以理所當然為後項。前項常是極端的例子，用以說明後項的主張、判斷、忠告。多用在打消對方的不安，跟對方說你想太多了，你的想法太奇怪了等情況。帶有斥責、諷刺的語感。中文意思是：「又不是…」。

例文　小(ちい)さい子供(こども)じゃあるまいし、そんなことで泣(な)くなよ。
又不是小孩子了，別為了那點小事就嚎啕大哭嘛！

注意　〖**口語表現**〗說法雖然古老，但卻是口語的表現方式，不用在正式的文章上。

比較　**のではあるまいか**
該不會…吧

接續　{[形容詞・動詞]普通形}＋のではあるまいか

說明　「じゃあるまいし」表示主張，表示讓步原因。強調「因為又不是前項的情況，後項當然就…」的概念。後面多接說話人的判斷、意見、命令跟勸告等。「のではあるまいか」也表主張，表示說話人對某事是否會發生的一種的推測、想像。

例文　妻(つま)は私(わたし)と別(わか)れたいのではあるまいか。
妻子該不會想和我離婚吧？

002　　Track N1-132

ばそれまでだ、たらそれまでだ

…就完了、…就到此結束

接續　{動詞假定形}＋ばそれまでだ、たらそれまでだ

意思1　**【主張】**表示一旦發生前項情況，那麼一切都只好到此結束，以往的努力或結果都是徒勞無功之意。中文意思是:「…就完了、…就到此結束」。

例文　生(い)きていればこそいいこともある。死(し)んでしまったらそれまでです。
只有活著才有機會遇到好事，要是死了就什麼都沒了。

注意　〚**強調**〛前面多採用「も、ても」的形式，強調就算是如此，也無法彌補、徒勞無功的語意。

例文　どんな高(たか)い車(くるま)も事故(じこ)を起(お)こせばそれまでだ。
無論是多麼昂貴的名車，一旦發生車禍照樣淪為一堆廢鐵。

比較　**でしかない**
只能是…、不過是…

接續　{名詞}＋でしかない

說明　「ばそれまでだ」表示主張，強調「事情到此就結束了」的概念。表示一旦發生前項情況，那麼一切都只好到此結束，一切都是徒勞無功之意。前面多採用「も、ても」的形式。「でしかない」也表主張，強調「這是唯一的評價」的概念。表示前接的這個詞，是唯一的評價或評論。

例文　それは逃(に)げる口実(こうじつ)でしかない。
那只不過是逃避的藉口而已。

003 Track N1-133

までだ、までのことだ

(1)純粹是…；(2)大不了…而已、只不過…而已、只是…、只好…、也就是…

接續 {動詞辭書形；動詞た形；それ；これ} ＋までだ、までのことだ

意思1 **【理由】**接動詞た形時，強調理由、原因只有這個。表示理由限定的範圍。表示說話者單純的行為。含有「說話人所做的事，只是前項那點理由，沒有特別用意」。中文意思是：「純粹是…」。

例文 悪口（わるぐち）じゃないよ。本当（ほんとう）のことを言（い）ったまでだ。

這不是誹謗喔，而純粹是原原本本照實說出來罷了。

意思2 **【主張】**接動詞辭書形時，表示現在的方法即使不行，也不沮喪，再採取別的方法就好了。有時含有只有這樣做了，這是最後的手段的意思。表示講話人的決心、心理準備等。中文意思是：「大不了…而已、只不過…而已、只是…、只好…、也就是…」。

例文 この結婚（けっこん）にどうしても反対（はんたい）だというなら、親子（おやこ）の縁（えん）を切（き）るまでだ。

如果爸爸無論如何都反對我結婚，那就只好脫離父子關係吧！

比較 ことだ

就得…、應當…、最好…

接續 {動詞辭書形；動詞否定形} ＋ことだ

說明 「までだ」表示主張，強調「大不了就做後項」的概念。表示現在的方法即使不行，也不沮喪，再採取別的方法就好了。有時含有只有這樣做了，這是最後的手段的意思。表示講話人的決心、心理準備等。「ことだ」表示忠告，強調「某行為是正確的」之概念。表示一種間接的忠告或命令。說話人忠告對方，某行為是正確的或應當的，或某情況下將更加理想。口語中多用在上司、長輩對部屬、晚輩。

例文 痩（や）せたいのなら、間食（かんしょく）、夜食（やしょく）をやめることだ。

如果想要瘦下來，就不能吃零食和消夜。

004 Track N1-134

でなくてなんだろう

難道不是…嗎、不是…又是什麼呢、這個就可以叫做…

接續 {名詞} +でなくてなんだろう

意思1 **【強調主張】**用一個抽象名詞，帶著感嘆、發怒、感動的感情色彩述說「這個就可以叫做…」的表達方式。這個句型是用反問「這不是…是什麼」的方式，來強調出「這正是所謂的…」的語感。常見於小說、隨筆之類的文章中。含有說話人主觀的感受。中文意思是：「難道不是…嗎、不是…又是什麼呢、這個就可以叫做…」。

例文 70億人(おくにん)の中(なか)から彼女(かのじょ)と僕(ぼく)は結(むす)ばれたのだ。これが奇跡(きせき)でなくてなんだろう。

在七十億茫茫人海之中，她與我結為連理了。這難道不是奇蹟嗎？

比較 **にすぎない**

只是…、只不過…、不過是…而已、僅僅是…

接續 {名詞；形容動詞詞幹である；[形容詞・動詞] 普通形} +にすぎない

說明 「でなくてなんだろう」表示強調主張，強調「強烈的主張這才是某事」的概念。用一個抽象名詞，帶著感情色彩述強調的表達方式。常見於小說、隨筆之類的文章中。含有主觀的感受。「にすぎない」表示主張，強調「程度有限」的概念。表示有這並不重要的消極評價語氣。

例文 彼(かれ)はとかげのしっぽにすぎない。陰(かげ)に黒幕(くろまく)がいる。

他只不過是代罪羔羊，背地裡另有幕後操縱者。

005 Track N1-135

てしかるべきだ

應當…、理應…

接續 {[形容詞・動詞] て形} +てしかるべきだ；{形容動詞詞幹} +でしかるべきだ

意思1 **【建議】**表示雖然目前的狀態不是這樣，但那樣做是恰當的、應當的。也就是用適當的方法來解決事情。一般用來表示說話人針對現況而提出的建議、主張。中文意思是：「應當…、理應…」。

(例 文) 県民(けんみん)の多(おお)くは施設建設(しせつけんせつ)に反対(はんたい)の立場(たちば)だ。政策(せいさく)には民意(みんい)が反映(はんえい)されてしかるべきではないか。
多數縣民對於建造公有設施持反對立場。政策不是應該要忠實反映民意才對嗎？

比 較 **てやまない**
…不已、一直…

(接 續) {動詞て形}＋てやまない

說 明 「てしかるべきだ」表示建議，強調「做某事是理所當然」的概念。表示那樣做是恰當的、應當的。也就是用適當的方法來解決事情。「てやまない」表示強調感情，強調「發自內心的感情」的概念。接在感情動詞後面，表示發自內心的感情，且那種感情一直持續著。

(例 文) さっきの電話(でんわ)から、いやな予感(よかん)がしてやまない。
接到剛才的電話以後，就一直有不好的預感。

006 Track N1-136

てすむ、ないですむ、ずにすむ

(1)不…也行、用不著…；(2)…就行了、…就可以解決

意思1 **【了結】**{名詞で；形容詞て形；動詞て形}＋てすむ。表示以某種方式，某種程度就可以，不需要很麻煩，就可以解決問題了。中文意思是：「不…也行、用不著…」。

(例 文) もっと高(たか)いかと思(おも)ったけど、5000円(えん)ですんでよかった。
原以為要花更多錢，沒想到區區五千圓就可以解決，真是太好了！

意思2 **【不必要】**{動詞否定形}＋ないですむ；{動詞否定形（去ない）}＋ずにすむ。表示不這樣做，也可以解決問題，或避免了原本預測會發生的不好的事情。中文意思是：「…就行了、…就可以解決」。

(例 文) ネットで買(か)えば、わざわざお店(みせ)に行(い)かないですみますよ。
只要在網路下單，就不必特地跑去實體店面購買囉！

比較 **てはいけない**

不准…、不許…、不要…

接續 {動詞て形}＋てはいけない

說明 「てすむ」表示不必要，強調「以某程度，就能解決」的概念。表示以某種方式這樣做，就能解決問題。「てはいけない」表示禁止，強調「上對下強硬的禁止」之概念。表示根據規則或一般的道德，不能做前項。常用在交通標誌、禁止標誌或衣服上洗滌表示等。是間接的表現。也表示根據某種理由、規則，直接跟聽話人表示不能做前項事情。

例文 人(ひと)の失敗(しっぱい)を笑(わら)ってはいけない。

不可以嘲笑別人的失敗。

007 Track N1-137

にはおよばない

(1)不及…；(2)不必…、用不著…、不值得…

接續 {名詞；動詞辭書形}＋には及ばない

意思1 **【不及】**含有用不著做某動作，或是能力、地位不及水準的意思。常跟「からといって(雖然…但…)」一起使用。中文意思是：「不及…」。

例文 私(わたし)は料理(りょうり)が得意(とくい)だが、やはりプロの味(あじ)には及(およ)ばない。

我雖然擅長下廚，畢竟比不上專家的手藝。

意思2 **【不必要】**表示沒有必要做某事，那樣做不恰當、不得要領，經常接表示心理活動或感情之類的動詞之後，如「驚く(驚訝)、責める(責備)」。中文意思是：「不必…、用不著…、不值得…」。

例文 電話(でんわ)で済(す)むことですから、わざわざおいでいただくには及(およ)びません。

以電話即可處理完畢，無須勞您大駕撥冗前來。

比較 **まで(のこと)もない**

用不著…、不必…、不必說…

接續 {動詞辭書形}＋まで(のこと)もない

說明 「にはおよばない」表示不必要，強調「未達採取某行為的程度」的概念。前接表示心理活動的詞，表示沒有必要做某事，那樣做不恰當、不得要領。也表示能力、地位不及水準。「までのこともない」也表不必

要，強調「事情還沒到某種程度」的概念。前接動作，表示事情尚未到某種程度，沒必要做到前項那種程度。含有事情已經很清楚了，再說或做也沒有意義。

例文 改めてご紹介するまでもありませんが、物理学者の湯川振一郎先生です。

這一位是物理學家湯川振一郎教授，我想應該不需要鄭重介紹了。

008 Track N1-138

はいうにおよばず、はいうまでもなく

不用說…（連）也、不必說…就連…

接續 {名詞} ＋は言うに及ばず、は言うまでもなく；{[名詞・形容動詞詞幹]な；[形容詞・動詞]普通形} ＋は言うに及ばず、のは言うまでもなく

意思1 **【不必要】**表示前項很明顯沒有說明的必要，後項強調較極端的事例當然就也不例外。是一種遞進、累加的表現，正、反面評價皆可使用。常和「も、さえも、まで」等相呼應。古語是「は言わずもがな」。中文意思是：「不用說…（連）也、不必說…就連…」。

例文 過労死は、会社の責任が大きいのは言うに及ばず、日本社会全体の問題でもある。

過勞死的絕大部分責任不用說當然要由公司承擔，但同時這也是日本整體社會必須面對的問題。

比較 のみならず

不僅…，也…、不僅…，而且…、非但…，尚且…

接續 {名詞；形容動詞詞幹である；[形容詞・動詞]普通形} ＋のみならず

說明 「はいうにおよばず」表示不必要，強調「先舉程度輕，再舉較極端」的概念。表示先舉出程度輕的，再強調後項較極端的事例也不例外。後面常和「も」相呼應。「のみならず」表示附加，強調「先舉範圍小，再舉範圍更廣」的概念。用在不僅限於前接詞的範圍，還有後項進一層的情況。後面常和「も、さえ、まで」等相呼應。

例文 この薬は、風邪のみならず、肩こりにも効果がある。

這個藥不僅對感冒有效，對肩膀痠痛也很有效。

009 Track N1-139

まで（のこと）もない

用不著…、不必…、不必說…

（接續）｛動詞辭書形｝＋まで（のこと）もない

意思1 **【不必要】**前接動作，表示沒必要做到前項那種程度。含有事情已經很清楚了，再說或做也沒有意義，前面常和表示說話的「言う、話す、説明する、教える」等詞共用。中文意思是：「用不著…、不必…、不必說…」。

（例文）息子はがっかりした様子で帰って来た。面接に失敗したことは聞くまでもなかった。

兒子一臉沮喪地回來了。不必問也知道他沒能通過口試。

比較 ものではない

不應該…

（接續）｛動詞辭書形｝＋ものではない

說明 「までのこともない」表示不必要，強調「事情還沒到某種程度」的概念。表示沒必要做到前項那種程度，事情已經很清楚了，再說或做也沒有意義。語含個人主觀、或是眾所周知的語氣。「ものではない」表示勸告，強調「勸告別人那樣做是違反道德」的概念。表示說話人出於道德或常識，給對方勸阻、禁止的時候。語含說話人個人的看法。

（例文）そんな言葉を使うものではない。

不准說那種話！

010 Track N1-140

ならいざしらず、はいざしらず、だったらいざしらず

（關於）我不得而知…、姑且不論…、（關於）…還情有可原

（接續）｛名詞｝＋ならいざ知らず、はいざ知らず、だったらいざ知らず；｛[名詞・形容詞・形容動詞・動詞]普通形（の）｝＋ならいざ知らず

意思1 【排除】舉出對比性的事例，表示排除前項的可能性，而著重談後項中的實際問題。後項所提的情況要比前項嚴重或具特殊性。後項的句子多帶有驚訝或情況非常嚴重的內容。而「昔はいざしらず」是「今非昔比」的意思。中文意思是：「（關於）我不得而知…、姑且不論…、（關於）…還情有可原」。

例文 彼が法律でも犯したのだったらいざ知らず、仕事が遅いくらいでクビにはできない。

要是他觸犯了法律，這麼做或許還情有可原；但他不過是上班遲到罷了，不能以這個理由革職。

比較 **ようが**

不管…

接續 {動詞意向形} ＋ようが

說明 「ならいざしらず」表示排除，表示前項的話還情有可原，姑且不論，但卻有後項的實際問題，著重談後項。後項帶有驚訝的內容。前面接名詞。「ようが」表示逆接條件，表示不管前項如何，後項都是成立的。後項多使用意志、決心或跟評價有關的動詞「自由だ（自由的）、勝手だ（任意的）」。

例文 人に何と言われようが、「それは失敗ではなく経験だ」と思っています。

不管別人怎麼說，我都認為「那不是失敗而是經驗」。

011 Track N1-141

はさておいて、はさておき

暫且不說…、姑且不提…

接續 {名詞} ＋はさておいて、はさておき

意思1 【除外】表示現在先不考慮前項，排除前項，而優先談論後項。中文意思是：「暫且不說…、姑且不提…」。

例文 仕事の話はさておいて、まずは乾杯しましょう。

工作的事暫且放在一旁，首先舉杯互敬吧！

比較 **にもまして**

更加地…、加倍的…、比…更…、比…勝過…

接續 {名詞} +にもまして

說明 「はさておいて」表示除外，強調「擱置前項，先討論後項」的概念。表示現在先把前項放在一邊，而第一考慮做後項的動作。含有說話者認為後者比較優先的語意。「にもまして」表示強調程度，強調「比起前項，後項程度更深」的概念。表示兩個事物相比較。比起前項，後項程度更深一層、更勝一籌。

例文 開発部門には、従来にもまして優秀な人材を投入していく所存です。
開發部門打算招攬比以往更優秀的人才。

MEMO

Chapter

N1

14 禁止、強制、讓步、叱責、否定

禁止、強制、讓步、指責、否定

001

Track N1-142

べからず、べからざる

不得…(的)、禁止…(的)、勿…(的)、莫…(的)

接續 {動詞辭書形} ＋べからず、べからざる

意思1 **【禁止】**「べし」否定形。表示禁止、命令。是較強硬的禁止說法，文言文式說法，故常有前接古文動詞的情形，多半出現在告示牌、公佈欄、演講標題上。現在很少見。禁止的內容就社會認知來看不被允許。口語說「てはいけない」。「べからず」只放在句尾，或放在括號(「」)內，做為標語或轉述內容。中文意思是：「不得…(的)、禁止…(的)、勿…(的)、莫…(的)」。

例文 仕事(しごと)に慣(な)れてきたのはいいけど、この頃遅刻(ごろちこく)が多(おお)いな。「初心忘(しょしんわすれ)るべからず」だよ。

工作已經上手了當然是好事，不過最近遲到有點頻繁。「莫忘初心」這句話要時刻謹記喔！

注意1 〖べからざるN〗「べからざる」後面則接名詞，這個名詞是指不允許做前面行為、事態的對象。

例文 森鴎外(もりおうがい)は日本(にほん)の近代文学史(きんだいぶんがくし)において欠(か)くべからざる作家(さっか)です。

森鷗外是日本近代文學史上不可或缺的一位作家。

注意2 〖諺語〗用於諺語。

例文　わが家は「働かざる者食うべからず」で、子供たちにも家事を分担させています。
我家秉持「不勞動者不得食」的家規，孩子們也必須分攤家務。

注意3　〔前接古語動詞〕由於「べからず」與「べく」、「べし」一樣為古語表現，因此前面常接古語的動詞。如「忘る」等，便和現代日語中的有些不同。前面若接サ行變格動詞，可用「すべからず／べからざる」、「するべからず／べからざる」，但較常使用「すべからず／べからざる」（「す」為古日語「する」的辭書形）。

比較　**べき（だ）**
必須…、應當…

接續　{動詞辭書形} ＋べき（だ）

說明　「べからず」表示禁止，強調「強硬禁止」的概念。是一種強硬的禁止說法，文言文式的說法，多半出現在告示牌、公佈欄、演講標題上。只放在句尾。現在很少見。口語說「てはいけない」。「べきだ」表示勸告，強調「那樣做是應該的」之概念。表示那樣做是應該的、正確的。常用在勸告、禁止及命令的場合。是一種客觀或原則的判斷。書面跟口語雙方都可以用。

例文　どちらか一方だけでなく、他方の言い分も聞くべきだ。
不是光只聽任一單方，也必須聽聽另一方的說詞啊！

002　Track N1-143

をよぎなくされる、をよぎなくさせる

(1)被迫、只得…、只好…、沒辦法就只能…；(2)迫使…

意思1　**【強制】**｛名詞｝＋を余儀なくされる。「される」因為大自然或環境等，個人能力所不能及的強大力量，不得已被迫做後項。帶有沒有選擇的餘地、無可奈何、不滿，含有以「被影響者」為出發點的語感。中文意思是：「被迫、只得…、只好…、沒辦法就只能…」。

例文　昨年開店した新宿店は赤字続きで、1年で閉店を余儀なくされた。
去年開幕的新宿店赤字連連，只開了一年就不得不結束營業了。

意思2 **【強制】**｛名詞｝＋を余儀なくさせる、を余儀なくさせられる。「させる」使役形是強制進行的語意，表示後項發生的事，是叫人不滿的事態。表示前項不好的情況突然發生，迫使後項必須那麼做的地步，含有以「影響者」為出發點的語感。書面用語。中文意思是：「迫使…」。

例文 慢性的な人手不足が、更なる労働環境の悪化を余儀なくさせた。
長期存在的人力不足問題，迫使勞動環境愈發惡化了。

比較 **（さ）せる**
讓…、叫…、令…

接續 ｛[一段動詞・カ變動詞]使役形；サ變動詞詞幹｝＋させる；｛五段動詞使役形｝＋せる

說明 「をよぎなくさせる」表示強制，主詞是「造成影響的原因」時用。以造成影響力的原因為出發點的語感，所以會有強制對方進行的語意。「させる」也表強制，A是「意志表示者」。表示A給B下達命令或指示，結果B做了某事。由於具有強迫性，只適用於長輩對晚輩或同輩之間。

例文 最近は私立中学に進学させる親が増えているらしい。
聽說最近讓小孩讀私立中學的父母有增加的趨勢。

003 Track N1-144

ないではすまない、ずにはすまない、なしではすまない

不能不…、非…不可、應該…

意思1 **【強制】**｛動詞否定形｝＋ないでは済まない；｛動詞否定形（去ない）｝＋ずには済まない（前接サ行變格動詞時，用「せずには済まない」）。表示前項動詞否定的事態、說辭，考慮到當時的情況、社會的規則等，是不被原諒的、無法解決問題的或是難以接受的。中文意思是：「不能不…、非…不可、應該…」。

例文 小さい子をいじめて、お母さんに叱られないでは済まないよ。
在外面欺負幼小孩童，回到家肯定會挨媽媽一頓好罵！

意思2 **【強制】**｛名詞｝＋なしでは済まない；｛名詞；形容動詞詞幹；[形容詞・動詞]普通形｝＋では済まない。表示前項事態、說辭，是不被原諒的或無法解決問題的，指對方的發言結論是說話人沒辦法接納的，前接引用句時，引用括號(「 」)可有可無。中文意思是：「不能不…、非…不可、應該…」。

例文 こちらのミスだ。責任者（せきにんしゃ）の謝罪（しゃざい）なしでは済（す）まないだろう。
這是我方的過失，當然必須要由承辦人親自謝罪才行。

注意 〘ではすまされない〙和可能助動詞否定形連用時，有強化責備語氣的意味。

例文 今（いま）さらできないでは済（す）まされないでしょう。
事到如今才說辦不到，該怎麼向人交代呢？

比較 **ないじゃおかない**
非…不可

接續 {動詞否定形(去ない)} ＋ないじゃおかない

說明 「ないではすまない」表示強制，強調「某狀態下必須這樣做」的概念。表示考慮到當時的情況、社會的規則等等，強調「不這麼做，是解決不了問題」的語感。另外，也用在自己覺得必須那樣做的時候。跟主動、積極的「ないではおかない」相比，這個句型屬於被動、消極的辦法。「ないじゃおかない」也表強制，表示「不做到某事絕不罷休」的概念。是書面語。

例文 週末（しゅうまつ）のデート、どうだった？白状（はくじょう）させないじゃおかないよ。
上週末的約會如何？我可不許你不從實招來喔！

004 Track N1-145

(ば／ても)～ものを

(1)可是…、卻…、然而卻…；(2)…的話就好了，可是卻…

接續 {名詞である；形容動詞詞幹な；[形容詞・動詞]普通形} ＋ものを

意思1 **【讓步】**逆接表現。表示說話者以悔恨、不滿、責備的心情，來說明前項的事態沒有按照期待的方向發展。跟「のに」的用法相似，但說法比較古老。常用「ば（いい、よかった）ものを、ても（いい、よかった）ものを」的表現。中文意思是：「可是…、卻…、然而卻…」。

例文 感謝(かんしゃ)してもいいものを、更(さら)にお金(かね)をよこせとは、厚(あつ)かましいにもほどがある。

按理說感謝都來不及了，竟然還敢要我付錢，這人的臉皮實在太厚了！

意思2 **【指責】**「ものを」也可放句尾（終助詞用法），表示因為沒有做前項，所以產生了不好的結果，為此心裡感到不服氣、感嘆的意思。中文意思是：「…的話就好了，可是卻…」。

例文 締(し)め切(き)りに追(お)われたくないなら、もっと早(はや)く作業(さぎょう)をしていればよかったものを。

如果不想被截止日期逼著痛苦趕工，那就提早作業就好了呀！

比較 ところに

…的時候、正在…時

接續 {名詞の；形容詞辭書形；動詞て形＋いる；動詞た形}＋ところに

說明 「ものを」表示指責，強調「因沒做前項，而產生不良結果」的概念。說話人為此心裡感到不服氣、感嘆的意思。作為終助詞使用。「ところに」表示時點，強調「正在做某事時，發生了另一件事」的概念。表示正在做前項時，發生了後項另一件事情，而這一件事改變了當前的情況。

例文 家(いえ)の電話(でんわ)で話(はな)し中(ちゅう)のところに、携帯電話(けいたいでんわ)もかかってきた。

就在以家用電話通話時，手機也響了。

005 Track N1-146

といえども

即使…也…、雖說…可是…

接續 {名詞；[名詞・形容詞・形容動詞・動詞]普通形；形容動詞詞幹}＋といえども

意思1 **【讓步】**表示逆接轉折。先承認前項是事實，再敘述後項事態。也就是一般對於前項這人事物的評價應該是這樣，但後項其實並不然的意思。前面常和「たとえ、いくら、いかに」等相呼應。有時候後項與前項內容相反。一般用在正式的場合。另外，也含有「～ても、例外なく全て～」的強烈語感。中文意思是：「即使…也…、雖說…可是…」。

例文 いくら成功が確実だといえども、万一失敗した際の対策は立てておくべきだ。
即使勝券在握，還是應當預備萬一失敗時應對的策略。

比較 **としたら**
如果…、如果…的話、假如…的話

接續 {名詞だ；形容動詞詞幹だ；[形容詞・動詞]普通形}＋としたら

說明 「といえども」表示讓步，表示逆接轉折。強調「即使是前項，也有後項相反的事」的概念。先舉出有資格、有能力的人事物，但後項並不因此而成立。「としたら」表示假定條件，表示順接的假定條件。在認清現況或得來的信息的前提條件下，據此條件進行判斷。後項是說話人判斷的表達方式。

例文 毎月100万円をもらえるとしたら、何に使いますか。
如果每月都能拿到100萬日圓，你會用來做什麼？

006 **Track N1-147**

ところ(を)

(1)正…之時、…之時、…之中；(2)雖說是…這種情況，卻還做了…

意思1 **【時點】**{動詞普通形}＋ところを。表示進行前項時，卻意外發生後項，影響前項狀況的進展，後面常接表示視覺、停止、救助等動詞。中文意思是：「正…之時、…之時、…之中」。

例文 寝ているところを起こされて、弟は機嫌が悪い。
弟弟睡得正香卻被喚醒，臭著臉生起床氣。

意思2 **【讓步】**{名詞の；形容詞辭書形；動詞ます形＋中の}＋ところ（を）。表示逆接表現。雖然在前項的情況下，卻還是做了後項。這是日本人站在對方立場，表達給對方添麻煩的辦法，為寒暄時的慣用表現，多用在開場白，後項多為感謝、請求、道歉等內容。中文意思是：「雖說是…這種情況，卻還做了…」。

例文 お話し中のところ、失礼致します。部長、佐々木様からお電話です。
對不起，打斷您的談話。經理，佐佐木先生來電找您。

比較　(～ば／ても)～ものを

可是…、卻…、然而卻…

接續　{名詞である；形容動詞詞幹な；[形容詞・動詞]普通形}＋ものを

說明　「ところを」表示讓步，強調「事態出現了中斷的行為」的概念。表示前項狀態正在進行時，卻出現了後項，使前項中斷的行為。後項多為感謝、請求、道歉等內容。「ものを」也表讓步，表示逆接條件。強調「事態沒向預期方向發展」的概念。說明前項的事態沒有按照期待的方向發展，才會有那樣不如人意的結果。常跟「ば」、「ても」等一起使用。

例文　一言(ひとこと)謝(あやま)ればいいものを、いつまでも意地(いじ)を張(は)っている。

說一聲抱歉就沒事了，你卻只是在那裡鬧彆扭。

007　Track N1-148

とはいえ

雖然…但是…

接續　{名詞(だ)；形容動詞詞幹(だ)；[形容詞・動詞]普通形}＋とはいえ

意思1　**【讓步】**表示逆接轉折。前後句是針對同一主詞所做的敘述，表示先肯定那事雖然是那樣，但是實際上卻是後項的結論。也就是後項的說明，是對前項既定事實的否定或是矛盾。後項一般為說話人的意見、判斷的內容。書面用語。中文意思是：「雖然…但是…」。

例文　ペットとはいえ、うちのジョンは家族(かぞく)の誰(だれ)よりも人(ひと)の気持(きも)ちが分(わ)かる。

雖說是寵物，但我家的喬比起家裡任何一個人都要善解人意。

比較　と(も)なると、と(も)なれば

要是…那就…、如果…那就…、一旦處於…就…

接續　{名詞；動詞普通形}＋と(も)なると、と(も)なれば

說明　「とはいえ」表示讓步，表示逆接轉折。強調「承認前項，但後項仍有不足」的概念。雖然先肯定前項，但是實際上卻是後項仍然有不足之處的結果。後項常接說話人的意見、判斷的內容。書面用語。「ともなると」表示判斷，強調「一旦到了前項，就會有後項的變化」的概念。前接時間、年齡、職業、作用、事情等，表示如果發展到如此的情況下，理所當然後項就會有相應的變化。

例文 プロともなると、作品(さくひん)の格(かく)が違(ちが)う。
要是變成專家，作品的水準就會不一樣。

008 Track N1-149

はどう（で）あれ

不管…、不論…

接續 {名詞}＋はどう（で）あれ

意思1 **【讓步】**表示前項不會對後項的狀態、行動造成什麼影響。是逆接的表現。中文意思是：「不管…、不論…」。

例文 見(み)た目(め)はどうあれ、味(あじ)がよければ問題(もんだい)ない。
外觀如何並不重要，只要好吃就沒問題了。

比較 つつ（も）

儘管…、雖然…

接續 {動詞ます形}＋つつ（も）

說明 「はどうであれ」表示讓步，表示前項不會對後項的狀態、行動造成什麼影響。是逆接表現。前面接名詞。「つつも」表示反預料，表示儘管知道前項的情況，但還是進行後項。連接前後兩個相反的或矛盾的事物。也是逆接表現。前面接動詞ます形。

例文 やらなければならないと思(おも)いつつ、今日(きょう)もできなかった。
儘管知道得要做，但今天還是沒做。

009 Track N1-150

まじ、まじき

不該有（的）…、不該出現（的）…

意思1 **【指責】**｛動詞辭書形｝＋まじき＋｛名詞｝。前接指責的對象，多為職業或地位的名詞，指責話題中人物的行為，不符其身份、資格或立場，後面常接「行為、発言、態度、こと」等名詞，而「する」也有「すまじ」的形式。多數時，會用[名詞に；名詞として]＋あるまじき。中文意思是：「不該有（的）…、不該出現（的）…」。

例文　女はもっと子供を産め、とは政治家にあるまじき発言だ。
身為政治家，不該做出「女人應該多生孩子」的不當發言。

注意　〖動詞辭書形まじ〗{動詞辭書形}＋まじ。為古日語的助動詞，只放在句尾，是一種較為生硬的書面用語，較不常使用。

例文　この悪魔のような犯罪者を許すまじ。
這個像魔鬼般的罪犯堪稱天地不容！

比較　**べし**
應該…、必須…、值得…

接續　{動詞辭書形}＋べし

說明　「まじ」表示指責，強調「不該做跟某身份不符的行為」的概念。前接職業或地位等指責的對象，後面接續「行為、態度、こと」等名詞，表示指責話題中人物的行為，不符其立場竟做出某行為。「べし」表示當然，強調「那樣做是理所當然的」之概念。只放在句尾。表示說話人從道理上考慮，覺得那樣做是應該的，理所當然的。用在說話人對一般的事情發表意見的時候。文言的表達方式。

例文　外国語は、文字ばかりでなく耳と口で覚えるべし。
外文不單要學文字，也應該透過耳朵和嘴巴來學習。

010　Track N1-151

なしに（は）～ない、なしでは～ない

(1)沒有…不、沒有…就不能…；(2)沒有…

接續　{名詞；動詞辭書形}＋なしに（は）～ない；{名詞}＋なしでは～ない

意思1　**【否定】**表示前項是不可或缺的，少了前項就不能進行後項的動作。或是表示不做前項動作就先做後項的動作是不行的。有時後面也可以不接「ない」。中文意思是：「沒有…不、沒有…就不能…」。

例文　学生は届け出なしに外泊することはできません。
學生未經申請不得擅自外宿。

意思2　**【非附帶】**用「なしに」表示原本必須先做前項，再進行後項，但卻沒有做前項，就做了後項，也可以用「名詞＋もなしに」，「も」表示強調。中文意思是：「沒有…」。

例文 彼は断りもなしに、三日間仕事を休んだ。

他沒有事先請假，就擅自曠職三天。

比較 **ぬきで、ぬきに、ぬきの**

省去…、沒有…

接續 {名詞}＋抜きで、抜きに、抜きの

說明 「なしには～ない」表示非附帶，表示事態原本進行的順序應該是「前項→後項」，但卻沒有做前項，就做了後項。「ぬきで」也表非附帶，表示除去或省略一般應該有的前項，而進行後項。

例文 妹は今朝は朝食抜きで学校に行った。

妹妹今天早上沒吃早餐就去上學了。

011 Track N1-152

べくもない

無法…、無從…、不可能…

接續 {動詞辭書形}＋べくもない

意思1 **【否定】**表示由於希望的事情跟現實差距太大了，當然不可能發生的意思。也因此，一般只接在跟說話人希望有關的動詞後面，如「望む、知る」。是比較生硬的表現方法。中文意思是：「無法…、無從…、不可能…」。

例文 うちのような弱小チームには優勝など望むべくもない。

像我們實力這麼弱的隊伍根本別指望獲勝了。

注意 **〖サ変動詞すべくもない〗**前面若接サ行變格動詞，可用「すべくもない」、「するべくもない」，但較常使用「すべくもない」(「す」為古日語「する」的辭書形)。

比較 **べからず、べからざる**

不得…(的)、禁止…(的)、勿…(的)、莫…(的)

接續 {動詞辭書形}＋べからず、べからざる

說明 「べくもない」表示否定，強調「沒有可能性」的概念。表示希望的事情，由於跟某一現實的差距太大了，當然是不可能發生的意思。「べからず」表示禁止，強調「強硬禁止」的概念。是「べし」的否定形。表示禁止、命令。是一種強硬的禁止說法，多半出現在告示牌、公佈欄、演講標題上。

例文 「花(はな)を採(と)るべからず」と書(か)いてあるが、実(み)も採(と)ってはいけない。
雖然上面寫的是「禁止摘花」，但是包括果實也不可以摘。

012 Track N1-153

もなんでもない、もなんともない

也不是…什麼的、也沒有…什麼的、根本不…

接續 {名詞；形容動詞詞幹} ＋でもなんでもない；{形容詞く形} ＋もなんともない

意思1 **【否定】**用來強烈否定前項。含有批判、不滿的語氣。中文意思是：「也不是…什麼的、也沒有…什麼的、根本不…」。

例文 志望校合格(しぼうこうごうかく)のため なら一日(いちにち)10時間(じかん)の勉強(べんきょう)も、辛(つら)くもなんともないです。
為了考上第一志願的學校，就算一天用功十個鐘頭也不覺得有什麼辛苦的。

比較 はまだしも、ならまだしも

若是…還說得過去、(可是)…、若是…還算可以…

接續 {名詞} ＋はまだしも、ならまだしも；{形容動詞詞幹な；[形容詞・動詞] 普通形} ＋(の)ならまだしも

說明 「もなんでもない」表示否定，用在強烈否定前項，表示根本不是那樣。含有批評、不滿的語氣。用在評價某人某事上。「はまだしも」表示埋怨，表示如果是前項的話，倒還說得過去，但竟然是後項。含有不滿的語氣。

例文 授業中(じゅぎょうちゅう)に、お茶(ちゃ)ぐらいならまだしも物(もの)を食(た)べるのはやめてほしい。
倘若只是在課堂上喝茶那倒罷了，像吃東西這樣的行為真希望能夠停止。

ないともかぎらない

也並非不…、不是不…、也許會…

接續 {名詞で；[形容詞・動詞]否定形} ＋ないとも限らない

意思1 **【部分否定】**表示某事並非百分之百確實會那樣。一般用在說話人擔心好像會發生什麼事，心裡覺得還是採取某些因應的對策比較好。暗示微小的可能性。看「ないとも限らない」知道「とも限らない」前面多為否定的表達方式。中文意思是：「也並非不…、不是不…、也許會…」。

例文 泥棒（どろぼう）が入（はい）らないとも限（かぎ）らないので、引（ひ）き出（だ）しには必（かなら）ず鍵（かぎ）を掛（か）けてください。

抽屜請務必上鎖，以免不幸遭竊。

注意 **〔前接肯定〕**但也有例外，前面接肯定的表現。

例文 金持（かねも）ちが幸（しあわ）せだとも限（かぎ）らない。

有錢人不一定很幸福。

比較 ないかぎり

除非…，否則就…、只要不…，就…

接續 {動詞否定形} ＋ないかぎり

說明 「ないともかぎらない」表示部分否定，強調「還有一些可能性」的概念。表示某事並非百分之百確實會那樣。一般用在說話人擔心好像會發生什麼事，心裡覺得還有一些可能性，還是採取某些因應的對策為好。含有懷疑的語氣。「ないかぎり」表示無變化，強調「後項的成立，限定在某條件內」的概念。表示只要某狀態不發生變化，結果就不會改變。

例文 犯人（はんにん）が逮捕（たいほ）されないかぎり、私（わたし）たちは安心（あんしん）できない。

只要沒有逮捕到犯人，我們就無法安心。

014 Track N1-155

ないものでもない、なくもない

也並非不…、不是不…、也許會…

接續 {動詞否定形} ＋ないものでもない、なくもない

意思1 【部分否定】表示依後續周圍的情勢發展，有可能會變成那樣、可以那樣做的意思。用較委婉的口氣敘述不明確的可能性。是一種用雙重否定，來表示消極肯定的表現方法。多用在表示個人的判斷、推測、好惡等。語氣較為生硬。中文意思是:「也並非不…、不是不…、也許會…」。

例文 お酒(さけ)は飲(の)めなくもないんですが、翌日(よくじつ)頭(あたま)が痛(いた)くなるので、あんまり飲(の)みたくないんです。

我並不是連一滴酒都喝不得，只是喝完酒後隔天會頭痛，所以不太想喝。

比較 ないともかぎらない

也並非不…、不是不…、也許會…

接續 {名詞で；[形容詞・動詞]否定形} ＋ないとも限らない

說明 「ないものでもない」表示部分否定，強調「某條件下，也許能達成」的概念。表示在前項的設定之下，也有可能達成後項。用較委婉的口氣敘述不明確的可能性。是一種消極肯定的表現方法。「ないともかぎらない」也表部分否定，強調「還有一些可能性」的概念。表示某事並非百分之百確實會那樣。一般用在說話人擔心好像會發生什麼事，心裡覺得還有一些可能性，還是採取某些因應的對策為好。含有懷疑的語氣。

例文 火災(かさい)にならないとも限(かぎ)らないから、注意(ちゅうい)してください。

我並不能保證不會造成火災，請您們要多加小心。

015 Track N1-156

なくはない、なくもない

也不是沒…、並非完全不…

接續 {名詞が；形容詞く形；形容動詞て形；動詞否定形；動詞被動形} ＋なくはない、なくもない

意思1 **【部分否定】**表示「並非完全不…、某些情況下也會…」等意思。利用雙重否定形式，表示消極的、部分的肯定。多用在陳述個人的判斷、好惡、推測。中文意思是：「也不是沒…、並非完全不…」。

例文 迷(まよ)いがなくはなかったが、思(おも)い切(き)って出発(しゅっぱつ)した。

雖然仍有一絲猶豫，還是下定決心出發了。

比較 ことは～が

雖說…但是…

接續 {形容動詞詞幹な} ＋ことは {形容動詞詞幹だ} ＋が；{[形容詞・動詞] 普通形} ＋ことは {[形容詞・動詞] 普通形} ＋が

說明 「なくはない」表示部分否定，用雙重否定，表示並不是完全不那樣，某些情況下也有可能等，無法積極肯定語氣。後項多為個人的判斷、好惡、推測說法。「ことは～が」也表示部分否定，用同一語句的反覆，表示前項雖然是事實，但是後項並不能給予積極的肯定。後項多為條件、意見及感想的說法。

例文 値段(ねだん)は安(やす)いことは安(やす)いんですが、味(あじ)も相応(そうおう)です。

價錢雖然便宜是便宜，但味道也一樣平平。

INDEX 索引

あ

い

う

え

お

か

き

く

け

こ

さ

し

す

せ

そ

た

つ

て

と

な

に

ぬ

ね

の

は

ひ

ふ

へ

ほ

ま

め

も

や

ゆ

よ

を

ん

日檢大全41

新制日檢！絕對合格

N1·N2

必背 比較文法大全

[25K＋MP3]

■ 發行人／林德勝

■ 著者／吉松由美、田中陽子、西村惠子、大山和佳子、
山田社日檢題庫小組

■ 出版發行／山田社文化事業有限公司
地址 臺北市大安區安和路一段112巷17號7樓
電話 02-2755-7622
傳真 02-2700-1887

■ 郵政劃撥／19867160號 大原文化事業有限公司

■ 總經銷／聯合發行股份有限公司
地址 新北市新店區寶橋路235巷6弄6號2樓
電話 02-2917-8022
傳真 02-2915-6275

■ 印刷／上鎰數位科技印刷有限公司

■ 法律顧問／林長振法律事務所 林長振律師

■ 書＋MP3／定價 新台幣489元

■ 初版／2020年 9 月

© ISBN : 978-986-246-587-5

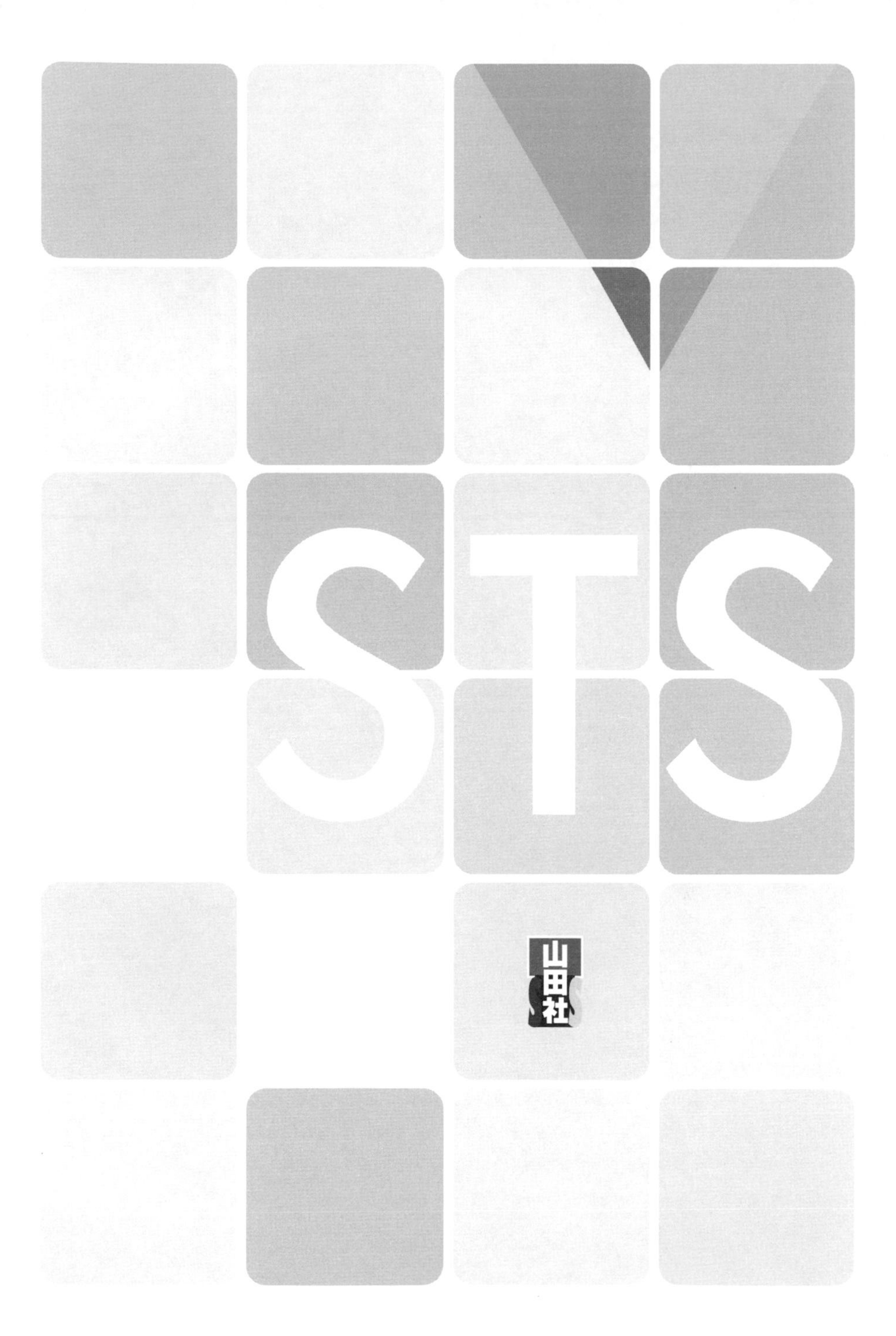
STS
山田社

STS
山田社